アンサーテン・ラック
レーイ・キーチ

Translated by Fujita Iori

藤田伊織　訳

ISBN 978-1-7355938-2-1 Paperback
ISBN 978-1-7355938-3-8 Ebook

Published by
Real
Nice Books
11 Dutton Court, Suite 606
Baltimore, Maryland 21228
www.realnicebooks.com

Publisher's note: This is a work of fiction. Names, characters, places, institutions, and incidents are entirely the product of the author's imagination or are used fictitiously, and any resemblance to actual persons, living or dead, or to events, incidents, institutions, or places is entirely coincidental.

著者のコメント：これはフィクションです。名前、人物、場所、施設、出来事はすべて作者の想像の産物であるか、架空のものです。実在の人物（生死を問わず）や出来事、組織、場所との類似性は、すべて偶然のものです。

Cover pictures:
"Japan Torii Arch"/Jonesy.dave/Shutterstock.com
"Back View of Young Asian Woman"/akiyoko/Shutterstock.com
Map:
"Vector Map of the City of Tokyo"/Nyker/Depositphotos.com
Sketches:
"Hands Holding Japanese Fortune"/Gustav O. Mittlemann/Depositphotos.com
"Crowded Metro Subway in Rush Hour"/robzs/Depositphotos.com
"Fushimi Inari Shrine, Kyoto, Japan"/Nyker/Depositphotos.com

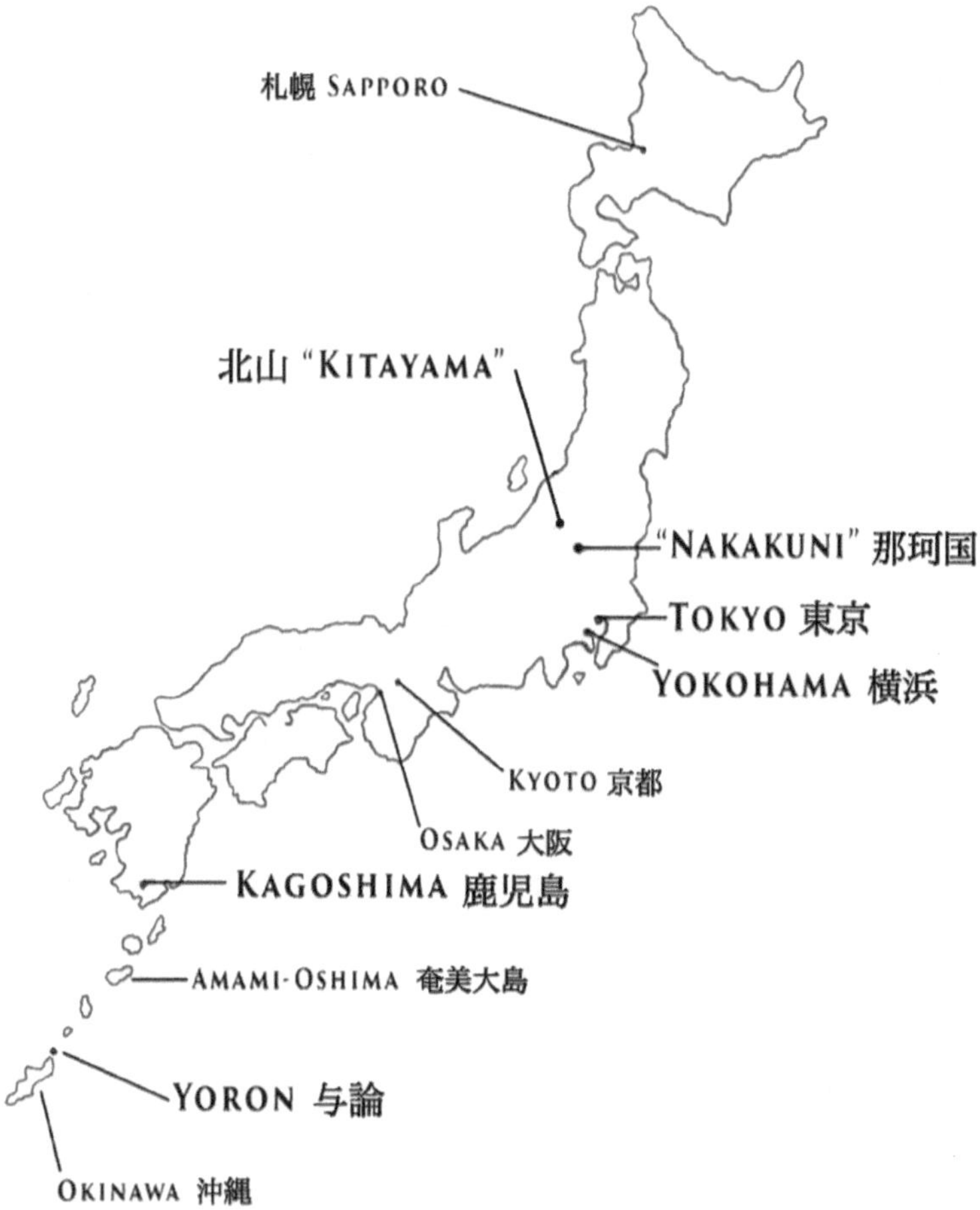

札幌 SAPPORO
北山 "KITAYAMA"
"NAKAKUNI" 那珂国
TOKYO 東京
YOKOHAMA 横浜
KYOTO 京都
OSAKA 大阪
KAGOSHIMA 鹿児島
AMAMI-OSHIMA 奄美大島
YORON 与論
OKINAWA 沖縄

日本

Narimasu
成増
王子病院
Oji Hospital
三谷ハウス
Sanya House
Ikebukuro
池袋
安田講堂
Yasuda Hall
Waseda Univ.
早稲田大学
Beheiren Office
ベ平連事務所
Shinjuku
新宿
Yasukuni Shrine
靖国神社
大手町
Otemachi
源佐商会
パレスホテル
Palace Hotel
Genji's office
明治神宮
Meiji Shrine
Nihonbashi
日本橋
JSP Hq.
日本社会党本部
Diet
国会議事堂
Harajuku
原宿
St. Luke's Hospital
聖路加病院
U.S. APO
米国軍事郵便局
新橋
Shimbashi
Shibuya
渋谷
Tokyo Daily
東京日報
Customs Office
東京税関

東京

目次

第一部

一　ラベンダー　若紫

さても、いとうつくしかりつる児かな、何人ならむ、かの人の御代はりに

The child must stand in the place of the one whom she so resembled.

ー　紫式部　源氏物語（若紫・北山の垣間見）

ハンダ付けの強い臭いが白い作業用マスクを通して鼻に忍び寄ってきた。まわりの女たちは皆、もう慣れてしまって臭わないと言う。絵未子は北山高校を卒業して以来二年近くこの工場で働いていたが、いまだに臭いを感じるのだった。いつも後ろで電線を巻いてコイルにしていた彼女の母は、まったく臭いを感じたことがないと言っていた。

絵未子は作業用の手袋をした指で部品Aを手に取り、回路基板のタブ1、2、3、4の間に取り付けた。そうして、隣の白髪の女性の目の前にある山積みになった完成した基板に目を向けた。「こうした部品が何のためのものか考えたことないの？」

叔母の順は彼女を横目で見た。「ないわ」と言って、絵未子の手に触れた。「そういえば、奥にいた女性が言っていたけれど、あなたのお母さん、早く帰ったって。体の具合が悪いんじゃない」

「どうかしたのかしら？」

叔母の順は、にやっとして言った。「さあ、行きなさい。近頃、こんなことでもなければ仕事を休めないでしょ」

シフト終了のブザーが鳴った。絵末子は白い髪抑えの頭巾とガウンと靴カバーを回収箱に放り込み、長い髪を下ろして、四方を山に囲まれた町に出た。冬には雪国になる。最後の夏の太陽に照らされた峰々がピンク色に輝いている。観光客はその光景に目を奪われていた。そのうちに町全体が雪に包まれる。雪と空を遮る低い雲のせいで、白い繭の中に閉じ込められたような感じることを絵末子は知っていた。

行く手に、最近『月面着陸』と改名したラーメン屋があって、その赤と白の幟の下には、ボロの服を着てボサボサ頭のいつも見かける男が立っていた。絵末子は、通りすがりの人が立ち止まり、男の方を向いて「気を付け！」と声をかけるのを見ていた。退役軍人がびっくりして直立不動になると、驚かした男はニヤリと笑って歩き去った。店員が、ボロの服の男をシッと言って追い払おうと店から出てきた。絵末子は足を止めた。ジーパンのポケットから茶色の薄い給料袋を取り出して、ラーメン一杯分の金額をその浮浪者に渡した。「この人に食べさせてあげてください」と彼女は店員に言った。「お金は渡してあるから」

絵末子には、自分の父親も、どこかほかの街の路上で腹をすかせて立っているかもしれないと思った。あの戦争で父の脚は傷ついたが、心は壊れていなかったと思う。二十年以上も工場の警備員として家族を支えてきていた。時折、平和を求める抗議活動が行われている都市への短い旅に出かけた。あの時も数日後には戻ると言っていたのに、それから一度も帰ってこず、それが父の最後の旅になった。絵未子の母は、父が東京に行った一九六九年一月に届いた父からの手紙を持っていた。それから、日が経ってもう八月も終わりになった。警察によると、日本では男性の行方不明が絶えないという。そういうのをジョーハツと呼んでいた。蒸発した人たち。

家のドアを開け、小さな玄関に足を踏み入れた瞬間、彼女は何かがおかしいと思った。母のピンクの花柄のハンドバッグが、座敷の手前の上り框に落ちていたのだ。「母さん!」と彼女は母を呼んだ。返事はなかった。絵未子が寝室に駆け込むと、彼女の母が床に蹲っていて、額は汗で覆われていた。

「お母さん、また心臓が苦しいの?お医者さんが、仕事時間を減らして、パートに戻せって言っていたのに」

母は息を切らしていた。「お父さんが帰ってきたらそうするわ。お父さんに、何かあったのよ。二、三日以上出かけたことはなかったもの」

絵未子は自分の紫色のブラウスの袖で母の額の汗を拭いた。

「お父さんはお前を強く育ててくれたのよ、絵未子。私が死んだら・・・」

「母さんは死んだりしないわ。すぐ、救急車を呼んでくる」絵未子は母の頭の下に座布団を敷き、タンスの引出しから公衆電話用の硬貨を手に取った。しかし、もう遅かった。もう一度、母を見ると、すでに息がなかった。

絵未子は泣きながら畳の上にうっぷした。そして、母の手を自分の唇に引き寄せた。手には父の警備員用の警笛が握られていた。

・

震える指で、長い金属の箸を使って、火葬された母の遺骨の盆の中から、薄くて白い骨を持ち上げ、骨壷の中に入れた。涙の向こうに葬儀屋を見ると、葬儀屋は彼女に近づいて言った。「それで十分です、お嬢様。あとは私どもが行います。このたびのことは、本当にお悔やみ申し上げます」弱った心臓で二年近く苦しんだ後、母は亡くなった。まだ四十三歳だった。

会葬者は少なかった。工場の友人と絵未子の高校時代の同級生で、大学に進学していないか、別の街に仕事で出ていない者が数人だった。皆、彼女の家に弔問に来てくれて、葬儀の時も彼女のそばに立ってくれていた。しかし、今はそれぞれの生活に戻らなければならない。叔母の順は残って、火葬場から家まで一緒に歩いて帰ることにした。

絵未子は強い手が肩を掴むのを感じた。その手の男は、上質の黒のスーツに黒ネクタイ姿で、こめかみにわずかに白髪を生やしていた。「絵未子さんですね?私は佐藤源治と申します。お母様の友人です」その男は葬儀屋に分厚い封筒を渡していた。

叔母の順の顔は青ざめた。彼女は前を向き直して、早く歩き出した。

絵未子は源治の名前を以前に聞いたことがあった。北山の男たちは、皆、戦地から帰ってきたか、帰ってこなければ死んだのだと母から聞いた。だから母の夫、つまり絵未子の父も戦死したのだろ

う と考えられた。二十二歳で子供のいなかった母は、徴兵を避けてドイツの高校を卒業して北山に戻ってきた工場主の息子に出会った。「叔母さんの順さんたちは反対した」と母は娘に言った。「でも、私の人生には何の希望もなかったわ」

母が源治と付き合い始めて数ヶ月後、夫が突然戻って来た。満州のロシアの収容所からようやく釈放されたということだった。母はすぐに源治と別れ、源治の父は息子を東京の大学に行かせることでスキャンダルを隠蔽した。源治の兄が工場の経営を引き継ぎ、源治は東京に残った。もう二十年も前のことだ。源治は自分で輸出入業を始めたと言われていた。父親に勘当されたという話もある。いずれにしても、絵末子の知る限り、今に至るまで北山に戻って来たことはなかった。

「家まで送らせてください」と源治は言った。

絵末子は手を振って断ったが、葬儀の重圧で膝が弱っていた。彼女がふらつくと、源治は彼女の腕を取った。源治が合図をすると、黒いベンツが近づいた。運転手は白い手袋をした手でドアを開けた。絵末子が乗ろうとしないので、源治は絵末子を抱えてシートに乗せた。

「やめて。何のつもりですか?降ろしてください」

「いまでも白雪町に住んでいますか?」

「降ろしてください。私は歩くんです」

大型セダンは、家々の間の狭い路地にかろうじて入って行った。源治は運転手に向かって何か言って、車を表の道路に後退させた。源治は再び絵末子の腕を取った。「中に入るのを手伝いましょう」

「お断りします」とは言ったが、絵未子の膝はまだガクガクしていた。絵未子は目を閉じて深く息をした。自分の弱さを恥じながら。

彼は卓袱台の前で、彼女の向かい側に、あぐらをかいて座った。「絵未子ちゃん、水差しにさましたお茶ある?少し注いであげよう」

飲んでみると、なんとなく力が戻ってきたような気がした。食器棚に置かれた両親の写真を見て励まされた。彼女はその写真を、父親が先祖を敬うために作った小さな神棚の上にある敬虔な場所に移していたのだった。

「お母様は美しかった」と源治はため息をついた。「私は今、その人を見ているような気がする」

絵未子はきまり悪さを隠そうとした。「葬儀の費用はあなたがお出しになったようですね。北山産業が払ってくれると思っていたのですけれど」

かれはそのことは無視して、「その目は、お母さんの目とそっくりです」と言った。

絵未子は、そのことを同級生や最近では工場の同僚、主に女子や女の人からよく聞かされていた。しかし、四十歳を過ぎたはずの男からそれを聞かされるのには戸惑った。まして、自分の母と何らかの関係を持ったことがあるような男であることは別としても。

源治は部屋を見回した。部屋の隅には衣服の山が床を覆っていた。壁には折り畳みのアイロン台が立てかけられていた。障子の脇には新聞や本の山が不安定に積み重ねられていた。彼は苛立つように言った。「君にはここはふさわしくない」

「あなたには関係ありません」

「思うに、君は今は一人です。これからどうしていくんですか?この白雪の家の家賃はそれほどとは思わないが、これからは君だけの稼ぎでは・・・」

「残業して、なんとかします」

「それでも、私は君を助けたい」彼は卓袱台の上に手を伸ばして彼女の手に重ねた。「とても柔らかくて、とても美しい。こちらに来て隣に座ってください」

　絵未子は手を振り払った。それに、彼女は立ち上がらなかった。以前にも、男の子たちに冗談交じりに声をかけられたことがあったが、今回の方が何となく・・・生々しい感じがした。彼女の心臓はドキドキしていた。

「私がドイツの高校から戻った時、君のお母さんは二十二歳でした。今の君と同じくらいの年齢だと思う」

「私は二十歳よ。だから何だっていうの・・・」

「率直に言わせてください、絵未子ちゃん。私には東京に大事な妻がいます。仕事もしっかりやっている。でも、君を見てすぐに、君の役に立ちたいと思ったんだ。このあたりの新しい眺望の良いマンションに、いい部屋を買ってあげたくなったのです。働かなくてもいい。本を読んだり、絵を描いたり、スキーをしたり。できるだけ何度でも会いに来ます。君から離れたら、私は悶え苦しんでしまう。信じて欲しい」

今度は絵未子が立ち上がった。「私を妾にしようとでもいうの？」

源治も立ち上がり、彼女の手に唇を近づけた。「断るなら私は・・・」

絵未子はこれほどハンサムな男に手を触られたことがなかった。侮辱されたようには思ったが、同時にスリルを感じた。彼女は黙ってうつむいて立っていた。

「私は君よりずっと年上なことはわかっている。でも私はまだ・・・」

「いい加減にしてください、佐藤さん。もう、帰ってください」

彼の目は本当に悲しそうだった。「突然のことなので、驚くのも無理はない。自分だって驚いているのですから」彼は胸ポケットから名刺を取り出した。彼女が手を伸ばして受け取ろうとしないのがわかると名刺を卓袱台の上に置いた。「よく考えてみると約束してくれませんか？それだけでも？」

絵未子は何も言わなかった。

彼がいなくなると、彼女は冷えた畳の上に倒れ込んだ。体力が流れ出てしまったような気がして、翌朝まで深い眠りについた。

「ゴメンクダサイ！」玄関の引き戸を開けたのは、叔母の順だった。彼女は威儀を正して、香典袋を絵未子に手渡した。「工場のおばさんたちからよ。香典よ」叔母の順を上げてそう言い、家に入るつもりのようだった。

絵未子は香典袋を額に押し当てて「こんなにしていただくわけには」とか「こんなご親切、もったいないわ」とか言うことを期待されているのはわかっていたが、それができなかった。形だけの礼儀、意味のないしきたりは彼女には馴染めなかった。「お前は父さんにそっくり」と母はいつも言っていた。絵末子はそれを褒め言葉と受け止めていた。

「叔母さん。どうぞあがってください」

「じゃ、ちょっとだけ」そう言って、座敷に上がり、卓袱台の前に座った。「絵末子ちゃん、ちょっとした相談に乗ってくれない。きのうのお葬式で紫の靴？気がついたのは私だけじゃないはずよ」

また始まった。父がいたら、「娘が何色の靴を履こうがかまわんだろう」と言ってくれただろう。母がいたら、話題を変えて、叔母にお茶をすすめただろう。

「とにかく今は気をつけて工場の規則に従わなくちゃ。仕事を失うわけにはいかないでしょう」叔母の順は部屋の隅にある小さな食器棚の引き出しのつまみにぶら下がっているガラスビーズのネックレスを指差した。「例えば、わかっていると思うけど、私たちが働いているクリーンルームでは、宝石みたいなものはつけていちゃいけないんだから」

絵末子はお茶を注いだ。

「ちゃんと努力しないと職場に溶け込めないよ、絵末子ちゃん。私はあんたの母さんのことが大好きだったけど、お母さんもあんたに、色々としきたりを教えておいて欲しかったわ」

「そうね。叔母さん」昼休みに工場に本をこっそり持ち込んで本を読むのを反対したように、佐藤の愛人になることに反対するだろうかと、絵末子は考えた。多分、反対はしないかも。金持ちの愛人になるなんてうまい話は、滅多にないことだけれど、まったく「ない」っていう訳じゃない。

叔母は煎餅を一口食べて目を細めた。「お葬式のお香典を持ってきたんだけれど、それだけじゃないわ、絵未子ちゃん。他にも話すことがあるの。女性たちと男たちの何人かが話していたのよ。あんたは、あのいい身なりの男が誰だか知らないだろうけれども、葬式に出た何人かは、見覚えがあったはず。十八歳でこの町を出て行った工場のオーナーの下の息子よ。あの男と絶対話をしてはいけないわ」

「でも、母さんの葬儀代を払ってくれたわ」

「それには、お礼を言わないといけないと思うわ」叔母の順はすっぱいリンゴをかじったような口調でそう言った。

「いい人みたいね」

「もういいわ。これ以上あの人の話はしません。ホテルの友達によると、もう東京に帰ったそうよ」

絵未子はいたずらっぽく言ってみた。「あの人、私を愛人にしたいって。私はどうしたら・・・」

叔母の順はお茶を喉に詰まらせた。「だめ。絶対ダメよ。あんたはそんなことしちゃいけない」

「とにかく、私は工場には戻りません。決めたの」

「え?そうね。もちろんすぐには戻らなくってもいいわ。忌引き休暇を取ってから仕事に戻った方がいい。みんなわかってくれるよ、絵未子ちゃん」叔母は部屋の中を見回した。「あんた一人ではここの家賃はきついでしょう。私のところに来たらいい。私の裁縫室を使えばいいわ」

そうすることを考えると絵未子は情けなくなった。「そんなに親切に甘えるわけにはいかないし」と小さな声で言った。「迷惑をかけることはできないわ」

これを、一応の遠慮の言葉と考えて、叔母の順は絵未子が受け入れたと思い、満足げな笑みを浮かべて、帰って行った。

絵未子は畳の床に座り直した。叔母の言うとおりだった。残業をしてもこの家にいるだけの収入は得られないだろう。仮に稼げたとしても、この家にいるといつも母と父を思い出さざるを得ない。

彼女の母は父の警笛を握りしめたまま死んでしまった。父は毎日それを首に掛けて工場の資材置き場へと足を引きずりながら行っていた。ある日、父は笑みを浮かべて帰ってきた。「事件が起きた」と父は妻と娘に告げた。「いままで毎日何もなかったが、しかし、今日は何かが起こった。泥棒がフェンスの下を掘って通り抜け、石炭の山から袋に石炭を入れているのを見たんだ」

「警笛を吹いたんでしょう、お父さん？泥棒は捕まえられたの？」絵未子は興奮し聞いた。「いや」父は娘に言った。「あの男は貧乏だったからな。放っておいたさ。警笛はまだ待機中だ」

絵未子と母は、警備員の仕事がつまらないことを知っていた。父親が他のことで頭をいっぱいにしていたのを責めたりはしなかった。戦争とその後の強制収容で、彼は帝国主義と呼ばれるものへの強烈な反対者になった。日本の帝国主義は、父が言うところの経済面を除けば、基本的にはすでに滅びていた。しかし、彼はアメリカの帝国主義にも反対しており、それはかつて朝鮮戦争で繰り広げられ、今はベトナムで進行中だと言っていた。

絵未子は、父が見せてくれた新聞記事や本をすべて読んだ。高校では、文部省の歴史認識に疑問を抱いても、成績が悪くなるばかりか、周りから軽蔑されるだけだと学んでいた。自分の意見を言える相手は父親だけのようだった。父は今どこにいるのだろうか。

絵未子は父が東京から送ってきた手紙を手に取った。発信地の郵便局の管轄の警察は母に「警察には尾関博治の情報は入っていない」と言っていた。父が抗議団体への参加で本名を使うことは滅多になかったから、それはむしろ当然のことだった。

絵未子は深く息をした。父を探し出さねばならない。父の手紙をバックパックに入れ、着替えの服をいくつか入れて、香典のお金から、東京への旅行と、少なくとも短期間の滞在のために十分な額を用意した。なんぞのときのために、彼女は源治の名刺も荷物に入れた。

二　アンサーテン・ラック　末吉

「女人禁制にて有るぞ。かまへて一人も入れ候ふな。其分心得候へ」
"... the Abbot has ordered that women are not to be allowed inside the temple courtyard ... Take care you obey his orders."
ー　観世小次郎信光　道成寺

絵未子が自転車で駅に向かったときには、すでに町には夏の終わりの気配が近づいていた。東京への直行列車は翌朝までないが、今すぐにでも出たかった。各駅停車で那珂国まで行き、翌日にはそこから東京行きの列車に乗るつもりだった。

駅の駐輪場には毎日、たくさんの自転車が置かれていた。彼女は自転車を鍵をかけずにその中に置いた。彼女はいつ戻ってくるのかも、戻って来るのかどうかもわからなかったが、自分が戻ってきた時には、彼女の若紫色の自転車はまだそこにあるだろうことを確信していた。

絵未子が北山を出たのは数回だけだった。一度は修学旅行で京都へ、もう一度は両親と日光へ、そして一度は父親と東京へ。夏休みの間のジーンズジャケットにカウボーイハットをかぶった高校生の群れはすでに学校に戻っていたので、駅にはほとんど誰もいなかった。列車に乗ると、窓際の席は簡単に見つけられた。

列車は谷合をガタガタと走り、まるで山と山の間にある目に見えない隙間を探るかのように左右に蛇行して走った。町のはずれで急カーブを曲がると、自分が乗っている列車の最後部の車両が見えた。それは彼女を追ってでもくるように見えた。そして列車は、水滴がしたたり落ちるトンネルをくぐり抜けていった。これが、唯一の出口だと、絵未子は思った。

トンネルを抜けると別世界だった。明るい太陽と澄み切った空、そして暖かく湿った空気がまだ冷えが残っている列車の窓を白く曇らせた。彼女が目にしたのは、ゆったりしたモンペをはいて幅広の麦わら帽子をかぶった女たちが、キラキラ輝く灌漑用水路で区切られた黄色く染まった田んぼの中で稲刈りをしている姿だった。別の畑では、男たちが長い大根を掘り起こし、荷車に積み上げていた。それは、父から素晴らしいだろうと教えられた勤勉な人たちの姿だった。

那珂国駅で降りると、歩いてすぐにある旅館のけばけばしいポスターが壁に貼られているのが目についた。高くはないが、とにかくお金をかけたくはなかった。駅を出て、砂利道を歩き町を抜けて、周囲を見回した。小さな川を挟んで緑の丘の上には、寺の楼門があり、その向こうに、大きな赤い太陽が沈みつつあった。

丸太でできた橋を通って川を渡り、土を締め固めた道を登っていく。険しいところには重い石が踏み段として置かれている。坂の上の平坦な場所に着く頃には日が沈んでいた。彼女は入り口から寺院を覗いた。屋根は単純な切妻で、柱や梁などは暗く老朽化していて塗装や彩色のない寺院は、訪問者を引き付けることに無関心であることを示唆していた。実際、駅に掲示されていたポスターには、この寺のことを書いていたものはなかった。

彼女はお堂の開け放たれた扉を通り抜け、靴を脱いで祭壇まで用心深く歩を進めた。そこには光るものがあった。蝋燭の火の代わりに電球が付いた金色の燭台、金で縁取られた提灯が上から吊るされ、そして彩色された仏像があった。彼女は仏像にお辞儀をするか、拍手するか、何をしていいかわからなかった。正直なところ、そんなことをするのは馬鹿げていると思っていたので、誰もいなくて幸いだった。

祭壇の前の経机の上には、木の賽銭箱があり、その横にはおみくじのお盆が置かれていた。絵未子は賽銭箱の中に硬貨を落としておみくじを一枚手に取った。暗い寺の中なので、眼を近づけて読まなければならなかった。「全般＝末吉、旅立ち＝末吉」絵未子はおみくじをバックパックに押し込んだ。「なんだ、引かなきゃよかったわ」

背後でガチャガチャと音がして、彼女はびっくりした。振り向くと、開いた扉のところに黒の袴に茶色の僧衣を纏ったひょろ長い十代の少年がいた。お堂に誰かがいるとは思ってはいなかったのだろう、片手に雑巾を持ち、もう片方の手には蝋のような匂いのするものを持ちながら、少年自身も固まっていた。少年は戸口で身動きもしないようだったので、絵未子の方が近づいて話しかけた。

「もし、あなたは・・・」

「こんにちは」と少年は言った。それは無理やり出した声のようだった。そしてお辞儀をして、つややかに剃った頭を彼女に見せた。少年は背が高く、濃い眉毛と青白い、ちょうど茹で卵のような顔をしていた。絵未子は、「ここのお坊さん?」と聞き終えた。

「住職は今留守なので、・・・」

「そうなの。私は旅行中なの。一晩ここに泊まってもいいかな?」

小僧だか何だかわからないが、少年は眼をぱちくりして何も言わなかった。

「何もいらないの。朝まで横になれる場所があればいい」

少年は何か梵語の誦経のようなものを呟き始めた。絵未子は待った。少年は咳払いをして言った。

「寺には旅人を受け入れる伝統があります。住職がいてくれたらいいのですが。つまり、普通、旅人は男の人なので」

「私はここで寝られるだけでいいの。あの扉は閉まるのかな?」

「私は晩祷をいたします」

「わたしはかまわないわ」少年は少し落ち着いてきた。「布団が必要でしょう」

晩祷のことは忘れ去られたかのようだった。少年は自分の法名を透心といった。そして、布団を持ってきただけでなく、ご飯と味噌汁を振る舞ってくれた。絵未子は「サチコ」と呼んでくれと言った。「旅の時の名前だから」

布団の上に座り、食事の前に透心は何か祈りして、二人は並んで食べた。「あなたはどこで寝るの?」と彼女は訊ねた。「どうするのかなと思って」

「あの引き戸の向こうにもう一つの部屋があって、旅人もそこで寝ることができるんですが・・・」

「わかりました。私はここでいいです」

　食事が終わると、透心は食器を片付けて戻ってきて、祭壇の前で足を組んで座り、お経をあげた。絵未子はその間に外を散歩した。月のない夜空には星がきらきらと輝いている。眼下には町の灯りが少し見えるが、音はない。唯一彼女の耳に届いたのはお堂の中の祈りの声だけだった。それが止んだことに気付いて、彼女はお堂に戻った。透心が明かりを消していた。

「できたら二つ、三つつけたままにしておいてくれませんか？ここはかなり暗いですから」

　少年はうなずいた。「すべて消すことにはなっているけれど、いいでしょう。いつも私は早く寝るのです」と言って、お辞儀をして自分の部屋に入った。

　少年は絵未子のために毛布を掛け、硬いソバ殻の枕を布団の上に置いていた。絵未子は毛布の下に入り込むと、すぐに眠りについた。しかし、それ程、時間が経たないうちに目が覚めた絵未子は、自分がどこにいるのかわからなかった。風が強くなり、高い天井から吊り下げられた提灯がゆらゆらと揺れている。薄暗い祭壇の向こうには、仏様の白目が光って見えた。引き戸がガタガタと音を立てた。

　気がついたら、ここで寝ているのは意外と怖いものだと思わざるを得なかった。提灯の光が遠くの壁に当たって、透心の部屋の扉が見えた。震えながら、布団や毛布やバックパックなどすべてのものを引きずって行って、そっと引き戸を開けた。透心は自分の布団で寝ていた。彼女が自分の布団を彼の横にどさっと落とすと、彼は目を見開いて、幽霊でも見たように息を呑んだ。そして起き上がると何やら唱え始めた。絵未子には、『能』を読んだときに出てきた鬼退治の呪文のように聞こえた。

「大丈夫よ、透心さん。私よ。絵未・・いやサチコよ」

目を閉じて、透心は詠唱を強めた。彼女は安心させるように彼の肩に手を置いた。彼はそれがまるで最後の息になるかのように息を吸い込んだ。目を開けたとき、彼は自分が見たものが信じられないようだった。

「私、怖かったの。透心さん。それで、ここに入ってきたの。あっちでは一人で眠れないわ」

透心は丸坊主の頭をなぜながら、次第に理解し始めた。

「だから、ここで寝ていい？」

「あなたは・・・」「私は魔物じゃないわ。私は父親を探しているだけの女の子よ」

彼は震える指で彼女の腕に触れた。「私は普段はそんな風に怖がりません」

「ここで横になって少し話しましょう」彼女が隣で横になると、彼は慎重に肘をついて横になり、ゆっくりと枕に頭を置いた。「お父さんを探そうとしているのですか？」

二人は眠りにつくまで話した。彼女が自分の母は最近死んだと言うと、彼は仏教のマントラを唱え、彼女の母の霊が地上から完全に切り離れるまで母の霊名だけを使うように注意した。現世の名前を使うと、また地上に呼び戻されてしまうのだそうだ。思い残すことがあって、亡くなった人の亡霊が戻って来る話を聞くと、絵未子はいつも目が曇ってしまうのだった。

翌朝、透心は朝食に昨夜と同じご飯と味噌汁と、それから生卵とお茶を用意してくれた。彼女が出る時、彼は「お父さんが見つかるように祈ります」と言った。

・

乗客たちは東京行きの列車が来る予定時間のずっと前からホームに並んでいた。赤ちゃんをおんぶひもで背負ったり、家族や友人へのおみやげや衣服を詰めた風呂敷を背負ったりする女たち。走ったり叫んだりしながらも、親から遠くには離れない子供が数人。煙草を吸いながら新聞を読む男性。そのうちの何人かは絵未子を見るとはなしに見ていた。彼女と同じ年代の人はいなかった。たぶん大学に行ったり、仕事をしたりしているのだろう。

並ぶのが嫌で、駅のそばの売店に行き、電車に乗ってから食べる弁当を買った。彼女はゴミ箱から捨てられた朝日新聞を引っ張り出してベンチに座った。一九六九年九月二日付け、昨日の新聞だった。ホーチミン、七十九歳で心不全により死去。彼女は記事を読もうとしたが、目が涙で曇ってしまった。母さんはまだ四十三歳だった。

列車のドアが開くと、それまでドアの両側に整然と並んでいた乗客たちは、席の奪い合いで、一心不乱に押し合いをした。絵未子は列車に乗った最後の一人だった。東京までの二時間の旅の間、ずっと立っていることを覚悟していたが、乗客から敬遠されているらしい席が空いていた。頭の上にはオレンジ色の髪の毛が生えていて、顎にはまばらな黒ひげが伸び出している、ギョロ目の若者の隣に座りたいと思う人はいないようだった。やむなくそばに立っていた二人の女性は、絵未子がその若い男に黙礼をして座ると、絵未子に嫌な顔を向けた。

「変わったシャツね」と絵未子が言った。それは白いTシャツで、ライフルの銃口に花を挿した少女のラフな絵が描かれていた。その下には「Give Peas a Chance」と書いてあった。『平和を我等に』のつもりだろうけどスペルが間違えていて『平和』が『えんどう豆』になっている、と絵未子は思った。「あなたは菜食主義者?」

彼のオニキスのような目は、彼女が自分に話しかけていることに驚きを示した。おそらく名前を聞かれたと思ったのだろう。「サトルです」と自己紹介した。

列車がガタンと動き出して、絵未子の膝から新聞が落ちた。サトルはそれを拾った。見出しを見て目をぱちくりさせながら、顎の髭を撫でた。

「あげるわ」と絵未子が言った。

「え、なんですか?」サトルは目を細めてホーチミンの記事に目を通していた。彼が読み終わると、彼女は言った。「シャツでわかるわ。ベトナム戦争に反対なのね?」

彼はうなずき、彼女に新聞を返した。

「そうなのね。それで、仕事を探しに東京に行くの?それとも、反対運動に参加するため?それとも、ただ見て回るだけのつもり?」

「うーん」彼はそのどれもが当てはまっているような感じだった。「コンピュータの訓練校に入学するつもりなんだ」彼の唇がこわばっているのは、冗談のつもりで言ったからかもしれなかった。絵未子にはそんなことはわからなかった。「どこの学校に行くつもりなの？」と聞いた。

「まだどこに行くか決めていない」

「ここを見て」彼女は新聞の後ろのページを開いた。「トレーニングプログラムの広告よ。コンピューターの関係の広告もあったような気がする。そう、これよ」

サトルは怪訝そうに首を前後に傾げながら広告をちらりと見た。

「あんまり興味なさそうね」

サトルは肩をすくめた。「東京に着いてから考えるよ」

「この春に高校を卒業したばかりなんでしょう？」

「うーん」

この若者はあまり口をきく気がないようだったので、絵未子は新聞の紙面をくまなくめくって、父が関わっているかもしれないベトナムの反戦運動の記事を探した。父を見つける手掛かりになりそうなことなら何でも見逃さないつもりだった。もちろん、この約八か月間、母と一緒に毎日それをやっていたが、何も見つけられなかった。最大の抗議運動があったのは一月の半ば、父が最後の手紙を送ってきた時だった。おそらく父も参加していただろう。でも、なぜ戻って来なかったのだろう？

「また求人広告を見てもいいですか？」サトルがやっと話しかけてきた。アルバイト男性の募集欄を指でなぞっていた。「どれもだめですね」

「だめなの？」

「運転免許証もないし、資格もないし。学校では勉強しなかったから。君はどう？」

「私？悪くなかったわ。英語が好きな科目だった。でも、仕事を探すわけじゃないから、東京に長くは居ないわ」

「泊まる場所があるんだ。三谷ハウス。贅沢じゃないけど、安いよ」サトルは彼女を見た。

「わたしは、父さんと一緒なんだ」電車はもう一つのローカル駅に停車した。何人かの乗客が車窓から軽食を買うために売り子にお金を渡しているのからサトルが目を逸らすのに、絵未子は気がついた。絵未子自身は、まだお腹が空いていなかったけれど、列車が動き出すと、お弁当を取り出してサトルに分けてあげた。

サトルは目を覚ましたように身を震わせた。「あー、乗り換えしなくちゃ。ここで降りて、南千住まで電車で行くんだ」と言って、サトルは座席の下から緑色の小さな風呂敷の包みを引っ張り出した。絵未子は上の棚からバックパックか何かを持っていくのかと思ったが、その小さな風呂敷包だけだった。

絵未子は彼の後についてホームに降りた。「えっ、君のお父さんはここに住んでるの？」

本当のところを言わなければいけないと思いながら、絵未子は彼の横を歩いた。「実は、父は行方不明なんです。どこにいるのか全然わからないのよ。あなたが三谷ハウスは安いって言ってたから、それで・・・」

サトルは怪訝そうな顔をしていた。「友達から聞いたんだけど、女性専用の棟があるらしいよ。気に入るかどうかは分からないけど」

「行ってみるわ」

三　東京へようこそ

どうせ東京は全国から出て来た人間の寄り合い世帯の都会で、どう勝手に変化させようが、故郷とは人が見ていないから無関心でいられるのに違いない。
After all, Tokyo was a vast boarding house for all sorts of people from all parts of the country. Hardly anyone thought of it as home …

ー　大佛次郎、帰郷

サトルの友人は、三谷ハウスは大通りから外れたところにあると言っていた。二人は何人かの人に道を聞かなければならなかったが、その度に変な目で見られた。狭い通りには、上に迷路のように電柱から電線が張り巡らされていて、二階建てや三階建てのモルタルの建物が互いにひしめいていた。それぞれが、灰色やクリーム色で、微妙にデザインや色の違う建物だった。その前には自転車が並んでいた。建物は間口が狭くてくっつきあっているので、道に突き出した縦長の看板で宣伝していた。そこに三谷ハウスはあった。だが、北山を出た時に期待したような可能性の広がりは、絵未子には感じられなかった。

二人は道端で寝ているヒゲの男の上を踏み超えた。サトルの服装が列車の中では、まったくそぐわなかったとすれば、絵未子はここではヒップハガー・ジーンズで目立っていた。「みんなが私を見ている」

「見られてるに決まってんだろ。すごくかわいいからさ」

看板はローマ字で、手書きのようだった。ドアが開いていた。青白い顔の白髪の男が木の椅子に座り、狭い廊下にある小さな机にかがみ込んでいた。「一泊三百五十円。前払い」それはラーメン大盛り一杯分の値段だった。「宿泊者は毎日午前八時までに退出し、午後八時までは入室不可。例外無し。朝の茶は無料」

「お茶は無料だって」絵未子は微笑んだ。「いいわね」

受付の男は、それを皮肉だと思い、目を細めて睨んだ。机の時計は午前十時を指していた。「前払い。自分の部屋を探して、それから午後八時以降に来ること。女はそっち、男はそっち」男は頭を左に傾けて、それから右に傾けた。

黒と白のタイル張りの床に、小さなテーブルと椅子二脚とティーポットが置かれていた。灰色の長いエプロンを付けた女が、小さなタオルを持って彼女の方へ歩いてきて、彼女をためつすがめつ見た。女は開いている出入り口を指差した。「九番のベッドよ」

廊下の両側には、隙間が一人分の幅しかない仕上げのない木製の木組みが三段になっていて、台の上に布団が置かれていた。絵未子はここに十八人の女性が眠れると計算したが、一度にベッドに上がって入ることができるのは一人だけだった。九番のベッドは一番上にあった。梯子を登って這い上がり、座ろうとしたら天井に頭をぶつけてしまった。横になるためのスペースしかなかった。

かつて父と一緒に上京した絵未子は、東京大学からほど近い本郷にある「ベトナムに平和を！市民連合」通称：ベ平連の間に合わせの事務所に行き、そこで、父がベトナム戦争反対の学生の集団を励ましているのを見た。その夜は、その事務所のビニール製のソファで過ごした。当時高校生だった絵未子は、壇上に立ち、拡声器で大群衆に向かって叫ぶ父の姿に誇りを感じていた。彼女はプラカード作りを手伝い、マスクをしたデモ隊に配った。デモ隊は、プラカードを持って通りに出て行き、一列になって蛇のように前後左右に蛇行しながら通りを埋め尽くした。帰りの電車の中で、父は共謀罪、段階的拡大（エスカレーション）、枯れ葉剤（オレンジ剤）などの用語を絵未子に説明した。その後も新聞を読み続け、夕食時には日米地位協定や安保条約、沖縄の占領継続などについて、母が箸をピシャリと置いて、「いいかげんにしなさい」と言うまで父と話し続けた。

ベッドに座ることができないので、横向きになった絵未子は、父の最後の手紙と地下鉄の地図を取り出した。手紙は本郷郵便局から送られてきたものだった。五年前に父が彼女を連れて行った小さなベ平連の事務所の近くにあるのを地図で見て、まずそこに行こうと思った。警察は、東京で人を見つけるのはほとんど不可能だと、前に母に言っていた。しかし、それは誰かが、あなたの失くしたペンか何かを部屋中、みんなで探し回ったがみつからなかった、それでも満足できないなら、自分で探すしかないでしょう、といっているようなものだった。

彼女は香典のお金を数えた。一泊三百五十円で、彼女が大好きなラーメンをメインに食べるなら、一週間ほどは東京にいられるだろう。もう少し寝台に横になって考えていたかったが、エプロン姿の女が部屋に向かって来るのが聞こえた。「わかってるの?そこの人?日中は退室よ」

彼女はベッドの足元の木箱にバックパックを詰め込み、その小さな鍵をかけて、梯子を降りた。「電話はありますか?」と彼女は受付の男に尋ねた。叔母の順に電話して、東京に来たことを伝えて、心配しないようにしたかった。

男は何度もこの質問をされるのだろう。面倒臭そうに、「ここにはないよ。バーの前の角に公衆電話があるよ」とだけ言った。

絵未子は道端に立って地下鉄と電車の地図を見ていた。誰かがぶつかってきたような気がし、後ろから肩を叩かれた。金歯と両腕に蛇のタトゥーを入れたグリース髪の男が立っていて、彼女を上から下まで見た。「ごめんよ、ねえちゃん。この道は狭いね?」男がニヤリと笑うと、二つ目の金歯が見えた。絵未子は三谷ハウスの壁まで戻って、男を無視して地図を調べ続けた。

「ほら、ほら、失礼じゃない、お嬢さん。あんたと話していたんだよ」男はヤクザ風に巻き舌で言った。

高校時代の絵未子は、ヤクザのような話し方をして友達を楽しませていた。「黙るるれ、バカ野郎るるろ」みたいに、男に言い返したかった。実際のところは、安全のため無言で微笑んだだけだった。

男は彼女に見惚れて、ニヤリとした表情が顔中に広がった。「バッチリ好きなタイプだぜ」と彼は言った。「あんた、完璧だよ。長い足。そのお尻。そしてその生意気そうな口。地図は捨てちまいな、ねえちゃん。あんたの人生を変える仕事があるのよ」男は絵未子に名刺を渡した。Hi Crass Bar(ハイ・

クラス・バー）とあった。

「ごめんなさい」と絵未子は言った。「私はくるるるらすな（crass= 愚かな）ことはしないわ」とrの巻き舌を使って言った。

刺青の男は笑って、彼女がまだ手に持っている名刺を軽く指で弾いた。「賢いね。スマートだよ。腹が減ったら電話してくれ」男は大袈裟な身振りをして通りを歩き出した。

サトルは緑色の包を持ったまま宿から出てきて、彼女の横で立ち止まった。彼女が待っていることを予想していたかのように。サトルは脱色した髪の毛を指でなぞっていた。「何がそんなにおかしいの？」

「別に」この旅でまともな男の人と出会うことがあるなんて思っていなかったはずでしょう？でもそう思うのはそれはフェアじゃないかも。高校時代から知ってる『普通の』男の人たちには、実を言うと、まったく興味が湧かなかったから。

サトルは道端で俯いていた。「友達が新宿に遊べる溜まり場があるって言ってたんだけどな」サトルは少しびくついたような顔をして足をもじもじ動かしていた。「君も行かない」

「ありがとう。でもちょっと電話をして、それからいくつか用事があるの。今夜、三谷ハウスで寝る時間になったら、またここで会おうね」

サトルは人混みの通りを見まわして、肩をすくめた。「そうだね。八時だったよね？」

「親に電話して、無事に来れたって言ってあげたら？」

「それは出来ない。まずコンピュータ学校の名前を調べる必要があるんだ。入学すると約束したんだ。新聞は捨てたの？」

「ああ、でもどこのゴミ箱にもあるよ」弟がいるってこういうことなんだろうな、と絵末子は思った。こういうのも何となく好きなんだけど、同時に面倒なんだよね。そしてサトルは「バイバイ」と言って駅に向かって歩いていった。

角にある赤い公衆電話を見つけた。電話代がいくらかかるかわからないので、絵末子は一握りの小銭を入れて、北山工場に電話をかけた。

「もしもし。尾関絵末子です。取り次いでいただけますか・・・」

「絵末子さん。ちょっと待って。順叔母さんを呼んできます。とても心配してたわ」

『怒っていた』と言うほうが相応しかったかもしれない。「絵末子ちゃん。こんふうに行方知らずになるって、どういうことなの?今どこにいるの？〞駅で自転車が発見されて。そんなことしちゃだめ・・・」

「私は大丈夫。順叔母さん。とにかく、聞いてください。父を探しに東京に来たんです。母さんが亡くなって、私には父しかいないんです。分かってください。父さんはここのどこかにいる。見つけなきゃならないの」

叔母の順は鼻をすすった。泣いていたのかもしれない。「絵末子ちゃん、見つかるといいね」と叔母は言った。「本当にそう思う。でも絵末子ちゃん。あの人はあなたの本当のお父さんじゃないのよ」

「え？叔母さん、どういうこと？」突然いなくなった男はあなたの父親ではないって言っているのだろうか？

電話が切れた。遠距離通話だったから、時間切れだった。絵未子にはもう小銭がなかった。ああ、もういいわ。東京に来てよかったことの一つは、叔母ともうかかわらなくても済むことだった。

四　証人予定者

人かへる　The others go home
花火のあとの　With the fireworks over,
暗さかな　how dark it's become

ー　正岡子規、俳句

爆発音が聞こえる前に、丘の尾根の向こう側で赤い閃光が炸裂した。ファンは、トゲだらけの草むらの上に倒れ込んだ。その下で地面が振動していた。耳鳴りがした。彼は頭を上げて埃と煙の雲の向こうを見た。男たちはみな顔を下にして平らに伏せ、ライフルを握っていた。彼は自分と同じように頭をあげたのを何人か見たが、全員ではなかった。あの尾根のあたりは廃墟のはずだった。誰かがミスをしたのだった。

もう一つの閃光があり、その後ドカンと音がして、彼の背後で土が舞い上がった。何人かの男たちは、丘のふもとの木の方へと滑りながら後退していった。ファンは尾根のてっぺんに向けて何発か発砲してから、後退を始めた。

「あの迫撃砲をやっつけろ」ジョス中尉が叫んだ。「散開。丘の上だ。お嬢さん方。手榴弾の届くところまで行くんだ」ジョスは身体を前に曲げて、丘の尾根に向かってジグザグに進み始めた。片手には手榴弾を持ち、もう片方の手で部下に指示を出した。

プエルトリコでは、ファンは高校時代の野球の中堅手だった。二十代前半になった今でも、彼は小隊の誰よりも遠くまで正確に投げることができた。彼は立ち上がって、走って、ピンを抜き、投げた。白い炎が彼の目をくらませた。それが彼の最後の記憶だった。

目覚めた時、彼は病院のベッドに座らされていた。胸は痛みでズキズキしていた。そこに幅広の包帯が巻かれているのに気づき、包帯の下がどうなっているのかと冷や汗をかいた。

「あなたは大丈夫、治ります。兵隊さん」クリップボードを持った若い衛生兵が、ぶ厚い眼鏡越しに彼を覗き込んだ。「肋骨が三本折れている。裂傷もある。痛み止めが必要なら声をかけね」

「裂傷？」

「大したことはないよ」

「見てみたい」

衛生兵はクリップボードを見て、「ちょうど包帯を交換する時間だ」と言って、包帯を剥がした。

「治っても、少し傷が残るだろう。それだけだ」

「ここはどこ？」

「アメリカ陸軍野戦病院。東京のキャンプ王子です。あなたはここに来て二日目だ。ベトナムからの一休み」

ファンは尾根にまで上がって、迫撃砲を打ちのめそうとしたを覚えていた。その後は何も覚えていなかった。「小隊の他の兵士は？」と彼は尋ねた。

「僕は知らない。ＣＩＤの連中が君に質問しに来たんだ。でも、君は今さっきまで意識を失っていたからね」

「犯罪捜査課？」ファンは自分が何をしたか想像できなかった。

「連中はまた戻ってくるだろう」

・

鎮痛剤が効いて、ファンはだいぶ楽になった。胸の痛みは裂傷のせいでなく、肋骨の骨折からだと気付いた。医師は、肋骨の骨折には自然に治るのを待つ以外に何もできないと言った。彼は医師の指示による水っぽい食べ物を食べ始めた。看護婦が来て、おしっこをするためのベッドパンを用意した。彼女はがっしりしていて、ちょっと男っぽかった。それでも、彼女は女性で、彼は彼女が触るのに興奮した。とにかく、良かった。彼の下のものは、まだ機能していた。

その後、看護婦は歩行器を持ってきてくれた。これは情けなかった。彼は上半身を真っ直ぐにしたまま、ゆっくりとベッドから出て、歩行器の手すりにつかまった。そして、初めてベッドから出てトイレに向かった。翌日には、力が出てきて、しばらくすると自分の足で歩けるようになった。

「下の階に行けそう？」と看護婦が尋ねた。「あなたと話したいと言う人たちが来ているわ」

看護婦はファンを漂白剤のような匂いのする、何の装飾もない部屋に案内した。アーミー・ヘアカットで黄褐色の背広を着た二人の男が彼にＣＩＤバッジを見せた。最初の段階の尋問では、二人の男たちは、たじろぎながらも金属製の椅子の上で自分を落ち着かせようとしているファンを、睨みつけているように見えた。奴らは私がひざまずいて何かを告白するのを待っているだろうか？ファンは、残っている戦闘の記憶をかき集めた。しかし、閃光が走った後のことは何も覚えていなかった。尾根を奪取できたかどうかもわからなかった。

二人の黄褐色の背広着た男たちは、ファンの前近くに座り、ノートをめくっていた。「ビッグホーン・尾根の戦いについて話してくれ」と両眉が真ん中でつながっている男が言った。

「それって・・・」

「我々が何の話をしているかわからないのか？」と歪んだ耳の男が言った。

「我々は尾根を奪取しようとしていた。上には迫撃砲があった。それにやられたんだろうと思う。覚えているのはそれだけだ」

「中尉が言っていた尾根は敵の兵士一人が保持していた。これは正しいか？」

ファンはうなずいた。「記録のために声を出して『はい』と言ってくれないか。これは録音されているんだ」

「はい、それは中尉がそう考えたということです」

耳の男は、「はっきりさせるために訊くが、そう中尉は言ったのか？」

ファンはうなずき、そして「はい」と言った。彼はこれがどこに向かっているのか想像できなかった。自分は覚えていないが、何か悪いことをしたのだろうか？
「そしてジョス中尉は小隊に、尾根に敵兵が一人しかいないことをどうやって知ったのか、そして尾根を奪取する必要があることを小隊に説明したのか？どちらも正しくないのか？」
「いいえ、それはありませんでした」ファンはジョス中尉が、これ以前にも、重要な指示を間違えていたことを思い出した。彼はそれについて何も言わなかったが、尋ねた。「他に誰か怪我をした人はいました？」

眉毛の男が言った。「二人殺された。本当にそのことを知らないのか？」
「白い閃光を覚えている。そして、目が覚めたら、ここの病院にいた」

捜査官たちはノートのページをめくり、互いに目を合わせ一人が言った。「外傷性記憶喪失だな」
「そうだな」ともう一人は言った。「では、この戦闘以前の数か月間に話を戻そう。君は、ジョス中尉が不必要に部下の命を危険にさらすような行動をとるのを目撃したことはあるか？」

ファンは躊躇しながら「はい」と答えた。ジョスはしばしば上からの命令を無視した。ただ戦闘を愛していたからだろう。そしてもちろんジョスが顔を銃で撃ったベトナム人の農夫もいた。ジョスはその男が武装してると思ったと言っていた。「だけれど、ぼくには何とも言えない」それがファンがたどり着いた答えだった。

二人の捜査官は同時に話し始めた。彼らは、小隊の他のメンバーが、最初は、ジョスの犯罪的に無謀な行為を告発していたが、後になって証言を撤回し始めているとファンに話した。「彼らはまだジョスの指揮下にいる」と一人は言った。「彼らは仕返しを恐れていると思わざるを得ない」「だが、君はここにいるから彼の指揮下から外れていて安全だ」と、もう一人が説明した。「だから、この男について君が知っていることをすべて話して欲しい」

ファンは椅子の坐り具合を少し動かした。そのせいで、肋骨の骨折の鋭い痛みが走った。彼はびっくりして、呻き声をあげた。

眉の男は顔をしかめた。「君は怪我をしている。時間はある。今日の内にこれをおわらせる必要はない」彼はノートを閉じた。「君は肋骨が折れている。六週間から八週間たてば、帰郷できるだろうが、しばらく東京で療養してもらいたい。そうすればまた話ができる。証人になってもらう可能性があるので、それに必要なだけ君がここにいられるようにしよう」

ファンはそれでいいと思った。彼はプエルトリコに戻る理由がほとんどなかった。彼の両親は離婚し、それぞれ彼が知らない人と再婚した。彼が入隊しようとした時、両親は彼に冷たい態度をとった。彼には兄弟も姉妹もいなかった。

「とりあえず休んでくれ」と、眉の男は言った。彼はテープレコーダーを止めて、そして、ファンは解放された。

二人の憲兵が一人の兵士を警護して廊下を歩いて来た。ファンは振り返って見た。ジョス中尉だった。ジョスは立ち止まり、ファンがよく知っている攻撃的な赤い顔を彼に向けた。「おい、ゴメス。

なぜ奴らが俺を勾引したのか、知っておくべきだったよ」

「行くんだ！」用心棒のような大柄な憲兵が命じ、ジョスの腕を握り、「証人に話しかけてはいけない」と言った。ジョスは歯を食いしばって呻いた。「証人になりたきゃなるがいいさ。でも、ゴメス。覚えておけ。ナムでお前にまた会うからな」

五　蒸発者たち

むろん、人間の失踪は、それほど珍しいことではない。統計のうえでも、年間数百件からの失踪届が出されているという。しかも、発見される率は、意外にすくないのだ。

Of course, missing persons are not really uncommon. According to the statistics, several hundred disappearances are reported every year. Moreover, the proportion of those found again is unexpectedly small.

ー　安部公房　砂の女

絵未子は地下鉄に乗って本郷に向かった。昼時の歩道には、灰色や紺色の背広を着た男たちがそれぞれの行き先に急いでいて、誰も目を見合わせない。ジーンズに若紫色のVネックのセーターを着た絵未子は、故郷の北山のゆっくりしたペースで、サラリーマンの男たちが左右に押し寄せてくる中を、まるで流れの中の岩のように歩いた。人の激しい流れの中では、道を尋ねることも、立ち止まることすらできない。

父と一緒にここに来てからまだ数年しか経っていないのに、建物は高くなり、通りは車やタクシーでごった返していて、理由もわからずクラクションを鳴らし続けているように思えた。空気はガソリンの排気ガスの臭いがした。歩行者の群れが信号機で止まった。絵末子は隣に立ち止まっていた男の方を向いて、本郷郵便局はどこですかと尋ねた。その男の固まった無表情の視線は、何も聞いていなかったのか、声をかけられていることを想像だにしていなかったか、のどちらかだった。絵末子が質問を繰り返すと、彼女の北山なまりが外国語であるかのように、男は顔の前で手を振りながら、顔を背けた。

信号が青になると、群衆が塊になって動き出した。絵末子もそれに引きずられるようにして歩き出した。歩いていると、運よく、父が最後の手紙を投函した郵便局が見えてきた。

父と一緒に行ったことのあるべ平連の事務所は近くにあるはずだ。見つけられるだろうか。背広の人たちの群れはだんだんと間延びしていき、ジーンズを履いた東大生と思われる若い男女に取って代わられていった。若い男の中には、サラリーマンとの違いを誇示するかのように、背の高い木の下駄を履いて、どしどしと歩いている者もいた。蕎麦屋や喫茶店に出入りしている人もいた。遠くには東京大学安田講堂の高い時計台が見えたが、その講堂は、父が最後の手紙を送った頃、抗議学生たちが占拠していたものである。警察の機動隊が建物に放水する様子や、建物の高いところにあるバリケードからコンクリートの塊や火炎瓶を機動隊に投げつける学生たちの姿がテレビで報道されているのを見たとき、彼女と母は抱き合いながら、その恐ろしさに泣いた。抗議学生が一掃されるまで、この闘争は丸二日続いた。数百人が逮捕された。

絵未子はそば屋の壁にもたれかかり、両手で頭を抱えて身をかがめた。父親を探すのは絶望的に感じられた。父が活動していたベ平連の事務所も見つからなかった。北山に帰って工場で働き続けるしかないのかもしれないと思った。

「あなた、具合でも悪いんですか?」ジーンズのジャケットを着た背の高い若い女性が、店に入る前に立ち止まった。絵未子は背筋を伸ばした。「いいえ、大丈夫です。ちょっとお腹が空いただけですから」

「この店のそばは最高よ。入らない?」若い女の人ががらがら声で言った。

二人はカウンターに座った。若い女は持っていた小説を器の横に置いた。表紙には当人の名前、「かすみ」が書き込まれていた。砂の穴に落ちた男がそこに住む女の支配下に入る話だった。絵未子もそれを読んでいた。絵未子はかすみが学生かどうかを尋ねた。

「そうよ。あなたは?」

絵未子の胸がいっぱいになった。早稲田大学に合格していたが、家族が学費を払えなかったのだった。答えられずに下を向いた。

「とにかく、ここのそばは美味しいわよ。お腹が空いたって言ってたじゃない」かすみは励ましの意味も込めて、大きな音を立ててそばをすすった。

絵未子は、ベトナム戦争への日本の関与に抗議するチラシがかすみの本の中に挟み込まれているのに気がついた。「あなたはベ平連の方ですか、それとも・・・?」左翼団体はたくさんあるが、彼女の父はベ平連に最も近い存在だった。

かすみは「はい」と一つうなずきながら、絵未子の反応を見ていた。

「わたし、本郷の事務所を探してるんです。もし教えてくれたら・・・」

「何のために？」かすみは咳払いをした。

「父さんを探しているんです」

「そうなの」かすみは再び咳払いをして下を向いて黙って麺をかき混ぜていた。

絵未子は、諦めずに聞いた。カウンターの上にある地図を拡げた。「事務所の場所を教えてもらえませんか？」

「今は閉鎖されている。私たちあまり使わないし」

「とにかく、どこにあるか知りたいんです」

かすみはじっと絵未子を見つめた。「あなたは警察の人ですか？」

あまりに驚いたので、答えられず、絵未子は顔が赤らむのを感じた。やっとのことで「違います。違います」と言ったが、かすみはあわてて店を出て行ってしまった。

絵未子はそのあとを追って走った。「待って、ちょっと待って。これを読んでくれたらわかるわ」

絵未子は父からの手紙を手渡した。

かすみは少し読んでいるうちに、彼女の顔から警戒の表情は消えた。「ごめんなさい」と謝った。「あなたのお父さんのことは知らないですが、東大のデモの時に何人か年配の方が手伝ってくれていたんです。来てください。案内します」

べ平連の事務所は、本郷通りから一本入った古本屋の多い通りにあった。絵未子はその周りは思い出したが、何の印もない木製のドアは覚えていなかった。そのドアを開けると、廊下とその奥にある窓のない部屋に通じていた。かすみが蛍光灯をつけると、ブーンという音がした。壁には白いヘルメットが整然と並んでいて、その上にはメガホンがフックに掛けられている。本や雑誌、新聞の山がテーブルや椅子、床の半分を覆っている。父に連れられてきたときに寝たソファの上には抗議のプラカードが山になっているのがわかった。

「今年の一月に警察の取り締まりがあってからは、ほとんどここは倉庫にしています」とかすみは説明した。かすみは咳き払いをまたした。絵未子は、父が言っていたように、かすみは催涙ガスを吸ったことで、長期的に呼吸器系に影響が出ているのではないかと思った。

テーブルの上には「U.S. Must Get Out of Vietnam」と書かれたチラシが並んでいた。これは彼女の父の大きな目的だった。別のテーブルの上には、ガスマスクの箱が開いていた。

「ガスマスクは新しいのよ」かすみは咳き込んだ。「安田講堂の抗議行動の時にはなかったわ」

かすみに父のことを説明しようとしたが、他の中年男性と区別がつかないことに気付いた。

かすみは顎をゆがめて首を振った。「ごめんなさい。デモ参加者はたくさんいてね。お互いの名前を知っているわけじゃなかったわ」

「父は足を引きずって歩くの」

かすみは頬に手を当てた。「そういう男の人がいました。覚えてます。とても足を引きずって?」

「え?足を引きずって?」かすみは頬に手を当てた。「そういう男の人がいました。覚えてます。とてもいい人だった」

「その人はどうしたか知って・・・?」絵末子は言葉を続けられなかった。

かすみは頭を下げた。「ごめんなさい。逮捕された後、みんなバラバラになってしまって。その後、二度とその人を見ることはなかったわ」

それはまさに絵末子が恐れていたことだった。父は牢屋の中にいるのではないか。胸がいっぱいになったまま、かすみの目を見た。「他のべ平連のメンバーに、次会うときに、聞いてみてくれることはできませんか?」

「ここではもう抗議活動はしていません。今はこういう物資を保管しているだけです。あなたのお父さんは関係していないような特殊な団体を監督するためにここを利用しています。ですから私には何も・・・」

廊下で足音がして、目を細めた四角い顎の男が部屋にどたどたと入って来た。男は立ち止まって二人の女を調べるように見た。「ドアの鍵を開けたままになっていたぞ」

かすみは「今、出るところだったの」と言った。絵末子の紹介はしなかった。男は興味を持ったようには見えなかった。

「外国新聞やべ平連の報告書はどこにある?俺はグラントハイツの近くに拠点をつくったところだ」

かすみは書類の入った箱を机の上に滑らせて彼に渡した。

「これだけか？」彼は封筒の裏に宛先を書いた。「他にも何か見つけたら、この宛先に送ってくれ」彼は出て行く前に、「武器を全部守るんだ、いいな」と言って立ち去った。

かすみは絵未子に照れくさそうな視線を送った。

「あの人がボスなのかな？」絵未子は尋ねた。

「彼は自分がボスだと思っている。でも、私たちにはボスなんていない。一緒に活動しているだけ」

「武器って？」

「タカシらしいところね。彼は待ち伏せとか反攻とか作戦とかって言葉を使うの」かすみは唇をすぼめて言った。「彼が新しい拠点に移ってくれてよかったわ」

「では、あの人はべ平連の人なの？」

「そうでもないわ。彼は一人で外で勝手にしている。まるでべ平連が軍隊であるかのように振る舞って。自分が指揮を執っているよう思っている」

「あの人が持って行った報告書は何ですか？」べ平連のメンバーが報告書を書くのを父が手伝っていたと言っていたことを絵未子は思い出していた。

「わかりません。皆が逮捕された後、なぜかここに捨てられてしまったようです。タカシはそれを利用できると思っているわ」

絵未子が帰ろうとした時、棚にいろんな種類のフェイスカバーが並んでいるのに気がついた。中に見覚えのあるスカーフを見つけ、手に取った。それは母が父のために縫ってあげた濃い青のストライプのスカーフだった。

かすみは、最寄りの警察署が絵未子の宿の近くにあると言っていたので、絵未子は疲れていたが、なんとか歩いて帰ることにした。母と二人で東京の警察に何度か電話をして、父の逮捕の記録がないかどうかすでに聞いたが、今回は父が使っていた可能性のある偽名のリストを警察に出すことにした。

案内窓口の男は、絵未子は警察本部にその情報を請求しなければならないと言った。彼は歯の隙間で息をした。「しかし、それぞれの名前に家族関係の証拠が必要になるので、結局お父様の実名でしか聞けないと思います。プライバシーの保護というのがありますから」彼はそう説明し、まるで彼が言及した法律が含まれているかのように、机の上の書類の山を叩いた。

「何を言っているんですか？父が牢屋にいるかどうか知りたいだけなんです」絵未子が声を荒げたので、別のデスクにいた女性が驚いて顔を上げた。そして案内窓口に来て、「失踪届は出しましたか？」と聞いてきた。「それが第一歩かもしれません」

絵未子が八か月近く前のことだと言うと、その女性は心配そうに「はあ」と息を吐いた。そんなに長い間行方不明になっている人の居場所を突き止められることは滅多にないという。「問題は、多くの場合、そうした人々は発見されたくないということです。特に男性は、家族の義務や社会的な期待に囚われていると感じている。そうして、自分の存在が押しつぶされると感じる時点に達します。

これ以上は耐えられないと思い、失踪するのです」

案内窓口の男は同意するようにうなずいた。そして、行方不明者の捜索を専門とする私立探偵がいると言った。「金の無駄遣いかもしれないがな。滅多に成功しないいし」

「私の父はそういう人じゃない。隠れているわけではありません。父に何かが起こったんです」
・
絵未子は、行方不明になった父のことを思い、涙を流しながら、ゆっくりと三谷ハウスに向かって歩いていた。ポケットからちり紙を取ろうと立ち止まっていると、後ろから男の人がぶつかってきた。「おい、気を付けろ。ここは人が歩くところだぜ」

「ごめんなさい」絵未子が身を引くと、網の買い物バッグを持った女が通り抜けようとしてぶつかってきた。女がバッグを落としてしまったので、絵未子はバッグを取りに行くのを手伝おうとしたところ、その女が、「泥棒！」と叫んだ。

青いパトロール帽と制服を着た警官が小さな交番から出てきた。

「この女が私のカバンを取ろうとしたのよ！」

「まあ、まあ」警官は手を下げて落ち着きなさいというジェスチャーをした。「私は全部見ていたんだ」

警官は立ち止まって見ていた数人の人々に目を向けた。「ただの勘違いです」絵未子は両手で顔を押さえていた。警官は彼女に話しかけた。「お嬢さん、あなたは動揺しているようだね。ちょっと交番に入って座ってくれませんか？」

絵未子は逮捕されるのかなと思いながら、プラスチックの椅子に座った。どうも逮捕はされないようだったが、警官は彼女にお茶を入れてくれた。穏やかで丸い頬をした顔に、銀縁の眼鏡。名札には大泉と書いてあった。「よかったら、ちょっとここで休んでいてください」と言った。

「お邪魔でなければ、そうします。交番が落ち着く場所だとは思ったこともなかった」

「好きなだけいてもいいよ。そんなに忙しくないのが分かるだろう」

絵未子は、地図がはってある以外はむき出しの灰色の壁をちらりと見回した。灰色のカウンターには警察無線、炊飯器、特殊なラジオなどが置かれていた。

「道で悩んでいるように見えたが、迷子にでもなったんですか？」

絵未子は首を振った。「いいえ」

「そうか」警官は机の引き出しを開けて海苔巻煎餅の入った袋を取り出し、それを皿に出した。まるでこれは尋問ではないと示すかのように「お好きなら。お茶と一緒にどうぞ」と言った。

絵未子は説明しなければならないと思った。「私はいろいろ考えて、気が散っていたんです」と警官に言った。「父を探しているのです」

大泉巡査の顔には同情の色が浮かんだ。絵未子は巡査に全てを話した。

「そうなんですか」彼は頭を掻いていた。「お父さんが使ったと思われる名前のリストを持っていると言ったね？」彼はそれを見て彼女の力になれるかもしれないと言った。「交番の警察官は、君の言うようなお役所仕事をする必要は無いからね。二、三日はかかるだろうが、答えは出せると思う。君が泊まっていると言ったのは・・・間違わずに聞いたかな。三谷ハウスですか？」

「私に払えるのはそこしかないんです」

「そうか、わかった。それなら、ここから歩いて二分くらいのところだね。二、三日したらこの交番に立ち寄るといいよ。いつも、午後と夜は十時までここにいるから」

・

彼女が三谷ハウスに戻ったのはちょうど六時だった。ドアの前にはすでにサトルが立っていた。

「二時間もここで待つつもり？」と彼女はからかった。

サトルは肩をすくめた。

「まあね。君は？」

「私？そんなわけないでしょう」と言っても、八時まで何をするか考えてはいなかった。彼女は話題を変えた。「いいコンピュータの専門学校は見つかったの？」

サトルはまた肩をすくめて、「日本橋にある学校に応募したんだけど、入れなかった」と言った。

絵未子は驚かなかった。脱色した髪の毛とあのシャツで入れるわけがない。

「建物の中にも入れてもらえなかった」

彼女は彼の風呂敷包みを見た。「背広を持ってこなかったのね。東京では・・・」

「自分が背広を着るなんて考えられない」

絵未子もその姿は想像できなかった。「何か仕事を探せばいいんじゃない？」

「そう。ほとんどお金がないんだよね。学校に入学したことを証明しないと親が仕送りしてくれないから」

「そうなんだ。ところで、夕飯は食べた?ラーメンでも食べに行こうか?」

近くに彼らはラーメン屋を見つけた。サトルは壁に貼られたメニューをじっと見ていた。「うーん、那珂国にいる時より高いな」

「私が払う。塩か醤油か?」

サトルはきまり悪そうに頭を掻いた。

「醤油です」

「で 新宿はどうだったの?友達が言ってた店は見つかったの?」

「うーん」

絵未子は詳しく聞きたくなって首をかしげた。

「タダで泊まれるところもあるし。ぼくもそこに泊まってみようかな」

「あんたが言うのは、地下鉄のベンチとか?三谷ハウスでもそれよりはマシだよ」

サトルは貪欲に麺をすすった。東京に着いてから何も食べてないのかなと思った。「お金が必要なら少しだけ貸してあげるよ。といっても大した額は無理だけど」サトルはとても嬉しそうだったので、結構余計にあげてしまった。

食後、車のクラクションが鳴り響く通りを歩き、松尾芭蕉の細い銅像の前で立ち止まった。そこには芭蕉の句が刻まれていた。

「学校では一度も読んだことがない」とサトルは言った。

「私は読んだよ」中でも特に印象に残った句を思い出して、絵未子はニヤリとした。そこで、それを詠んでみた。

蚤虱　　Bitten by fleas and lice,
馬の　　I slept in a bed,
尿する　A horse urinating all the time
枕もと　Close to my pillow.

サトルは笑わなかった。住んでいた家の状況に近すぎたのかも。

バ・バックパックから寝巻きを取り出すと風呂場に行った。風呂場には浴槽はなく、壁に沿って低いプラスチック製の椅子と蛇口、湯の入ったプラスチック製の桶が置かれていた。早い時間だったので、風呂場に彼女一人しかいなくてよかったと思った。彼女は急いで服をフックに掛け、小さなタオルを前にして、腰を下ろして体を洗った。桶から温かいお湯すくって頭にかけると、幼い頃に母が髪を洗ってくれたことを思い出した。石鹸の泡を体から洗い流すとき、腕が震えた。

寂しさに震えながら、彼女は寝台に横たわったが、疲れているのに眠れなかった。ノミもシラミも馬の尿もなかったが、下の寝台の女はいびきをかいていて、むき出しの木の壁に響き渡っていたのだった。彼女は父のスカーフを頬に当てた。

それでも、そのうちに眠ってしまったのだった。それは、寝台の間の狭い通路で服を着て朝の退去時間までに出ようとする女たちの声で目が覚めたからだ。誰もしゃべらない。女たちはぶつかり合っていても、謝ることもしなかった。皆、自分のことだけだった。絵未子は異世界に飛ばされたような目で寝台からその光景を見下ろしていた。

ほとんどの女たちは年配で、ゆるい家着か、簡単な帯で結んだ無地の着物を着ていた。彼女たちは風呂敷の束を持って駆け出して行った。どこへ行くのか、絵未子には想像もつかなかった。仰向けに寝そべって、もがきながらジーンズをはき梯子を降りると、最後の一人の宿泊客が起き上がってきた。「ううっ」と、その女はうめき声をあげた。「今何時?」

「もう、退去の時間みたいね」

若い女は、腰の下に垂らした輝く中国風のブラウスのボタンを留めた。「あんたはここに来たばかりね。いい場所でしょう?」

「そうね」絵未子は、ここには長くはいられないと言った。

「私もよ。アパートのお金を貯めてるの」と言って、自分の鼻の方を指差した。「マリコです」

絵未子が自己紹介をすると、マリコは三谷ハウスの緑茶を飲もうと勧めてくれた。女性用『ロビー』の時計を見ると、あと十分となっていた。マリコは椅子を探して、お茶を注いだ。テーブルの上には、その日の朝日新聞が折りたたんで置かれていた。絵未子はそれを手に取ったが、マリコは話がしたいと言った。「あんたもアパートのためにお金を貯めてるの？」

絵未子は「今は収入がない」と言った。

「ふーん」と言って、恥ずかしくなるくらい近くで絵未子を見た。「あんた、かわいいね。私が働いてるところで働けばいいいんじゃない？」

「それってどこ？」

「Hi Crass Bar というの」

「あー、わからないわ」

「そこらの大企業のお茶くみよりも給料がいいわよ」マリコは時計を見て、「とにかく私は行かなくちゃ。明日の朝またあえるかな」

絵未子は新聞を開き、見出しを読んだ。『米陸軍はマイライ虐殺事件でカリー中尉を告発する』

灰色のエプロンを付けたいかつい女が近づいてきた。「あー、娘さん。もう時間だよ」絵未子は宿泊客の最後の一人が出てくるまで、外で待っていたが、サトルの姿はなかった。絵未子はもう少し待った。でもやはりサトルは現れなかった。これは良い兆候だと思った。彼女の助けがなくてもなんとかやっていることを示しているのではないかと。彼女が心配しなくてはならないような、ぶらぶらした男の子は自分には必要ないのだ。東京に長く居るには貸したお金を返してもらわないといけないけれど。

六　やり残したこと

それらは谷間から出征して戦死した者たちの「御霊」であった。しかも年々、兵隊服の「御霊」の数は増加したのである。
They were the ghosts of men drafted from the valley who had been killed in battle. The number of them in uniform increased every year.

ー　大江健三郎、万延元年のフットボール

ファンの看護婦は軽く舌を鳴らした。「オーケーよ。血液検査も尿検査も、もうしないでいいわ。問題なしよ」

「感染症は？」

「私たちがしてきたのは感染症の検査でなくて、薬物検査よ」

すぐに、ファンはジョス中尉のことを考えた。彼がビッグホーン尾根と呼ばれていた場所への攻撃を指示した時、中尉は間違いなくコカインでハイになっていた。軍警察は尋問のためにジョスをここに連れてきた時、薬物検査をしたのだろうか？

「それで、あなたを病院の職員宿舎の寝台に移動させます。別の患者のためにこのベッドが必要なのよ。ベッドでの朝食はもう要りません。職員食堂で食べられるから」

「それじゃあ、これでお別れですか？看護婦さん」

彼女はニヤリと笑った。「数日後の七時にまたここに来てください。包帯を変えてもらいます」彼女はクリップボードをチェックした。「八時にＣＩＤと会うことになっているわ」

ファンの胸の包帯は交換するたびに小さくなっていた。彼は痛みよりも痒みを感じた。肋骨は動くとまだ痛いが、看護婦はベッドで横になってはいけないと言った。「少し歩きなさい。あなたは若いから、早く治るわよ」

ファンはゆっくりと病院の待合室に向かい、軍の新聞『星条旗新聞、スターズ・アンド・ストライプス』を手に取った。新聞の見出しには、軍がマイライ大虐殺の容疑でカリー中尉を告発するという内容が書かれていた。ファンは初めてカリー中尉が告発された内容を読んだ。このカリーに比べれば、ジョスは雑魚だった。ファンは、軍がマイライに続けて、さらに不祥事を公にする準備ができているかどうか、疑問に思った。

ファンが例の部屋に入った時、犯罪捜査課ＣＩＤの連中は悔しそうな顔をしていた。机の上には軍の新聞が開いていた。眉の男は顔を上げた。「ゴメス一等兵、中尉ジョスの調査は保留されている。君への命令は、次の指示があるまで、東京で医療休暇を取ることだ」ファンはキャンプ王子を離れることはできたが、毎日外出許可を取る必要があり、また帰った時には記帳しなくてはならなかった。

そして、毎晩、病院の男性職員宿舎で寝る必要があった。また、未払給料を受け取るために会計係のオフィスに立ち寄ることはできた。

ファンは病院の職員宿舎を見に行った。揺れるドアの向こうには、巨大な青い洗濯物入れがあり、傷や火傷の治療に使われるヨード、硝酸銀、アルコールの臭いがしていた。彼はスリッパを履いてワックスを塗った床を慎重に歩き、自分のベッドを見つけた。それは上の段にあった。

誰かが背中を叩いた。「随分ゆっくり歩いているんだね。どうやって上の段まで登っていけるか気になってるんだろ、違うかい？」衛生軍曹が手を差し出した。「ウォルター・ジョーンズです」

「ファン・ゴメスです。ええ、少し問題があってね。肋骨が何本か折れていてね」

「いい話がある。教えてあげよう。この下に私のベッドがある。君のと交換するよ」ウォルターはファンがこれまで聞いたことのない訛りで話した。彼はサウスカロライナの小さな島、クーソー島から来たと言った。「ガラ族と呼ばれてる。我々の話し言葉もガラ語なんだ」

ファンはもっと沖合の大きな島から来たと言った。プエルトリコだ。

ウォルターは自分の毛布を上の段に上げた。「さあ、どうぞ」そうして、病院のパジャマ姿のファンを見て、笑った。「戦場からの救出患者はあまり荷物を持たないね、そうじゃない？」

「僕の兵服はどこかにあると思う」

ウォルターは首を振った。「いや、君が運び込まれたあと、私が片付けたよ。服はゴミ箱に捨てたし、靴も。何もかも」

ファンは自分のスリッパを見下ろした。「彼らはぼくがこのキャンプから外出することができると言ったよ。歩くのが体にいいいんだって」

「君はとにかく靴もないでしょう。基地の外では民間人の服を着るように指示されているよ」

「どうして?」

「地元の人にじろじろ見られたくないからね。我々は、溶け込むことになっているんだ」ウォルターは甲高い笑い声をあげた。「君は黒髪だな。それはいいが地元の人たちの誰よりも背が高いね。私も黒髪だがね」彼はファンに、給料小切手を現金化して下の階の購買部PXで、馴染みやすい私服を買えばいいと言った。

二人は一番下の段の寝台に座った。ウォルターはすでに一年以上もの間この国にいて、その間、色々な場所を見て回る時間をたっぷりと持っていた。彼はポケットから地図を取り出した。「さあて、近くに何がある?これだよ。王子神社だ。これは見ておいた方がいいよ。第二次世界大戦の空爆で、周りは全部破壊されたが、本殿は残ったんだ」ウォルターは唇をすぼめた。「殺せないものもあるんだね。地元の人は、霊が住んでると言ってる。本殿の隣の大きな銀杏の木も生き残った。おそらく樹齢は六百年だと思われる」

ウォルターは業務に戻り、ファンは購買部PXに行って服を探した。日本人の店員がサイズを確認しながら彼の前でシャツをあてて、「わー、すごく似合うわ」と言った。

ズボンと靴、髭剃りキット、ダッフルバッグも選んだ。店員は彼の買い物の山にネクタイを追加した。

「ネクタイはいらないよ。モルモン教の宣教師のように見られたくないから」

ファンはウォルターの地図を持っていたが、いつの間にか道に迷ってしまい、タクシーを呼んだ。運転手が行き先がわかるまでに、彼は神社の名前を二回言った。神社の入口には日本風の門、鳥居がそびえ立っていた。ファンは青いスカートの制服を着た女子学生たちの後をついて、古い木造の神社まで行き、中に入ることができるのか思いながら立ち止まった。修学旅行生のグループは、小さな建物で立ち止まり指に水をかけていた。ファンも同じようにして後に続いた。学生たちが互いに写真を撮り合っている間、少し離れて様子を見ていた。皆Vサインをしていた。ウォルターに聞いたところによると、日本人は終戦後にアメリカ兵、ＧＩが自分の写真を撮る時のを見て、このするようになったのだそうだ。勝利のVサイン。彼女たちは写真の中で自分たちが何を示しているのかほとんど知らなかったのだ。勝利、完璧だな、とファンは思った。

神社の黒ずんだ古い木造の柱や梁を見ると、彼は爆撃を免れたというのは本当なのかなと思った。ウォルターは神社には霊が住んでいると言っていた。ファンはかつて凄まじい荒廃を経験した人々の中で生き残った霊的な強さを想像するのに、神や霊を信じる必要がなかった。

ファンにとっての古代の価値観とのつながりは、銀杏の木に象徴されているように思えた。彼は低い石垣の上に座り、六百年以上も生き続けている木の根がどれほど深いのかと考えていた。周りの木は壊されて入れ替わったりしていた。焼失した社の代わりにピカピカの新しい神社が建っていた。しかし、新しいもの、現代的なもの、変わっていくものの中で、古い銀杏と神社は生き残っていた。古い考えも、同じように生き残っていたことを誰が知っているだろうか？

この外出は予想していた以上にファンを疲れさせた。肋骨が痛んでいた。食堂で早めの夕食を食べ、パジャマに着替えて寝床に横たわり、寝るまでウォルターの地図を眺めていた。

ウォルターが夜、帰ってきて目が覚めた。部屋は暗かった。ウォルターの白目が自分に向かってくるのが見えた。ウォルターの指が彼の首の横に触れるるのを感じた。

「ごめん。チェックしようと思って」

「ぼくが生きているかどうかって？」

「こういうのは初めてではないだろう・・・。気にしないで。見せたいものがあるんだ」

ファンはもう眠くなって起き上がった。ウォルターが案内したのは天窓のある暗い倉庫だった。「秋は夜空を見るには最高の季節だ」とウォルターは言った。「星を見て」

彼らは箱の上に座り、天窓からの眺めを楽しんでいた。「ベトナムでも時々夜空はこんな風になることがある」とファンは言った。「ぼくは野原で仰向けに寝転んで空を見上げるのが好きだった」

「私も、ナムに行ったことがあるんだ」とウォルターは言った。「君は野原の話をしたけど、昼間、熱い草の上に波打って立ち上る空気を見たことがあるだろか？」

「ああ」

「あれが何か教えてやろう。幽霊だよ」

「何だって？」

「クーソー島で亡霊と呼ばれているものだ。ナムは最近、亡霊がうようよしている国だ」

亡霊のようなものがあるとしたら、ウォルターがベトナムのことで言ったのは間違いなく正しかった。大勢が死んだ。死者は完全には消えなかった。彼らは生きている人々の心を悩ませ続けている。

「ここ日本では、『ゆうれい』と呼ばれている。幽霊を呼び戻すのは、日本人の言い伝えだと、やり残したことなんだ」ウォルターは箱の上で前後に揺れた。「ナムにはやり残したことがある幽霊が多いようだ」

「確かにそうだね。他の場所でもそうだ。ここの病院はどうなの？」

「あ、そうだよ。知っているだろう。たくさん出るんだ」

ファンは胸がチクチクするのを感じた。「ビッグホーン・尾根の戦闘で、この病院に運ばれた人のこと知っているの？」

ウォルターはゆっくりうなずいた。「リッグス一等兵だ。君が運ばれて来たと同じ日だ」ウォルターは深呼吸した。「亡くなったのは残念だ」

「彼は私の小隊にいた」とファンはつぶやいた。

ウォルターはファンの肩に手を置いた。二人は話を止めて、しばらく星を見上げてから寝た。

その夜、ファンはアラン・リッグスの夢を見た。アランは田んぼの中で動かずに立っていた。兵服でなくて灰色のパジャマを着ていた。彼の燃えるような目はじっとファンを見ていた。ファンは彼が何を言っているのか聞き取ろうと必死になったが、アランの口は開かなかった。唯一のコミュニケーションは彼の目を通してのものだった。

七　東京ランナウェイ

自分は無だ、風だ、空だ
"I shall be nothing, the wind, the sky."
ー　太宰治、人間失格

絵未子に父を捜す方法がなくなりかけていた。そうだ、北山の家にいたときには、何か情報が必要になれば、いつも郵便局の隣にある小さな図書館に行っていたじゃない。東京には大小さまざまな図書館がある。彼女は、一番近い荒川区立図書館に行ってみることにした。

一番大きな部屋はお母さんたちとその子供たちでいっぱいだった。真珠のネックレスと茶色の服を身につけた司書が、絵未子が受付の机に近づいて質問をすると、驚いたような顔をした。たぶん、何か話しかける前に、ちょっと慣例のお辞儀をするとかが普通なのに、彼女はそんなことにかまっていられなかったからだ。絵未子は父親の死亡記録を調べるためにここに来たのだった。

「新聞はマイクロフィルムになっています」と司書は彼女に言った。「そこをお探しになったらいいでしょう」

絵未子は父が行方不明になってから、北山で見られる主な新聞を定期的にチェックしていた。母には、父の「ニュース」を探していると言っていた。どの新聞のどの欄にそのニュースがあるのか、正確に言ってみせてもらうまでもない。今やマイクロフィルムがあれば、国中のあらゆる新聞が閲覧可能だった。司書がマイクロフィルムのリールのセットの仕方を教えてくれた。彼女は深呼吸をした。

父が行方不明になってからの約八か月分の紙面を全部見なければならない。くしゃみをしながら、埃をかぶったリールを次々とスクロールさせた。数時間後、彼女は父が行方不明になってからの最初の二か月間だけの紙面を見終えた。本名や彼女が知る限りの偽名での逮捕や死亡の記録はなかった。記事に載っていたのは悪名高い犯罪者か有名人ばかりのものだった。彼女は目をこすり、ため息をついた。

彼女の父の行方不明に関連した記事は、日本で増え続ける男性の失踪について書かれたものだけであった。また、学校で優秀な成績を収めなくてはいけないとか、一流の企業に就職しなくてはいけないというプレッシャーを拒んで、家出して東京に出て、シンナーを吸うことに夢中になった日本人の若者（主に男性）についての一連の記事も見つけた。そうした若者がよく集まる場所が新宿の周辺の寂れた地区だという記事を読んだとき、彼女の頭の中にサトルの顔が浮かんだ。

司書が持ってきたリールの堆い山を見て、絵未子は思わず身をよじった。これを全部見るなんて、彼女には到底無理だった。頭は痛くなるし目が充血した。もう、諦めるしかなかった。

お腹が空いていた彼女は、財布を開いて、昼食にいくら使えるかを決めた。あまり使えなかった。通りに出て、たこ焼きの匂いを嗅ぎながら、彼女は道角にある店へと向かった。そこは彼女のお気に入りの店で、しかも安い。パン三つでお腹がいっぱいになった。東京に来てからお米のご飯を食べていなかった。母がいたら、「そんな食事じゃ、体力がなくなるわよ」と言われただろう。

•

サトルが姿を消したようなので、絵未子は新宿に行ってサトルを探すことにした。山手線は大体、高架なので、街を一望できる。見慣れない建物の塊が通り過ぎると、手の平が湿ってきて、一体自分は何に関わろうとしているんだろうと思った。

新聞記事に書かれていた「反抗的な若者」が集まりやすい地区や二つの街区の名称を彼女は書き留めていた。しかし、駅を出たとき、彼女は圧倒された。新宿は人で溢れていて、あまりにも広大で、どこに行けばいいのかわからなかった。最初は交番を探して道を聞こうと思ったが、すぐにもっといい方法を考えた。

街角の建物にはブロック番号が書かれていたが、それだけでは不十分だった。彼女が探していたのは、特定の建物ではなく、どこか空いている場所だった。なんでわざわざサトルを探すんだろうと思いはじめた。サトルとは、何の関係もないような気がした。でも、なぜかサトルは彼女の心の中から離れなくなっていたのだった。

諦めかけていた彼女は、三越百貨店の方向に歩いていった。サトルが見つからなくても、せめてウィンドウショッピングくらいはできるだろう。その時、透明なビニール袋を持った背の高い痩せたティーンエイジャーが、ふらふらしながら彼女の前を横切った。

彼女はその若い男の後について行った。最初は気づかれないように、かなり後ろに離れていた。角を曲がるたびに、ビニール袋を鼻につけて一息吸った。そのうちに、絵未子は誰にも気づかれないことに気がついた。その男も気にもしない。自分の世界にいるのだから。

シンナー吸いが小さな街の公園に近づくと、彼はベンチに向かってそこに座った。彼の腕はゆっくりとした動きで、絶えずビニール袋を顔の前に持ち上げていた。絵未子は、彼が自分に気づくまで公園の隅に立っていた。しかし、彼が気づくかどうかわからなかった。彼の顔は無表情だった。絵未子はベンチに近づき、その前に立った。鳩がそばに飛んできた時のような気配すらなかった。

「探している人がいるんだ」と彼女は言った。「オレンジ色の髪で那珂国から来た人なんだ。名前はサトル。あんた知っている？」

ティーンエイジャーは雲を見上げるようにした。「サトル」と言ってから「サトル、サトル」と繰り返した。まるでその名前の響きが気に入ったかのように。

この子からは何も得られないだろうと思って、絵未子はその場を立ち去ろうとした。

「サトルを知っているよ」と少年はつぶやいた。彼は駅の方を指差した。線路のそばの下の方」

「どこ？」

腕を伸ばしてから指で下を示した。絵未子は、電車が駅に入るところに小さな傾斜があるのを見ていた。彼女はそれ以上の質問をするつもりはなかった。

サトルは他の連中と一緒に、通りから見える暖かな白いコンクリートの斜面に横になっていた。サトルは透明なビニール袋を手に持ったまま寝ていた。絵末子はしゃがんで彼の肩を揺すって起そうとした。サトルはようやく笑みを浮かべた。

「起きなさい」彼女は彼の肩を叩いた。「こんなのいやよ」

サトルは起き上がってビニール袋を脇にそっと置いた。サトルは公園のベンチにいた若い男と同じように無表情だった。

「何か言ってよ」と絵末子は言った。「何でこんなことしてるの?」

彼女の声は、どこかへ飛んでいっていた彼の心が部分的に呼び戻されているようだった。他のシンナー吸の若者たちは動き出して、公園に向かってスロープを登っていった。絵末子はサトルのビニール袋を取り上げて捨てた。カラスが飛んできて拾ったが、すぐに血の気の引くような鳴き声をあげて捨て落とした。

サトルは空に飛び逃げるカラスに目を上げた。「この世の煩わしさから解放されたい」

「うーん。どうやら、君はその線にはまっているようね」

「笑わないで」彼の声は穏やかだった。「僕は、あの友だちように自分の人生を浄化したい。彼はすべてを捨てて僧になっている。僕も彼のようになりたい。彼は頭がいい。祈りを暗記して、儀式を覚えることができる。僕にはずっと無理だと思っていた。でも背広を着てコンピュータプログラムを書くのは嫌なんだ」彼はため息をついた。「とにかくやってみようと思ってたんだけど。でも、僕はこれを見つけた」

那珂国の寺の新米の坊さん透心は、サトルの言っていた友達に違いないと絵未子は思った。僧侶の生き方は、実は絵未子には馬鹿バカしく思えるものだった。しかし俗念を拒絶するという考え方は理解していた。だが逆に、サトルのやっていることは間違っている。

だからと言って、彼に他の選択肢などあったのだろうか?無理やりコンピュータプログラマーや会計士などの職業に就いて、それで、しまいには妻子を養うために嫌いな仕事に追い込まれて、自分が自分であることができないと感じなくてはならないのだろうか?これこそが、心理学者や作家、警察が言っていた、現在この国を悩ませている失踪者の急増の現象を生み出したものなのだ。

それは、絵未子がしていること、「ランナウェイ、逃げ出し」と同じではないか?結局、工場での退屈な仕事から逃げてきたんだ。叔母の順のような人たちの、こう行動すべきだ、こう生きるべきだという押し付けから。そして、彼女は線路脇の石畳の上に座っていた。自分はシンナーの匂いを嗅いでいるわけではないが、シンナーを吸っている人の隣に座っていた。

「もう少しお金を貸してくれないか?」サトルはきしむような声でそう言った。

「ごめんね。もう、お金はないわ」そのことを認めただけで胃がもたれそうになった。「でも私はあんたと違って、仕事を見つけるつもりよ。何の仕事があるかわからないけれど。バーのホステスにでもなろうかな。三谷ハウスの女の子にもう誘われているんだ」

サトルは、シンナーの効果が切れたというか、何と言うべきか、酔いが醒めてきているようだった。サトルは信じられないような長い息を吐いた。「ふー」

絵未子は目を逸らさざるを得なかった。「それは、父を見つける・・・わからないけど。とにかく父の情報を手に入れたい」

「三谷ハウスの近くの Hi Crass Bar のこと?」

彼女はうなずいた。「でも、サトル君、大事なのはシンナーを吸うのをやめて、何か仕事に就く事だよ。どんな仕事でもいいから。プログラマーじゃなくてもいいんだよ」

彼は目を逸らした。「わからない」

列車が駅に近づくと、大きな波打つような音が鳴り響いた。「ここから出ようよ」と絵未子は急がした。「あまりにも線路に近いじゃない。それに国鉄の敷地内にいるにみたい」

「僕はここにいる」とサトルは答えた。「ここに僕らがいるのは皆知っているんだ。誰も邪魔してこないよ」サトルは土手にある自分のビニール袋の方を見ていた。絵未子はサトルがビニール袋を取りに行くのを見る前に、そこから立ち去った。

•

疲れ果て、落ち込んだ絵未子は、再び三谷ハウスの前で、ドアが開くのを待っていた。大泉巡査は、署からの報告が届くまでに二、三日かかるかもしれないと言っていた。今までサトルに寛大に接してきたけれど、自分のお金がそんなに長くは持たないのではないかと不安になった。

三谷ハウスのドアが開かれても、サトルは現れなかった。彼女は夕食を抜きにして、ドアが開くのを待っていた女たちの群れと一緒に中に入った。洗濯をしてベッドに登り、すぐに眠りについた。

絵末子は暗闇の中でどたばたという煩い音がして目が覚めた。

「イタイ。クソ。チクショー」痛い。くそ。畜生。

「しっ」老婦の掻きむしるような声が静寂を破った。

「エミコ、起きてる？」マリコだった。その日の朝、絵末子が会った女の子だった。あまりにも大きな声を出していた。

「しっ。あんたたちロビーに出な。真夜中じゃないか。みんなここで寝てるんだよ」

マリコが絵末子の腕をたたくと、絵末子は目をこすりながら起き上がって、寝台を降り、マリコの後をついて、ロビーの小さなテーブルに行った。マリコは淡青色のタイトなドレスを着て、前髪を垂らしたアップ・スタイルにしている。小さな椅子に座ると、短いドレスの裾がさらに上がって、腿の大部分が露出していた。「今夜の分の支払いが済んだら、礼金と敷金の分があるから」と絵末子に言った。「アパートの費用？すごいじゃない」

・

ヤクザのマネージャーは金歯を見せながら執念深いニヤリとした笑みを浮かべた。「そうね。あんたはここで働くには向いてないんじゃない？」

東京に長くいたいという絵末子の必死の願いと、手っ取り早くお金を稼ぎたいという気持ちが勝って、マリコに「面接」に連れてきてもらったのだった。

マネージャーは「俺はヨシダマって言うんだ」と言って、絵末子が名前を言うのを待って、首を傾げた。「それなりの服があるといいけどね。あんたのは、お客さんをもてなすための服じゃなくて掃除するための服にしか見えないよ」

絵末子は振り向いて出て行こうとした。「こんなの間違った考えだってわかってたわ」

「ちょっとお待ちよ。慌てて行くことはないだろ。必要なら服を買う金を前払いであげてもいいんだぜ。あとであんたの給料から払ってもらうから」

それで、話は決まった。彼女はその夜からそこで働くことになった。マリコは彼女の腕を取った。「行きましょう。原宿の素敵な服屋さん、紹介するわ」

絵末子はためらった。その街にあるど派手な店の話は、雑誌で読んだことがあるからだった。

「行こうよ。電車を一回乗り換えたら、二駅で着くのよ。きっと気に入るわ」

モンマルトル・ブティックにあるものは、自分が着るなんて想像もできないものばかりだった。

結局、選ぶのができないと思われたくなかったので、若紫色のブラウスを選んだ。マリコは頷いて白いスカートを手に取った。「これが、そのブラウスにピッタリよ」

絵末子は頬が火照るのを感じた。「うそでしょ?こんな短いの」

「これが、スタイルよ、エミコちゃん。あんたの長い足にぴったりじゃない。Hi Crass Bar のお客さんたちは、学校の先生や主婦のような人に話しをしに来るわけじゃないのよ」

加えて新しいベルト、靴、下着を選んだ合計は、Hi Crass Bar のマネージャーが彼女に渡した以上の金額になった。絵未子の手のひらは汗ばんだ。

「そんなに心配しなくって大丈夫」とマリコがからかった。「すぐにお金はいっぱいはいってくるわよ」

マリコは絵未子を新橋まで連れて行き、不動産屋にお金を払ってから、彼女の「アパート」を見に行った。一間のアパートで、玄関にトイレがついていた。部屋は山手線の線路を見下ろす二階にあった。電車が通るたびにゴロゴロと音を立てて震えた。まだカーテンもなく、窓の外にはキリンビール・キリンビール・キリンビール - の青いネオンサインが点滅していた。

「今夜、引っ越すわ」とマリコは言った。「私たち一緒に住んでもいいけど・・・」

床に布団一枚を広げる広さしかなかった。「今のところは三谷ハウスでいいの」と絵未子は遠慮した。

八　少女っぽい声

その一人は一番若くて一番奇麗な奴だ。・・・おや今晩はぐらい云ったらしい。
"Good evening, my sweet gentleman, so glad to see you."

ー　夏目漱石、坊っちゃん

Hi Crass Bar の開店前に、ヨシダマは絵未子の新しい衣装を確認する必要があった。彼女とマリコはバーの裏手にある事務所のような小さな部屋で着替えをしていた。部屋に鏡はなかったが、マリコはバッグから小さな鏡を取り出した。ヨシダマはドアをノックして入った。『おー、いいね。これならいいよ」

絵未子のバーについての知識は、テレビの番組からのものでしかなかった。「実際、私はどうすれば・・・」

「客にお世辞を言うこと。客に酒やつまみを注文させ続けさせること」とヨシダマが指示した。「それとあんた自身のために飲み物をおごってもらうようにしてくれ」

「でも私はあまり飲めないと思います」

「大丈夫だよ。あんたのには酒を入れないから」

「お客さんがタバコを出したら、火をつけてあげてね」

「あんたの給料は相手の金の使い方次第だ」ヨシダマはそう念を押した。「まあ、そんなところかな、知っておかなきゃならないことは」

　腰の曲がったじいさんが入ってきて床をモップで拭いた。女たちは四人でテーブルクロスを敷き、灰皿とHi Crass Barのブック・マッチをその上に置いた。その家庭的な様子は、絵未子を落ち着かせると同時に、彼女を悩ませた。ちょっとした罠を仕掛けているような気がしたからだ。

「イラッシャイマセ！」今日最初の客の、灰色の背広のサラリーマンが二人入ってきたとき、女の子たちは甲高い歓迎の声を上げた。絵未子は無言で床を見ていた。このように熱狂を装うのはみっともないと思った。

　サラリーマンは二人とも四十代ぐらいに見えた。ヨシダマは注文を受けて、飲み物を持っていった。この二人は常連ではないので、特定のホステスを探しているわけではないようだった。ヨシダマは絵未子の肩をたたいて、彼らのブースに顎を向けた。

　絵未子は深呼吸をして近づいて行った。「いらっしゃいませ。お客様。ご一緒してもいいかしら？」マリコにそう言えと言われていたのだった。客の一人が横にずれて、絵未子は、知らない人の隣に座ることに不安を感じながらも座った。

　未絵子の隣の男は、瞳孔が拡大して見える分厚い眼鏡をかけていた。向かいの男は、髪の毛が無茶苦茶に立っていて、耳が大きく前に曲がっている。現実の世界では、こういうおじさんと話をしたいと思う二十歳の女の子はあまりいないだろう、と思った。だから、これでいいのかもしれない。自分はこういう人たちを楽しくさせてお金をもらうのだから。

彼女は客の背広を見て、二人の間に何か違いがあるかどうかを見分けることができるかと考えた。デザイン？素材？質感？色調？いや、鏡に映ったように同じに見えた。ネクタイを見た。同じ素材と質感だが、ここに違いがあった。片方は紺色で、もう片方は薄い青だった。

彼女はマリコの指示通りに自分の名前を名乗った。案の定、客も名字を名乗ってくれた。隣のオオバさんが話すと、二本の出っ歯が現れた。何を話せばいいのかはマリコから聞いていない。「オオバさんはどちらのお勤めですか？」

「商社だよ」と答えた男は、セブンスターのパックを指で叩いてタバコを出し、パックをテーブルの上に置いた。

「そうなんだ」と絵末子は言った。「そこで何をされているの？」オオバはもう一人の客のカギョウにどう答えたものかと目をやった。だか、カギョウは何も言わなかった。「そうだな」とオオバは言った。「商品輸出部で働いているんだ」

「そうなんですか？」と絵末子は興味があるように装って言った。「で、どんなお仕事をされているの？」

オオバはその会話の成り行きに驚いたようだった。そして、煙草に火をつけた。「私は、輸出先のディーラーと話をするんだ。手続きのこととかね。細かいことで面倒なんだ」彼は煙草を長く吸ってゆっくりと吐き出した。

「では、カギョウさんは、どんなことをされていらっしゃるの？」

カギョウは口から火のついていない煙草を取って、ほとんど聞き取ない小さい声で、「同じことさ」と言った。

「どういうこと？」

「私は欧米担当で」オオバは説明した。「カギョウ君はアジア担当だ」この答えに、絵未子は、彼らが何となく落ち込んでいるように感じて、「そうなんですか。仕事が退屈だと感じることはありますか？」と聞いた。

「え？」とオオバが反応した。カギョウはまだ火のついていない煙草を口に持って行った。

「つまり、ギリシャ神話で、岩を転がして丘の上まで登っても、また岩が転がり落ちてくるという話があるじゃないですか」

「え？」とオオバは言った。

「ちょっと思うに」と絵未子は続けた「お二人は、もっと建設的で有意義なことができないかと考えたことはありますか？」

「これじゃあ息子と話しているようだな」とカギョウは言い返した。火のついていないタバコを口から取り、水割りウイスキーを飲み干した。合図のように、オオバは自分のグラスを飲み干した。二人とも、リラックスしたというよりは、不安になっているように見えた。絵未子は、そろそろ会話の話題を変えようと思った。

オオバの拡大された目を感じて、「日米地位協定についてどうお考えですか?」と聞いた。

「え?」

カギョウが話に割って入った。「我々はそういう話をしにここに来たんじゃないよ」

「どうされましたか、お客さま」マネージャーの声だった。ヨシダマはブースの横に立っていた。「お客さま、おかわりはいかがですか?この子は初めてなもので、何を聞いているんだかわからなくなっているんです。申し訳ありません」ヨシダマは目で、客の煙草に火をつけるよう促した。

「あ!」しまったという顔を絵未子はして、Hi Crass Bar のブック・マッチを手に取ったが、カギョウは手を振って断った。「我々はもう行くよ。ありがと。今夜はこれで十分だ」

絵未子以外のホステスの大合唱「アリガトウ・ゴザイマス」を背に、二人は店を出て行った。

「奥の部屋へ!」とヨシダマが絵未子に命じた。その時にはマリコが客についていないのを見て「マリコ、お前も一緒だ」と呼んだ。

奥の部屋は、むさ苦しくて、バーのホールよりも煙とビールの匂いが充満していた。ヨシダマの夕食用か、小さな炊飯器が蒸気を上げている棚はテーブルを兼ねているのだろう。マリコと絵未子は、マネージャーの前で。壁に押し付けられていた。「何なんだよ、あれは」と、マネージャーは絵未子に向かって喚いた。

「わたし、何か悪いことしました？」

「あんたの話し方を聞いたよ。あんたは可愛くしゃべらなきゃならないのに」

「本当なの、それって？」まさか、女の人がよく使う高い音域の、いちゃついた、少女っぽい声でお客さんに話かけてほしいなんて信じられなかった。それは彼女向きじゃなかった。

マリコが割って入った。「それに、覚えてる？お客にお世辞を言って、煙草に火をつけなさいって。言い返したり、からかったりするのが一番ダメなんだよって」

「わかりました」と絵未子は渋々言った。「わたし、もっと頑張ります。何を話せばいいのか少しヒントをくれませんか？」

「何を話すかじゃなくて、どう話すかだよ。相手が何を言っても素晴らしいという振りをすればいいんだよ」

ヨシダマは吠えた。「それで、何の話をしていたんですか？お嬢ちゃん、俺は見ていたんだぞ。客の方がだんだん不愉快そうになるのを」

「お客さんの仕事のこと」と絵未子は言った。「それから日米地位協定のことも」

「なーーんだって？」ヨシダマよマリコが一緒に叫んだ。

「それは一体何なの？」マリコは驚きの声をあげた。

「この馬鹿者！」ヨシダマは激怒した。「もう終わりだ。お前はクビだ。今夜はお前の給料も無しだ。俺に服の分はまだ借りがあるんだぜ。わかってるか？」

マリコはヨシダマの腕にすがった。「お願いします。この子だって頑張ってたんだから、もう一度チャンスをあげて。教えればこの子だってちゃんとできるわ。お願いします」

ヨシダマはマリコの方を向いた。「お前のお友達は可愛い子だからなあ。今夜はそばに一緒において、客の扱いを教えるんだな。明日の夜にもう一度チャンスをあげようじゃないか」

・

次の日の夜が二度目のチャンスだった。絵未子は一日目の夜、マリコと客の数人の席に同席してどうしたらいいか様子を見ていた。煙草に火をつけて、マリコの客に自分の飲み物を買ってもらったが、その夜は、ヨシダマは彼女に何の報酬も払わなかった。

客が仕事の話をしたときために「なんてすごいの!」「想像もできないわ。難しいそうね」などと練習をした。客が自分の子供の話をした場合、写真を見せて、とねだり、子供がどれだけきれい、かわいい、ハンサムだと感嘆するのだった。彼女は、「ご機嫌とりの口調」を使えるように練習した。東京のアクセントも使えるように練習した。それはすべて少し胃を痛くしたが、準備はできた。

次の夜、最初のお客さん、青い背広の三人連れ、が入ってきた。ホステスたちの「イラッシャイマセ」の合唱に、ようやく小声で一緒した。ヨシダマは絵未子をそのブースに行かせた。昨夜練習した甲高い声で「一緒に座ってもいいですか?」と、声をかけると、三人は微笑んだ。昨夜は、彼女がそう言っても男たちは微笑まなかった少女っぽい声が客たちの好みだったのだ。

彼女の父はそういうのが大嫌いだった。テレビに出てくる女たちがそんな風に媚びた笑いをするのを見ると、罵って、しかめっ面をした。お父さん、どこにいるの？絵未子は父を見つけられなかったただけでなく、父があざ笑うような女になりかけていた。

会話は名前でではなく、仕事の肩書きでするようになった。客は皆、部長とか課長とか何々代理とか重要そうな肩書きを持っているようだった。絵未子は自分のことを肩書きで何て呼べるのだろうかと思った。消費者開発部連絡員とか、かな。

「何かおかしいのかなあ？」と客の一人が尋ねた。

自分で考えなければいけない時が来た。「いやーん。皆さんハンサムだから、つい嬉しくなってニヤニヤしたみたいね」それは言い過ぎかなとおもったが、男の満足そうな笑みが彼女に、それでいいんだ、と言った。「私もいただいていいかしら」と彼女はすぐに付け加えた。今、マリコの指示に従って、彼女はほかの男たちも、相手されてないと感じないように、喜ばせる必要があった。彼女は隣の男性に手を伸ばし、ネクタイに触れた。これは許される範囲のことだし、したほうがいいとマリコは言っていた。「高いんでしょうね」客の照れくさそうな笑顔は、彼女が正しい道を歩んでいることを示していた。三人目の客がタバコ・パックを指で叩いて煙草を一本出すと、すかさず彼女はそれに火をつけた。

彼女の飲み物が来た。彼女はホワイトロシアンを頼んでいた。何だかその名前が気に入ったのだった。彼女は乾杯のためにグラスを掲げたとき、客の一人のグラスがほとんど空なのを見て「乾杯の前に、ナカグリさんがおかわりをしたいそうです。そうよね」というと客は同意して頷き、絵未子はヨシダマにおかわりを持ってくるように合図した。

今夜は順調に進んでいた。絵未子は三杯目のホワイトロシアンを飲んでいたが、それは水っぽいクリームジュースのような味だった。男たちの赤くなった顔が彼女の酒を勧める努力を物語っていた。視線の端にはヨシダマが金歯の笑みを浮かべているのが見えた。

その時、ドアの方で物音がして皆が顔を上げた。開店前に床を掃除していたじいさんが今はドアマンをしていたが、誰かを店に入れまいと掴み合いをしていた。ポケットからシンナーのビニール袋をはみ出していて、どんよりした目の汚れてきたないサトルの姿に、絵未子は息を呑んだ。サトルはドアマンのじいさんを押し除けた。脱色した髪、汚れたTシャツ、あごの無精髭に、ホステスたちが悲鳴をあげた。

サトルはバーに急ぎ足で入り、各ブースを覗き込みながら、絵未子を探した。絵未子は立ち上がってサトルを外に引き出そうとした。

「お金を借りないといけないんだ」と、サトルはみんなに聞こえるように大声で言った。

「そいつを外に出して」とホステスの一人が叫んだ。

サトルは言った。「エミコ、お願いだ」と。

ヨシダマは奥の部屋に入っていたが、女たちの叫び声を聞いて出てきた。ヨシダマはサトルの首根っこを掴んだ。「お前、この男を知っているのか?」ヨシダマは絵未子に向かってうなり声を上げ、そのヤクザの巻き舌を転がすと、絵未子のブースにいた客たちもびっくりして、テーブルの上に金を撒き散らして店を出て行ってしまった。

「放してあげて」と絵未子は言った。

「この人は何もしないから」と。

ヨシダマはサトルをドアの方へ引きずって行った。絵未子もそれに続いた。路上に出たヨシダマはサトルを地面に投げつけて蹴り飛ばした。

「やめて！」絵未子は叫んだ。

サトルは必死に立ち上がる。

「サトル！逃げなさい」と絵未子は叫んだ。「あげるお金はないの」

ヨシダマは絵未子の方に向いて、「お前！二度と俺の店へ来ようなんて思うな。お前は、はなから厄介者だってわかってた」ドアをぐいと引いて中に入り、後ろ手にバタンと閉めた。

マリコが通りに出てきて、絵未子にバックパックを渡した。「どうしちゃったの、エミコ？まさかあんな人と友達だとは思わなかったわ。こんなことは店の評判を悪くするのはわかってるでしょう？」絵未子が黙って首を垂れていると、マリコは腕に触れて聞いた。「大丈夫なの？」

絵未子は一つ頷いた。「ええ。マリコさん、親切に助けてくれてありがとう。これ以上、迷惑にならなければいいけど」

•

絵未子はサトルがどこかに隠れているのではないかと思い、近くの三谷の道を探したが、サトルの姿はなかった。どうしよう?三谷ハウスでは一晩分の料金をすでに払っているので、それはそれで良かった。バックパックの中にはジーンズなども入れてあった。大泉巡査は夜十時まで勤務していると言っていたのを思い出した。よかった。交番の明かりはまだついていた。彼女が中に入ると、巡査は思わず彼女を二度見をした。

「もしかして私のこと覚えてない?」と絵未子は聞いた。

「絵未子さん。もちろん覚えてる。ただ・・・この前と随分と違う感じだ」

すごく短い絹のようなスカートをはいて、バックパックを持って歩き回っていたことに気付いた。ブラウスは一部がスカートから引っ張られて出ていた。髪はおそらくバーの外の揉み合いで乱れていた。「私は・・・」と口ごもった。目にかかった髪を払いながら言った。「なんて説明していいかわからない」

「大丈夫なの?それが一番重要なことだ」

「怪我はしていないわ。こんな格好でここに立っているのが恥ずかしいだけなの」

大泉巡査は椅子を引っ張り出した。「では、座ってください。どこで仕事をしていたのかは推測できます。どうにかして自分を支えなければならないのは分かっています。恥ずかしいことはなにもない」

絵未子はこの優しい男に抱きついてしまわないようにするのが精一杯だった。彼女が言ったのは「あれから三日たったわ」だけだった。

巡査は心配そうに息を吸って、机の引き出しからフォルダーを取り出した。「そうだね。今、部分的な報告書が届いている。良いことも、悪いこともあるんだ」巡査は机の上に報告書を広げた。「これは各刑務所と拘置所の報告書だ。良いニュースはお父さんは牢屋にはいないということだ」大泉巡査は眼鏡を外した。「で、ある意味ではこれは悪いニュースでもある。つまり、お父さんの居場所がまだわからないということだ」

「報告書の一部と言ったけれど？」

「これまでのところ本名でしか確認できていない。君のリストの全ての名前を調べるには、十日ほどかかると言われた」

「さらに十日？」

「ああ。でもできると約束してくれました。君がもう少し待つことができるならいいんだけれど」

そんなに長く東京にいることができるとは思えなかったが、彼女は冷静にうなずいた。

警官はお茶を出してくれたが、彼女は疲れているので早く寝たいと言った。警官は彼女を一緒に三谷ハウスの玄関まで送って行った。

遅い時間になっても、浴室には今回も誰もいなかった。彼女は新しい服を壁に掛け、全身にお湯をかけた。何を洗い流そうとしているのか自分でもわからなかった。

絵未子は父を見つけるために東京に長くいたかったのだが、そのための資金を得る機会を失ってしまった。サトルが来なければ、バーに残っていられたかもしれない。彼女はお客さんを喜ばせるのが上手になっていた。でも、この仕事をしていると、なんだかよごれてしまう感じがしてきた。肌が赤くなるまで全身をこすった。

窮屈な寝台の中で、彼女はバックパックの中を探していた。三谷ハウスにもう一泊して、ラーメンを二杯食べて、北山に帰るための切符を買うお金は一応あった。二晩もバーで働いたが、給料は出ないだろう。それどころか、ヨシダマに見つかって服の代金を払えと言われるかもしれない。彼女は財布をリュックに入れて、頭上の木の天井を見つめていた。天井の木が押し寄せてきて、絶望の墓場に閉じ込められているように感じた。

頬の涙を拭いながら、彼女は再びバックパックの中に手を伸ばし、源治の名刺を取り出した。

第二部

九　家のよう

蓼食う虫も、好きずき

Every worm to his taste; some prefer to eat nettles.

ー　谷崎潤一郎、蓼喰う虫

ファンは、病院の職員が仕事のために立ち上がる声と物音で目を覚ました。あっという間に皆出て行ってしまって、彼は誰もいない大部屋の寝台に座っていた。

看護婦が七時に包帯を交換すると、「これからは自分でできると思いますよ。先生に伝えておきます」と言った。そしてクリップボードを確認した。「ＣＩＤがまたあなたに会いにくるわ」

今回は眉の男、一人だった。顔が赤くなっていた。「座ってください。ゴメス一等兵」彼は机の上の紙をトントンと叩いた。「もう証人として君を必要としなくなった」彼は長いため息を吐いた。「軍はジョス中尉の告訴を全面的に取り下げたんだ」

マイライの事件を読んだ後なので、特にファンはこれを聞いてがっかりした。たぶん、ＣＩＤの捜査官も同じようなのだろう。カレーやジョスのような奴らのやったことは明らかにされるべきだ。

それでもファンは、ジョスがやったことを説明する必要がなくなったことに安堵せずにはいられなかった。

「ジョス中尉は一か月間、国内でR&R、つまり休養と回復に入る。君はここにいる間、絶対に彼を避けた方がいい。あの男は君のせいでトラブルに巻き込まれたと思っているようだ」

「でも・・・」

「わかっている。他の情報源からも複数の報告を受けていたのに、君の尋問を終わらせられなかった。奴は、はめられたと思いこんでいるんだがね」

ファンは食堂でウォルターと会った。ウォルターは機嫌がよかった。「除隊命令を受けたんだ。軍隊生活終了。あと二日で家に帰る」

ファンは彼と離れる残念さを飲み込みながら、彼を祝福した。「寂しくなるよ。病院のここの周りには、知っている人が誰もいなくなる。戦争はうんざりだが、僕は仲間と一緒にぶらぶらできなくなるのが寂しい」

「いい話がある。今日は休みなんだ。チップドビーフとトーストはやめといて、東京で一番美味しい焼き鳥が食べられる店を知ってるんだ」

電車の中でファンは、窓の外に広がる街並みに驚きながら見ていた。彼らは新宿駅に近づいたとき、線路のすぐ近くにあるコンクリートの上に座っている若い男とかわいい女の子の姿を見つけた。

「シンナー吸いだ」とウォルターが教えてくれた。「ああいう連中には近寄るなよ」

ファンは、ネオン、高層ビル、無数の小さな店、そして四方八方に押し寄せる洒落た身なりの人々でごった返している歩道に目を奪われた。レストランの中には派手な偽物の宮殿のように見えるものもあったが、ウォルターは彼を脇道に連れて行き、暗い店に入った。店内の煙で黒くなった壁に沿って並んでいる狭いテーブルに座っているのは年配の男性客が中心だった。長い火鉢の上でジュージューと鶏肉や鶏の内臓の串焼き焼かれているその向かい側の奥のテーブルについた。

「日本のソウルフードだよ」とウォルターは笑った。シロ、レバ、テバサキを二つずつ、そしてサケを注文した。何年も配給食とキャンプの食堂食しか食べてこなかったファンは、その味に感激していた。しかし、小腸、肝臓、手羽先を食べていたことを知ったのは、後日になってからのことだった。

・

ウォルターは次の日は丸一日仕事だった。宿舎はすでに空っぽだった。ファンはスイングドアから階段を上ってナースステーションに向かった。いつもの看護婦は一番気さくな人というわけではなかったが、ファンは誰かと話したいと感じていた。彼女は彼を見てクリップボードを置いた。「ちょうどいいところへ来たわ。先生があなたに話があるそうです。中へどうぞ」

医師は確認していた山積みのカルテから顔を上げた。「ゴメス一等兵？気分はどうですか？胸の裂傷は治ったようだね。もう一日もすれば包帯は必要ないだろう。介助なしで歩けるようになっているし」

「とてもいい感じです」

医者はカルテを叩いた。「肋骨が完治するまでには少なくともあと三十日か四十日はかかると思う。通常はここに入院してもらいますが、残念ながら病院は新しい場所に移転する準備をしていて、その前に出来るだけ多くの患者を退院させたいんです。それには、君も含まれています」

医師は書類に何か書いてファンに渡した。「君はまだ医療休暇中で、三十五日後に検査のためにここに報告しなければなりません。その後すぐにこの病院は引っ越すことになります」

ファンはどこにいることになるのか聞いた。

「君には明日の朝、命令がだされます。私は君が特別な許可を得られるようにしました。成増にあるグラントハイツの家族用住宅の居住許可です。いいところだよ。自分の家みたいに思えるよ」

・

ファンは購買部ＰＸで、たくさんの平服を買って残りの一日を過ごした。また、地図と彼が必要だと思っていた小さな黒い手帳も買った。その夜、ウォルターは白髪の母と父、叔母や叔父、そしてまだ島に住んでいる姪や甥たちに再会することを話すのをやめられなかった。

次の日、ファンが目を覚ました時、この国に来てから初めて外には雨が降っていた。彼はダッフルバッグに荷物を詰め込み、ＰＸに傘を買いに行った。ウォルターはもう仕事に行ってしまっていて、さよならを言う相手はいなかった。

ウォルターがノートに書いていた道順に従って電車を池袋で降りた。ウォルターは乗り換え先の「東武東上線」を大体似た漢字を書いてくれていたが、大きくて何層にも重なった立体的な駅の入り口を見つけるのに三十分もかかった。

これまでのところ、彼が乗った地下鉄や電車では、混んでいてファンは立つしかなかった。つり革につかまりながらの前後の揺れは肋骨を痛める。しかし、東武東上線の電車が延々と街の北西に向かって走っているうちに、彼はようやく座席に座ることができた。コンクリートの高いオフィスやデパート、マンションは、次第に木造の低い店や家に変わったが、ぎっしり詰まっているのは東京の中心部と同じだった。ファンには、使われていない土地を一平方フィートも見つけられなかった。線路脇の土の小さな露地でさえ、キャベツや大根が植えられていた。

駅からのタクシーは、狭い曲がりくねった道や、かろうじて二台の車がすれ違えるくらいの幅の道を通って、グラントハイツの守衛所まで彼を連れて行った。警備員が手を振ると、タクシーは中に入った。そこは別世界だった。何エーカーもの緑の芝生が四方に広がっていた。遠くには、同じ二世帯住宅が延々と続く刈り込んだ緑の芝生の中に広がっていた。家と同じパテの色をした、平家建てか二階建ての住居より大きな建物も、無造作に配置されているように見えた。これは自分の家とは違うな、とファンは思った。

タクシーの運転手は彼をどこに連れて行くか知っていた。ファンは、私服に身を包んだ『住宅管理人』に書類を見せた。「郵便局は隣にあります。あなたの郵便箱の番号一二六四です」と住宅管理者は言った。

ファンは郵便物を受け取るという考えに自嘲気味に笑った。

「購買部ＰＸと食堂は道路を渡ったところにあります」と管理人は言った。「先に必要なものを買った方がいいかもしれない。そうしたら、あなたを住宅に案内します」

ファンはＰＸに入り、アメリカ国内の倉庫に入ったような気分になった。棚という棚に、バドワイザー、ジャックダニエル、テレビ、LPレコード、コミック本、電気カミソリ、口紅、ハーシーのチョコレートバー、コーンフレーク、チェリオスのシリアル、ライスクリスピー、ピーナッツバターがあった。ファンは卵十二個とベーコンとワンダーブレッドというパンを買った。一週間分の朝食には十分すぎるほどだ。日本語と英語の慣用表現集も買った。

雨が降っていたので、管理人が左ハンドルの大きなアメリカ車に乗って、映画館の裏手にある小さな平屋建ての建物まで、ファンを車で送ってくれた。「入隊者のための臨時住宅です」と管理人は説明した。「楽しんでください」

ファンはダッフルバッグをビニールで覆われたソファの上に置いた。その小さな家には一九五〇年代後半の家具が置かれており、ファンがアメリカのテレビ番組の再放送で見たような家具だった。彼は中がむっとした臭いのする冷蔵庫のスイッチを入れ、卵とベーコンを入れた。さて、どうする？彼は開いたドアから、草原に点在する同じ、無色のおもしろくない建物を見つめていた。まるで病院からもっと大きな病院に移ったかのように感じた。日本人の世界からの隔離はまだ続いていた。

雨は止み、雲の間から太陽が顔を出した。散歩がてら食堂を見に行くことにした。道路を挟んで向かいの郵便局に軍用トラックが停車し、運転手が大きな郵便物の入った袋を中に入れた。すぐに、ドレスを着たアメリカ人女性やスカートやカーキのパンツを履いたティーンエイジャーたちが彼の後を追って郵便局にはいっていった。ファンはプエルトリコの両親のことを考えた。ベトナムでは一度も手紙を送ったことがなかった。彼が東京にいることを知っているかどうかもわからない。

彼は一二六四番の箱があるかどうかを確かめるために、とにかく郵便局に入り込んだ。中にメモが入っていたが、何かの間違いだと思った。彼はそれを取り出した。「十九時に士官クラブの前で会おう」メモにはジョス中尉のサインがあった。

十　鏡の中の顔

まことに昔の有様今のやうに思ひ出でられて候。
Truly the past returns to my mind as though it were a thing of today.

ー　世阿弥元清

絵末子は三谷ハウスの屋根の雨音で目が覚めた。寝台と寝台の間の狭い通路から、女たちが押し合い、女が被った透明なプラスチックのレインコートをすれ合う音がした。誰かの携帯ラジオから「今月初の雨だ」というアナウンスが聞こえた。

彼女は父が持っていたスカーフを頭にかぶり、急いで駅の方へと身をかがめながら行って、公衆電話を見つけた。源治の名刺には『源佐総合商社』と書かれていた。『源佐』は『佐藤源治の商会』のことだろう。住所は丸の内の一等地、皇居を挟んで向かい側にある。

緊張した指でダイアルを回し電話をかけた。源治の秘書とつながるまでには、二人の受付に名前を伝えなければならなかった。絵末子が、これは仕事の電話ではなく、私は源治の友人だと言ったら「わかりました」と、電話の受付の女は甲高い少女っぽい声で答えた。

「絵末子ちゃん？本当に君なの？どこにいるの？」

絵末子は電話を切ろうと一瞬、思ったけれど、切らなかった。「今、東京にいます」

「東京？東京のどこ？君に会いたいんだ」

「三谷にいます」

「三谷！そこで何してるの？そこは君のいるべき所じゃない。聞いて、大手町駅には来られるかい？」

彼女は一息ついた。「ええ」これは本当に起こりつつあった。

「わかった。着いたらまた電話してください」源治は絵末子に直通の電話番号を伝えた。

大手町駅に着くと、地下鉄に乗り込んできた乗客はびしょ濡れになっていた。ホームの出口では、背中の丸くなった白髪の女が安物の傘を売っていたが、絵末子は手持ちのお金を取っておくことにした。源治の事務所は駅から歩いて十分もかからないだろう。

彼女は直通の番号にダイヤルして道を尋ねた。

「雨が降っている」と源治はきつく言った。「北口の中で待ってなさい。私の運転手が迎えに行くから」

レインコートを着て傘を持った男たちが、駅前のタクシー乗車場に一台ずつ入ってくるタクシーに乗るために並んでいた。やがて、北山で見覚えのある黒のリムジンが停車した。あきらかにタクシーの通行の邪魔になっていた。黒の制服に帽子をかぶった運転手が傘を差して降りてきた。「尾関さま！尾関さま！」と彼女を呼んだ。

青い制服に身を包んだ女子高生たちが、制服の運転手が車に向かって絵末子をエスコートしていくのを見て、すごいわ、というように立ちつくしていた。そのうちの一人の女子高生が、映画スターか有名人かと思って写真を撮っていた。源治の運転手は絵未子のバックパックをあずかり、顔を拭くための白いタオルを彼女に手渡した。

聳え立つ近代的な建物の前に車が止まると、傘を持ったポーターがやってきて、彼女をガラスのドアに案内してくれた。広い廊下には白と黄色の菊の鉢が並んでいた。グレーのジャケットにスカートをはいたエレベーター・ガールが、いらっしゃいませ、何階でしょうか、と尋ねた。同じような服装の別の女性が、彼女を源佐商社の待合室に案内し、ドイツの新聞が置かれたエンドテーブルの横に座らせた。すぐにまた別の女の子が来て、絵未子を源治の部屋に案内した。

彼女は雨水が滴るスカーフを取って、バックパックをカーペットの上に置いた。

「どうしたの。震えているじゃない。誰かに世話になっているの？誰もいないみたいだな」源治は彼女の腕をとって、社章の入ったくり色の布張りのソファに座らせた。

「ここに来たのは、佐藤さん、お金をいくらか借りたくてです。北山に帰る前にもうしばらく東京にいたいんです」

「絵未子ちゃん、お母様の葬儀のとき、香典を君に渡す前に君はいなくなってしまったんだ。ここにしまってある」彼は机の引き出しを開けて白黒の水引が結ばれた香典袋を取り出した。

香典袋は重かった。「でも葬儀代を払っていただきました。それだけで十分過ぎます」と、彼女は断った。

「それとこれは違う」と彼は言った。「これは私からのお葬式のお香典です」

「そうなんですね？では、ありがとうございます。とても感謝しています。必ずお返しします」

「香典を返却する人なんていないよ、絵末子ちゃん。それは、かえって失礼にあたるんだ」佐藤は横を向いた。大きな窓からの光が、彼の目で光ったように見えた。絵末子はそれは涙かもしれないと思った。最初に会った時に、少し白髪の混じった髪とハンサムな顔に引きつけられたことを思い出した。今はさらに魅力的な顔をしていて、十階の窓の前に立って皇居の庭園を見下ろしていた。

彼は彼女の方を向き直った。「着替えはそのバッグに入っていないのかな？」

「なんですって？いいえ、私は・・・私は・・・」

「かまわないだろう。そそままで一緒に行こう」

「なんのこと？」

「もうすぐお昼だよ。お腹すいたでしょう」

実は絵末子は腹ぺこだった。この日は朝から何も食べていなかったし、東京に来てからは、お腹いっぱい食べたことはなかった。だまっていることで、はいと意思表示した。

彼は「いつもだいたい、パレスホテルで食べるんだ。ここから歩いてすぐだよ」と言った。

絵末子はバックパックを担いだ。

「君、それ持っていくの？まあ、いいだろう」

外へ出ると絵末子は源治の腕を取り、傘の下に寄り添った。パレスホテルのウエイトレスは源治のことをよく知っていて、二人を「いつものテーブル」に案内してくれた。床から天井までのガラスの壁には皇居の堀が見え、乳白色の光の中を白鳥が藍色の水面を滑っている。

「ここには北山丼はないけれど」と源治は冗談を言ったが、「でも天ぷらはおいしいよ」

絵末子はすぐに頷いた。「ご飯もついてくるの?」天ぷらを半分以上食べて、ご飯を二杯食べるまでは会話にならなかった。源治はその様子を凍りついたように見ていた。

「それで」と絵末子は二杯目のお茶を飲み終えて言った。「奥さんとお子さんのことをお話ししてくれる?」

「残念ながら子供はいない」

「奥さんは?」

「この頃は具合がよくないんだ」

「お気の毒に。何かの病気ですか?」

「うむ。実は妻はアルコールの問題を抱えていて、ドイツのリハビリ施設に行かせたいと考えている」

彼は静かに白鳥の方を見ていた。「今のところ妻はいやだと言っている」

「なぜドイツに?」

「私はまだドイツにはコネクションがあるのでね。貿易の事業がたくさんあるんだ」仕事の話は彼を元気づけた。「あのメルセデス・ベンツ、君は乗ったでしょう?ベンツは高い関税で輸入を実質的に禁止しているようなものだ。国内に持ち込むノウハウを知らない限り、輸入などできない」

「車の売買をしているのですか？」

源治は微笑んだ。「自動車、カメラ、鉄鋼、小麦、医薬品、何でも扱うよ。うちは商社だからね。世界中と輸出入取引をしているんだ」と源治は言った。

この人は新聞で読んだことのある好景気の申し子であることは間違いない。思わぬところであっという間に大儲けした人と対面するのは、とても魅力的だった。源治は自分の幸運に驚いてすらいるようだった。

「私の申し出はまだ有効です」と源治は言った。

「それって何?もしかして妾の話のこと?冗談じゃないわ」

「わかった」彼はお茶を一口飲んで、ゆっくりとカップを置いた。「では、源佐総合商社で働くというのはどうかな」

絵末子は、エレベーターガール、お茶汲み、ドア開けガール、その他日本のオフィスに生息している大勢の可愛い女の子たちの姿を思い浮かべた。彼女らとHi Crass Earのホステスとの間に何の違いも感じなかった。「いいえ」彼女は断った。「タイトなスカートとジャケットを着て、男性に作り笑いをしている自分の姿は想像できません」

源治はニヤリと笑った。「君のいうことはわかる」源治は自分のカップを取って飲んでからそれを置いた。「北山で、君は英語が上手だと聞いた。我々の方は翻訳ができる人が必要になっている」

それは絵末子が考えてもいなかったことだった。彼女は考える時間を必要としていた。最初は飛びつきたいという衝動にも駆られた。しかし、源治の自分を見る視線は、彼女を不安にさせた。そんな簡単に私を愛人にすることを諦めてしまえるものなのだろうか?

「ちょっと考えがある」と彼は言った。

絵末子はその申し出を断りたくはなかったが、源治のことがもっとわかるまでは、その申し出には応じたくなかった。

源治は金の万年筆と黒い革の手帳を取り出した。「しばらく東京にいるって言ってたけど、どこに泊まっているの?明日、翻訳部にいる私の補佐役に電話をさせたいのだが」

「あそこには電話はありません」

「そう・・・。三谷の近所って言ってましたね。正確にはどこですか?」

「寮みたいなところです」

源治は万年筆と手帳を片付けて、立ち上がった。「ちょっと失礼するよ」

絵末子は大皿に残された天ぷらを平らげた。ガラスの壁越しに雨がやんでいるのが見えた。雲の切れ間から太陽の光が差し込んできて、彼岸花が風になびいて、曲がりくねった石畳の道の先まで続いていた。北山の彼岸の秋分の日、毎年、絵末子の母は、彼岸に渡った魂を弔うために、両親の墓に彼岸花を持って行った。そして今度、亡くなったのは母だった。

「夢でも見ているようだね?」源治はテーブルの上を滑らせて、鍵を絵末子に渡した。

「これは何ですか?」

「私は君を、君のいうあの『寮』に泊まらせるわけにはいかないんだ。ここに部屋を用意した」

彼女は断って、立ち上がってバックパックを手に取ろうとした。が、源治はそれを彼女から取った。周りの目が二人に集まったので、絵未子はしぶしぶ源治の後をロビーへ、そしてエレベーターへとついて行った。「一緒に部屋まで行きましょう」と源治は言った。

エレベーターガールがお決まりの挨拶をしてくれたので、絵未子はほっとした。彼女は何を恐れているのか、自分でもはっきりとはわからなかった。でも、それは嘘だった。自分に気があることを告白したハンサムな男性とホテルの一室に行くという考えを恐れていたのだった。

源治は彼女のバックパックを台に置き、カーテンを開けると、絵未子は傍らに立って皇居と庭園を眺めた。源治は彼女の手を取った。「震えているね」

「これはきっといけないことだわ。私、ここにはいられない。ありがたいとは思うけれど・・・でも」

彼は彼女を腕の中に引き寄せた。彼女は彼の息づかいを頬に感じた。これは、彼女が本で読んだような、工場の女たちが噂話をしているような、性的なスリルを感じるはずの瞬間だった。しかし、彼女が本当に感じたのは、不安だった。そして、不思議なことに、ある種の義務感だった。彼がベッドに案内した時、彼女は息を吸って、それを止めた。「お願い。私、許してないわ・・・。いやと言ったわ・・・」

「わかってる。でも、君はとても美しい。今一度だけと約束する」彼の手は彼女の顔に温かく触れた。

絵未子の高校時代とその後の友人の何人かは自分たちの性体験を話していた。いずれの場合も、こんな感じだった。男はそれを望んでいた。女の子はせいぜい好奇心があるだけだった。「いつの間にか終わっていたわ」と彼女たちは言った。「男たちはすごく喜んでいた」

彼女は彼の唇を頬に、首に、唇に感じた。いつの間にか本当に終わってしまうのかしら？たぶん彼女は彼が欲しがっていたものを彼にあげることができるのだろう。しかし、彼が情熱的に彼女のベルトを外したとき彼女は抵抗した。「待って」と彼女は懇願した。「私はまだ心の準備ができていない」

源治は息を荒くして、彼女を押し倒した。「大人しくしていればいいんだ。伸子」

絵未子は首と腕の毛がヒリヒリした。彼女は源治の腕の中から身をよじって立ち上がると、部屋の中にエーテルのような存在がいるかのような電荷を感じた。背後に誰かがいるような気がした。

彼女は振り向くと、鏡の中に自分の顔と同じくらい母に似た顔を見た。

「どうしたんだい？」

「私は絵未子です」

源治は慌てているようだった。

「あなたは私を母の名前で呼んだわ」

源治は、鏡の中の幻影に魅せられたように、身震いした。そして、源治の心の中から絵未子の姿が消えたように見えた。

ある思いが彼女の心臓をドキドキさせた。「あなたと母は・・・一緒にいたことを知っています。

私は成長するに従って、噂話を聞かないではいられなかった。私が理解できる年齢になったとき、私は母にそのことを尋ねた。母は、『私は心の中ではいつも博治に忠実だった』と言ってくれた。

源治は再び鏡の方を向いて、「それは本当だと思う。だから悲しかったんだよ」と言った。

「何が悲しかったの？私、本当のことを知りたい。母と寝たの？」

「戦争で多くの人が殺された。お母さんも結局は諦めたんだ」

寒気がして絵未子は息を呑んだ。「あなたにはわからないの・・・？」

「何を？」

鳥肌が彼女の腕を覆った。彼はその可能性が何であるかを知らなかったのか、あるいはもっと悪いことに、彼はそれを気にしていなかったのか？彼女は吐き気が上がってくるのと戦った。

源治の目は彼女を見ていたが、焦点が合っているようには見えなかった。彼は別の場所に、別の時間にいるように見えた。「博治はもう二人の邪魔にならない」と源治はつぶやいた。「だからこっちへおいで」

彼女はもがいて彼から離れた。「気でも狂ったの？私についてこないで」絵未子はバックパックを手に取って、そこから逃げ出した。

十一　役に立つ勤め先

「死んだ人につかまってると、自分もこの世にいないような気がして来る」
"When you're held by the dead, you begin to feel that you aren't in this world yourself."

ー　川端康成、千羽鶴

日比谷通りの信号待ちの人ごみに阻まれるまで、絵末子は何も考えずに走った。

源治は、自分が彼女の父親かもしれないことを知っているはずだった。叔母の順がずっとそうだと思ってきたことを今さらわかって、絵末子は身震いした。源治が絵末子を妾にしようとしているのを聞いた叔母の順は「そんなこと、絶対だめ」と叫んでいた。絵末子が東京から「お父さんを探してる」と電話した時には「あれはお前の父さんじゃないよ」言っていた。あんなふうに姿を消すような男は父親と呼ぶに値しないという意味だと絵末子は思ってきた。

源治が自分の父親かもしれないと思うと、彼女の胸には激しい怒りがこみ上げてきた。あの男は自分の父親ではない。父親は、彼女が生まれてから自分をずっと育ててくれてきた父だ。彼女が心の底から愛し、今、探し求めている父だ。

歩行者信号が青になると、群衆が彼女の後ろから押し寄せてきた。皆、一ブロック先の大手町駅に向かっている。絵末子はその流れに身を任せた。

彼女には今、お金があった。列車に乗って北山にすぐにでも帰れる。しかし、源治に腕を抑えられた記憶に、彼女は震えた。源治の頭の中では、絵末子と母の区別がつかないようだった。『博治はもう邪魔にならない』という言葉は、脅しか警告のように聞こえた。彼は、母への長年の欲情を代りの絵末子で満たすために、北山に来るかもしれなかった。

絵末子が今考えられる北山以外の唯一の行き先は三谷ハウスだった。源治には三谷ハウスという名前は言っていない。大泉巡査の交番の近くだし、そこにいれば父親の消息を確認することができる。

北千住駅で電車を降りると、人通りも少なくなっていた。少しゆっくりと歩くことができ、考え事をしていた。他の宿を探す余裕はあったが、疲れ果てていた。慣れ親しんだ三谷ハウスのロビーに入って、夜の支払いをした。

「エミコさんかい?」老人はテーブルから顔を上げて、棚の上の書類に目を通すと、絵末子にメモを渡した。マリコからだった。「ヨシダマはすごく怒って、あんたを探しているよ。あんたに騙されたって言って」

絵末子は八時までに戻ると三谷ハウスの男に言った。彼女は地図を確認した。一回乗り換えれば、マリコが仕事に出る前に新橋のアパートに着く。十分に間に合った。

「エミコ!メモが届いてくれてよかった」マリコは心配そうな顔をして「ヨシダマは、あいつからお金を借りた人には酷いことをするんだよ。どうしてかわからないけれど、最近は特にそれが酷い」

二人は畳の上で向かい合って座った。「それで、わたしここに来たの」と絵未子は言った。「わたしは彼に服の代金を払いたいの。それとあの夜の仕事の損失分を」

「え!お金があるの?」マリコは微笑んだ。「男の人から? Hi Crass Bar のお客さんから?」

「いいえ、男からではないの。まあ、なんというか」彼女はちょっと吐き気がした。「あなたが思っているような、そう言った男からではないわ・・・。母さんの友達からよ」

「そう、とにかくよかったわね」マリコはニヤニヤが止まらなかった。

絵未子はお札入れを開けて封筒を取り出した。「これ、わたしが計算したヨシダマへの借りの分のお金です。ヨシダマに渡してくれない?」

マリコの顔が曇った。「エミコ、それはできないわ。もう、あいつに私の給料から引いていいって言ったんだけど、あんたに直接払わせなきゃ気がすまないって言って」マリコは震える手で口を覆った。

「なぜ?」

「それについて考えたくない。あんなやつ、避けたほうが安全よ」

絵未子はそれでピンときた。「あなた、彼はそのお金が欲しいだけじゃないと思うのね?わたしを・・・酷い目に合わせようってわけね?」

「あの男は、女の子たちに騙されたと思うと、仕返しに暴力を振るうわ」マリコは両手を頬に当てた。

絵未子の怒りで血が頭に上った。「あいつ、あんたに暴力を振るったの?わたしのせいで・・・」

「たいしたことないわ。あいつの扱い方は皆知っているから」

「マリコ、わたしのためにお金を払うと言ってくれたなんて信じられないわ。あなただって、もう二度とわたしに会えないかもしれないと思っていただろうに」彼女はマリコの手に手を重ねた。「こんな面倒に引き込んでしまって、ごめんなさい」

マリコは微笑んだ。「あんたのお札入れが急にこんなに厚くなるなんて思わなかったし、そう、あんたは何か助けが必要になって、また会えるかもしれないと」

絵末子はバックパックから Hi Crass Bar のブラウスとスカートを取り出し、畳のマットの上に折りたたんで置いた。「もう、わたしこれ必要ないわ。あなたはわたしと同じくらいのサイズだから・・・」

マリコは短い白のスカートを手に取り、腰に当てた。「私はこれ、大好き」

「バーでは着ない方がいいかもしれないわ。わたしからもらったのがヨシダマにバレるから」

マリコは笑った。「あんたが着ていたことを覚えていると思う？そんなわけないでしょう。男が見るのはスカートじゃなくて脚なのよ」

絵末子にお茶を注いで、眉をひそめた。「でも、エミコ、また三谷ハウスに泊まるかどうかは知らないけれど、ヨシダマは、あんたと私がそこにいたことを知ってるわ。あんたを探しに行くかもしれない」

絵末子は唇を噛んだ。

「私とここに一緒にいてもいいわよ。お布団は一つしかないけど、毛布はたくさんあるし。テーブルの脚を折りたたんで壁に立てかければ、大丈夫よ」マリコはクスクス笑った。「ここの初めてのお客さんね」

「泊まっていいの？本当に？マリコ、ありがとう。でも、はやく自分のいるところを決めるわ」

「あなたの夕食の支度はできないけどね」彼女は自分の部屋を見回した。隅の畳の上には炊飯器が置かれ、その横に米が半分入った袋が置かれていた。その上の壁の小さな棚の上には、急須と茶濾し、そしてお茶の箱が置かれていた。食器棚や箪笥がないので、明らかにこれが彼女の生活用品の全部だった。

「食事に連れてってあげる」と絵未子が言った。

「本当！その人、お金持ちなのね。お母さんの友達って」

窓の下の線路を電車がゴロゴロと音を立てて通り、壁が揺れた。マリコの新しい黄色いカーテンは午後の光を取り入れるために開いていたが、もう日は沈んでいた。線路の向こうの青い光はキリンビール・キリンビール・キリンビールと点滅していた。

「暗くなってきたわね。カーテンを閉めます」マリコは立ち上がった。

「あそこに行こうか？」絵未子は提案した。「キリンビールのお店がどんなお店なのか興味あるでしょ？」

「それはあるは。でも、一人では行きたくなかったから」

二人の女性が入り口に掛かった紺色の暖簾をくぐると、そこは黒い背広の男たちと酒で顔を赤くした男たちで賑わっていた。「イラッシャイマセ」白い上着を着た男がカウンターの奥から声をかけた。数人の男性がビールとつまみから顔を上げた。

カウンター席はすべて埋まっていた。絵未子とマリコは狭い店内の奥の壁沿いに二人掛けのテーブルを見つけた。「キリンビールを一緒に飲もう。ここにあると思うわ。きっと」

灰色の着物に白い前掛けをつけた女性、おそらくカウンターの男性の奥さん、が注文を取りに来た。「大瓶ですか?」絵未子はうなずいた。周りを見渡した・カウンターは女性一人を除いて男ばかりだった。何を食べているのだろうかと見ると、ほとんどが酒を飲んでいるだけである。でも、そのうちの一人が焼きそばをムシャムシャ食べていた。「美味しそうだね」とマリコがうきうきして言った。

二人は焼きそばを二つ注文した。

絵未子は低い声で言った。「見て。あの男たちが飲んで、笑って、焼きそばをたべているのを。Hi Crass Bar の客たちよりもずっと楽しそうだね。あの人たちは振りをする必要がない。私たちもね」

「振りをする?」

「つまり、わたしたちはお客さんのガールフレンドみたいな感じで。Hi Crass Bar でそんなの嫌だったわ」

「そう、こっちは楽しくはないんだよね、エミコ。でもお金もらってやってるんだから」

カウンターで大爆笑が起こった。絵未子とマリコは焼きそばを食べ終え、カウンターのそばを通って店を出る。男たちは誰一人として二人を目に留めなかった。

カウンターの男は「アリガト・ゴザイマス」と、声を張り上げたが、電車の音にかき消されてしまった。

マリコは「これからは、あのネオンサインが窓の外に点滅しているのを見たら、あんたのことを思い出すわ。ありがとう」と言った。

部屋に戻ると、マリコは Hi Crass Bar での夜の仕事に備えて着替え、絵未子は洗面所で顔を洗った。ビールを飲み焼きそばを食べたし、その前にはあんな刺激的なことがあったので、絵未子は疲れ果てていた。マリコが仕事に出るとすぐに、畳に毛布を敷いて眠りについた。

・

翌朝、絵未子が目を覚ますと、傍らにはマリコがぐっすりと眠っていた。絵未子はお礼の手紙を残して静かに部屋を出て、電車に乗って南千住に戻って行った。交番も三谷ハウスも Hi Crass Bar も閉まっていた。ヨシダマにお金を借りているなんて耐えられない。勇気を出して、暗いバーに入っていった。

じいさんの掃除人兼ドアマンが床をモップで拭いていた。「まだ開けていないよ。誰もいないし。夜になってから来ればいい」

絵未子はじいさんに近づいて、「ヨシダマさんは事務所にいますか?」と聞いた。

「いないよ」掃除人はうめき声をあげて背筋を伸ばした。そして、彼女に気づいた。「あいつ、あんたを探しているよ」

「事務所に置きたいものがあるんだけど？」

「誰も入れないよ」彼は彼女を不審な目で見た。

「電話はできる？」

掃除人はその質問を無視して、「今夜また来ればいい」

彼女は粘った。「借りたものを返すために来たの。電話してそう伝えてもらえない？」

じいさんは剣道のようにモップの柄を突き出した。「今晩また来るんだ」

絵未子はあきらめて、駅に行った。ホームにある新聞売り場で朝日新聞を買い、ベンチに座って求人広告欄をチェックした。源治の言葉はヒントになった。翻訳者の仕事をできるかもしれない。

幸いなことに、見つけた翻訳者の求人広告には男性も女性も指定されていなかった。求人していたのは、単に『アドボカシー・エージェンシー（弁護事務所）』と名乗るものだった。さっそく新聞売り場の横にあった公衆電話から電話をかけた。

電話の向こうの声は、冷淡だった。「新聞の社説や、その他の報告書の翻訳の仕事だ。英語が堪能でなければならない。大卒の人を募集している」

絵未子は大卒ではなかったが、チャンスの糸口は見えた。それで、彼女は英語で話し始めた。早口で。アメリカのテレビ番組を見て、それなりのアメリカ英語を身につけていた。「What is your agency advocating for, by the way?（ところで、あなたの事務所は何を弁護しているんですか？）」彼女のヤクザ訛りのRは英語を話す時には便利だった。

「何?何を言ってんだ?」と歯切れの悪い声がもごもご言った。「わかったよ。今朝の十時に来てくれ」

電話で聞いた所在地は東京の北西端、練馬区の成増で、乗り換え三回、ここから約四十五分かかると、絵未子は計算した。最後の大きな乗り換え駅である池袋に着いた彼女は、身だしなみのよい服にした方がいいと思い、東武百貨店に入った。新しい黒のスカートと、襟の大きな白いブラウスを買い、それを身に付けた。そして、東武東上線に乗り込み、成増に向かった。絵未子は成増という地名を初めて知った。

電話の男は名前を名乗らなかったが、成増駅からタクシーに乗るようにと指示があった。道は狭くて名前もないし、わざわざ詳しい道順を言っても仕方がないからと、電話の男は「タクシーの運転手に旭町の住所を伝えればいい」と言った。

タクシーの車窓からは、東京の中心部というよりも北山の風景のように見えた。商店や家屋は低層の木造で、ほとんどが瓦屋根だった。「ここです」と運転手が言った。「あの行き止まりの道を下った二軒目の家です。ここでいいのかどうか確認するのを待っていますよ」

「お願いします」

どうも違っているように思えた。古い二階建ての伝統的な家屋だった。商売をしているようには見えなかった。彼女は玄関の厚い檜のドアをノックして待った。

「はい。どちらさんですか?」

ドアが開くと角張った顎を持つ目の細い男が彼女を見下ろして立っていた。髪は短く刈り上げられたミリタリー風だった。どこかで見たことがあるような気がした。

「面接に来ました」

「あんた、ちょっと若いね」と彼は言った。「でも、入って」

絵未子はタクシーの運転手にうなずくと、暗い木の廊下に足を踏み入れた。「この奥だ」男はそう言いながら、廊下の奥にある部屋に彼女を案内した。畳の床には書類の入った箱が散らばっていた。壁には国会議事堂や自衛隊本部周辺の詳細な地図が貼られていた。壁の一角には木の棒が積み上げられていた。

ごっつい体格の男は、「タカシ」と呼ぶようにと言った。彼は唯一空いている椅子に座った。「ものをどけて座ればいいんだよ」

絵未子はそのとき、以前どこで彼を見たかを思い出した。彼女は英語で話すことにした。「I think we met in Hongo near the university when you came into the Beheiren office and talked to a student named Kasumi. I remember you said you were relocating your office. You'd asked for—［確か、大学の近くの本郷でお会いしたと思います。ちょうどあなたがべ平連の事務所に入ってきて、カスミという学生に話しかけた時だったと思います。あなたが事務所を移転すると言っていたのを覚えています。何か指示されてれ・・・］

「日本語で話してくれ」とタカシは吠えた。「もういいよ。あんたが英語を知っているのはわかった」

彼は英字の新聞を開いて、最近のビジネススキャンダルの詳細なレポートのところを示した。「これを翻訳できるかどうか試す」

彼女は自分でよくわからないことを飛ばしてもバレないと思った。正座して、NHKのキャスターの真似をして、翻訳しながら、読んだ。「日本の自民党がヤクザ組織からの献金に大きく頼っていることはよく知られています。この度、党内の複数の有力議員がヤクザ組織と個人的な商取引関係を持っていることが発覚しました。最近・・・」

「もういい」彼は彼の角ばった顎を触りながら行った言った。「この仕事は、住み込みで、住居費はただ、だから、給料はそんなに多くない」でも、彼は絵未子が北山の工場で働いていたときの二倍の給料を示した。

タカシは彼女が仕事を受けるのが当たり前のように、彼女の答えを待っていた。「あなたの組織についてまだ何も話していただいていません」と彼女は言った。「ベ平連と関係があるのですか?」

「我々はベトナム戦争反対のベ平連を支持している」

「もしかして、父の尾関博治をご存知ではないですか?ベ平連の仕事を手伝っていました。それで、ご存知だったら」

タカシは目を細めた。「いや。我々は互いに名前は言わないんだ」

「そうなんですか」彼女は、粘った「父はちょっと足を引きずっていました」

タカシは彼女をじっと見た。「覚えていないな。ベ平連の連中は出たり入ったりだからな」

絵未子はタカシのことを好きになれなかったが、ここで働くことで父の事件の手がかりが得られるかもしれないと、彼女は嫌悪感を抑えた。「で、私の仕事は具体的に何ですか？」

「まずは英語の社説の和訳から始めてくれ。あんたは、逆の仕事もできるんじゃないかと思う。我々は日本の支援者の報告書や調査書を集めている。それを英訳して公表する必要があるんだ」

「英訳？私が・・・」

「この仕事をしたいのか、したくないのか？」

この男の下で働くのは楽しくないだろう。それは確かだけれども、この収入があれば父を探す間、東京にいることができるし、しかもこれがベ平連と関係のある組織であることがわかったので、父の知り合いに出会える可能性もある。

「住むところを見せていただけますか？」

「ついてきなさい」彼は彼女をギシギシ音のする廊下に連れて行った。

「私の部屋は二階にある」と彼は言った。階段へのドアを指さして言った。「我々が会う唯一の場所は、さっきの私のオフィスだ」

彼は彼女を廊下の端まで案内し、裏口から出た。そこには塀に囲まれた小さな庭があった。生えているのはほとんどが雑草だった。その端にはとても小さな家屋があった。中には寝室兼居間、独立した台所、そして驚くべきことに、香りの良い檜で作られた浴槽のある浴室があった。また、厚手の模様のある襖の押入れがいくつかあった。

「家具付きだよ」とタカシは言った。「冷蔵庫、ストーブ、布団、敷布、タオル、鍋とフライパン、冬用の灯油ストーブ」

「うわー。いいですね。でも、どうしても気なるのは、このあたりは、なんだか人里離れた場所ですよね。何で都心じゃなくて、ここにしようと思ったんですか?」

「ここは物価が安いから。グラントハイツ米軍住宅の近くだし。すぐにそこで何か活動するかもしれない。他に質問は?戻って契約書を作成しよう」

契約書といっても、タカシが紙になぐり書きしたものに過ぎなかった。「無料の住居と光熱費が含まれている」と書いてあった。彼女はそれに署名すると、タカシは彼女に社説付きの新聞をいくつか手渡した。「二、三日やろう。裏の家で仕事をしてくれ。できたら、翻訳を母屋の私のオフィスに持参してくれ。私が不在の場合は、ドアに受け口がある」

こうして絵未子は『裏の家』に住むことになった。『裏の家』と言われるまでは、もっと魅力的に見えたけれど。気にしないわ。バックパックの中身を『裏の家』のテーブルの上に空けて、そこを自分の新しい家にしようとした。マリコを誘って、ここに遊びに来てもらうのもいいかもしれないわ。

十二　リトル・アメリカ

香をかぎ得うるのは、香を焚たき出した瞬間に限るごとく、酒を味わうのは、酒を飲み始めた刹那せつなにあるごとく、恋の衝動にもこういう際きわどい一点が、時間の上に存在している

Like the first whiff of burning incense, or like the taste of one's first cup of saké, there is in love that moment when all its power is felt.

ー　夏目漱石、こころ

午後七時。ファンは、ジョス中尉に会いに行くかどうか決めかねながら、グラントハイツの食堂だか、皆が言うようにカフェテリアだかで、ハンバーガーとフライドポテトを食べ終えた。ジョス中尉がこの施設に住居を与えられたかどうかは知らなかった。ジョスを避けるようにと、ファンは警告を受けていたことを考えると、それは奇妙なことだ。しかし理屈は軍隊の得意分野ではないと、ファンはずっと前から諦めていた。

ファンはジョスに『ＣＩＤ、犯罪捜査課にはジョスについての情報を何も与えなかったし、どんな苦情も言わなかった』と言う機会が欲しかった。本当は、ＣＩＤにファンはいくつかのことを報告す

るべきだっただろうが、軍の方が、もうそれについて聞く必要がないと言ったのは明らかだった。そしてファンはベトナムに戻ったら、ジョスの下で兵役に就くことになるだろうこともわかっていた。

士官クラブはカフェテリアから歩いてすぐのところにあった。パテ色の建物が見えてくると、アメリカのカントリーミュージックが聞こえてきた。正面には日本人女性が立っていて、誰かを待っているのが見えた。ファンは、駐留している米兵の中には日本人の妻を持つ者がいることを知っていた。彼女はおそらく夫を待っていたのだろう。

その時、ファンはジョスが士官クラブのドアに向かってふらふらと歩いて行くのを見た。ジョスは女性の前で足を止めた。ファンは声が聞こえるくらい近くに来ていた。

「やあ、ママサン。美人だね。一緒に楽しまない？」ジョスは彼女の後ろに手を回してお尻を掴んだ。女性は、驚いて、何が起こったのかわからないという表情をして悲鳴をあげた。

ファンは彼女を助けようと前に出ようとしたが、車から飛び出してきた別の男が先にそこに着いた。彼はジョスの襟元を掴んだ。「中に入って憲兵を呼びなさい」と彼は女性に言った。ジョスは反撃するにはあまりにも酔っぱらっているように見えた。

「憲兵が来るまでここで待っていてくれないか？」と男はファンに頼んだ。「君はこれを目撃したんだから」

バンが停車して、憲兵が飛び出してきて、ジョスに手錠をかけた。もう一人の憲兵が手帳を取り出し、女性と、ジョスを取り押さえた男に質問した。ファンは離れて歩き始めたがメモを取っている憲兵が彼を呼び止めた。「君はここで何が起こったかを目撃しましたか？」

ファンは、彼が見たことを簡単に説明した。彼はジョスがバンに乗せられる前にファンのことを気づかなかったと確信してはいたが、目撃者として記録に残ることに不安を感じていた。それはジョスの目には彼に対する追加の攻撃に見えるだろう。

ファンは自分の住居に戻るとすぐに、狭くて冷たいベッドの上に倒れ込んだ。ジョスがグラントハイツにいないことを願っていたのに。とにかく、今夜は少なくともジョスは営倉に入れられることになるだろう。きっと初めてではないに違いない。ファンは、憲兵が酒場の床に倒れていたジョスを連行したサイゴンの夜を思い出した。そのとき、ジョスはベトナム人の女性を傷つけていた。しかし、ジョスが目が覚したら、憲兵は彼を無罪放免にした。だから今回も釈放されるだろうと思った。

・

翌朝、目が覚めたとき、最初、ファンは家具付きだが誰もいない家に自分が一人でいるのに一瞬驚いた。サンファンの街中や、ベトナムでの小隊、王子の病院ででさえも、周りに人がいることに慣れていたからだ。ドアを開けると、何もない芝生が広がっていた。

誰かと話ができる人がいないかと思って歩いてみた。彼は野球場を見つけ、アメリカ人の男子高校生がバッティング練習をしているのを眺めた。彼らは来たるワールドシリーズでのニューヨーク・

メッツとボルチモア・オリオールズのどちらが勝つかの議論をしていた。ファンはアメリカにいるような気分だった。高校生たちは彼に投球するように頼んだ。彼は何球か投げたが、肋骨が痛み。辞めなければならなかった。

今度はコーヒーを飲もうと、郵便局のカフェテリアに歩いて行った。その日が非番の軍人たちは、『祖国』で何が起こっているかについての最新情報を求めて『星条旗新聞』を読んでいた。会話はビートルズやウッドストック、ジミ・ヘンドリックスの話ばかりだった。同伴家族の妻たちは、グラントハイツの劇場で初公開の映画が上映されるまで、アメリカ本土より時間がかかることに不満を持っていた。「このままでは遅れてしまうわ」とある妻は言った。彼らは皆、日本に住んでいるのだが、できるだけアメリカに住んでいるのと同じようしたかったのだ。

ファンは、グランドハイツの大きさを知ろうと、刈り込まれた芝生の上を歩いていった。やがて彼は前方に茶色の日本家屋がはっきりと並んでいるのを見た。フェンスも壁もなく、ただアメリカの芝生が終わり、そこから日本の文明が始まっていた。それは荒涼とした草原から、人間の壁の中に入っていくような感覚だった。

ファンはグランドハイツの端で行き止まりになっている窮屈な木造家屋の塊の中の細い道を進んでいった。風化した木の小さな家が両側の道路に押し付けられていた。窓からはテレビを見たり、ご飯を食べたりしている人たちの姿がはっきりと見えた。荷台の両側にバランスを取って食べ物の入った器を載せて自転車で走っている男たちがいた。バギーパンツをはき白い前掛けをした女性たちは、石の歩道の目に見えない汚れを拭き取り、水をかけていた。他の人たちは、スペースが許すところならどこにでも上げられた物干し竿に洗濯物を干していた。

道は少し上り坂になっていて、車線が両側に分岐していた。そのうちの一つの車線に戻って、少し上り坂になったところで、ファンは熟した柿の実った木を見た。他の家の列の後ろに、その家の屋根が見えていた。

超小型の配送トラックがクラクションをピピッと鳴らしたので、ファンは身を引いた。平らな荷台には見たことのない野菜の木箱が積み上げられていた。小さなホンダＣ５０に乗った洋服の女性が、空の買い物かごをハンドルにひっかけたまま、トラックの前を通り過ぎて行った。道の両側の家々には、野菜売り場やラーメン屋、酒屋などが点在していて、品物は道に出して売っていた。

ファンが朝食に作ったベーコン・アンド・エッグスは美味しかったが、コンロを手に入れた今、彼はプエルトリコ料理を作ってみたいと思った。彼は大きな交差点まで道を進んだ。そこには住宅はなくなって、ジーンズ、男性用背広、着物用の布、靴、食器など、特定の商品を専門に扱う店が並んでいた。ファンはスーパーマーケットに入った。彼はバカライトスという鱈（タラ）のフライを作りたいと思っていた。

何が何だかわからなかったが、興味をそそられるような食べ物が整然と積み上げられた棚に、彼は驚いた。それぞれの棚の後ろには男か女がいて、彼が足を止めて見ていると、「イラッシャイマセ」と声をかけてきた。ファンは腰のポケットから日英慣用表現集を取り出した。わかった、『ようこそ』

と言っているんだ。爪楊枝くらいの大きさの干物のディスプレイの後ろに、青と白の鉢巻をした男が立っていて、「Hallo」と言った。

「Fish」とファンは言った。「I'm looking for fish.（魚を探しているんだ）」

「Fish, fish, fish.」その男は並べている魚を指さした。

「Cod fish」ファンは魚の名前を言った。

「はあ・・・」男は頭を掻いた。

黒のスカートと白のブラウスの若い女性がファンの横に立ち止まった。「May I help you?（どうかされましたか）」

「Oh, you speak English?（おー、あなたは英語を話すのですね?）」

「A little.（少しね）」

女の子の可愛らしい笑顔で、ファンは何を探していたのかを忘れてしまった。「Great（素晴らしい）」と彼は、自分で予想したよりも大きな声で言った。

女の子は顔を赤らめた。「So, is there something you're looking for?（それで、何かお探しのものはありますか?）」

何人かの女性の買い物客は、英語が話されているのを聞いて、歩く速度を緩めて、干物の近くに集まってきた。

「Cod fish（タラ・鱈）」とファンは言った。魅力的な女の子に最初に話しかけるのには理想的な言葉ではない。

女の子の目は丸くなった。彼女は自分の買い物かごから辞書を取り出した。「I think--, let me see. Yes. Tara.（そうですね・・・。タラです）」

「おお」鉢巻の男は叫んだ。「タラね」彼の商品棚の周りの女たちは、深い謎が解けたかのように、「そう、タラね」とうなずき合った。

鉢巻の男は顔の前で手を振った。「No, タラ」男は女の子の方を向いて日本語で何か言った。「I'll take you to the fish market, if you like.（よかったら、魚市場に連れて行ってあげましょうか？）」と女の子は申し出た。女たちはわかったようにうなずいた。

魚市場の広い入り口が通りに面していた。その匂いはファンにとって子供の頃から馴染みのあるものだった。ニシンのような小さなものから、カツオのような大きなものまで、たくさんの魚の棚の前で男女の群れが位置を争っていた。鉢巻をして白い上着を着た男たちが、カウンターの後ろの魚を捌いている人たちに向かって叫んでいた。ある種類の魚を競って買っているようだ。氷の入ったプラスチックの箱を運んでいた男が、ファンをここに案内して来た女の子にぶつかり、女の子はつまずいてしまった。ファンは彼女の腰を支えた。客が四方八方に押し寄せてくる中、彼女をだき抱えていた。だき抱えている時間が必要以上に長いことを彼は知っていた。しかし、彼女の目は閉じていて、その手は彼の手にしがみついていた。

十三　鱈のフライ

秋の夜も
名のみなりけり
逢ふといへば
ことぞともなく
明けぬるものを
　ー　小野小町、古今和歌集　第635

Autumn nights, it seems,
are long by repute alone:
scarcely had we met
when morning's first light appeared,
leaving everything unsaid.

絵末子がまず最初にすべきことは食糧を手に入れることだった。彼女は北山を出てから初めて自分で料理ができることに興奮していた。それに絵末子は家の裏の柵の隙間を見つけた。その隙間から出るとクローバーと背の高い銀色のススキの間の抜け道を通って外の道路に出られるのだった。そこを通れば、タカシの家の中を通らずに、外に行き来できる。タカシに、一々、断る必要はない。

彼女は大きな店がある駅へと続く道に向かった。今はお金もあるし、置いておく場所もあるので、服を買い足すこともできた。

その途中で、彼女は黒髪の若い外国人が、緑色と青色の間を移り変わる色の眼で、通り過ぎるトラックの荷台の白菜をじっと見つめているのに気付いた。彼は、彼女が見たことのあるほとんどのアメリカ人よりも黒髪だった。それで、もっと興味を惹かれた。彼は道に迷っているようにも見えたし、寂しそうにも見えた。彼女は彼の前を通り過ぎてしまいたくなくて、後ろに下がった。彼が再び歩き出したとき、彼女よりもずっとゆっくりとした歩みだったので、怪我をしているのではないかと思った。時間を過ごすために、彼女は手作りの商品を売っている小さな店に入って、買い物かごを選んだ。そして店から出ると、若い男性は道の途中まで行っていた。

彼女は後について行った。というか、本当について行ったと言うべきだったか？とにかく、彼女は買い物に行く必要があった。

彼は、このあたりの雰囲気というか、何というか、わからないが、なんとなく馴染んでいるようだった。どの店も覗き込んでいた。スーパーに入ると、彼女もその後について入った。彼女は彼から少し距離を置いて、米の袋と海苔のパックをカゴに入れていた。彼は干物を見ているようだった。絵未子はケチャップのチューブをカゴに入れていると、干物の男が「Hallo」と声を上げた。店員が知っている英語は「ハロ」と「fish」だけであることはすぐにわかった。絵未了は一息ついて近づいた。

すぐ近くに立って見ると、彼女は彼の長くて濃いまつげに驚いた。干物のパックを並べていた女たちも、彼の姿に興味津々のようだった。「May I help you?（どうかされましたか？）」と絵未子は英語で聞いた。その数分後には、彼女は彼を魚市場に案内していた。

魚を買おうとする大勢の人たちの圧力は、彼女が想像した以上に二人の距離を縮めた。そして、彼女が誰かに押されてよろめいたとき、彼の手が彼女の体を支えた。彼女は一瞬凍りつき、彼を見るのが怖くなった。そして、彼女はとまどいを振り払うように、彼が鱈の切り身を買えるように案内した。

二人はやっと魚市場から出てきた。「ぼくの名前はファンです」と彼は自己紹介をした。「ファンの綴りは、Jからです」と彼は付け加えた。

「そうなんですか。わたしは絵末子よ」

ファンはスーパーの前で再び立ち止まった。

「他にも必要なものがあるの？」

「小麦粉、油、ベーキングパウダー、ニンニク、コリアンダーでなければパクチー」

絵末子は笑った。「今、あなたは本当に私の語彙を増やしているわ。でも頑張りましょう」次のことを言おうとして、言葉が詰まった。「きっと、奥さんは料理上手なのね」

「僕は独身だよ」

「えー、そうなの」

「君は？」とファンは聞いた。

「私も」

二人は、彼が必要とするものをすべて見つけた。絵末子の買い物カゴはいっぱいになっていた。

二人がスーパーを出るとき、ファンは彼女にお礼を言った。「ここで」と彼は言った。「君のかごから買ってきたものを出すよ。僕の上着に入れるから」

「しばらくは運べるわ。あなたは、どちらに行くの？」

「あの細い道の先まで」

「本当に？」実際は、彼女は驚かなかった。だって、彼女はファンがあそこから歩いてくるの見ていたのだから。「私もよ」

　彼の方が驚いたようだった。「あ、君も軍の家族なの？」

「いいえ、私は日本の北の方から来たの。北山と言うところ。北山なんて聞いたことないですよね。一時的にこのあたりに住んでいるんです」

「僕は、グラントハイツに住んでいます。同じく一時的に」

「そうなの」彼はアメリカ人だった。「あなたは軍にいるの？」

　ファンはそう言うのを躊躇っているように見えたが、うなずいた。彼はおそらく、日本の女性の間での米軍に対して持たれていたよくない評判を知っていたのだろう。

「あなたはいい人みたい」と絵末子は彼を安心させるように言った。「この魚とか、いろいろな買ったものを使って、何ができるんだろうと？」

「バカライトス。プエルトリコの料理です」

「料理が得意なのね」

「いや、作ったことはないんだ」二人はファンのゆっくりした足取りで進んでいたが、道の終点に向かっていた。「食べてみたい？」と言った。

「ええ！でも、私はグランドハイツには入れないと思うけど」

ファンは驚いた顔をした。絵未子はわかった。それはそういう意味ではないのかもと。もしかしたらレシピを教えるって意味だったのかも。

ファンはため息をついた。「誰でも来ていいけど、でも・・・」

絵未子はどきっとした。「なんのこと？」

「あそこには、いい人間とは言えない人がいるんだ。君が来たときに、そいつが君に迷惑をかけないようにしなくては」

絵未子は寒気を感じた。「トラブルになるって？」彼女はファンの顔を見て彼に迷惑をかけたいと思う人がいるなんて信じられなかった。しかし、グランドハイツに近づいた今、彼はますます心配そうな顔をしていたのは事実だった。彼女は立ち止まった。「これが私の家への抜け道よ」

ファンは顔を上げた。「柿の木の家に住んでるの？」

彼女はにっこり笑った。「ええ、でもまだ一晩も寝てないわ」それに彼女の住んでいる所にも嫌な奴はいる、と彼女は思った。

「もしよければ、明日バカライトスを持ってくるけど。美味しかったらね」

初めて一人で小さな『裏の家』に戻ることを考えたとき、絵未子は悩んだ。三谷ハウスでも、近くに他の人がいた。タカシは近くにいるだろうが、それが逆に問題だった。ちょっと怖い人だからだ。ファンと知り合って数時間しか経っていないのに、何となく頼りにできるような気がした。「それより、一緒に料理するのはどう？」と提案した。「私の家で」

ファンは絵末子の台所のカウンターの上に食材を正確な順番に並べた。彼は完璧な料理にしようと思っているようだった。「君が鱈を好きだといいけど」と彼はフォークで魚をすりつぶしながら言った。フォークが唯一の料理道具だったのだ。

「ああ、そうね」と絵末子は言った。（実が彼女は鱈が嫌いだった）

「どうしよう」とファンが言った。「ぼくの母さんはこれを一晩水に浸していたと思う」

「ボウルはないわ。引っ越してきたばかりだから」

「とにかくそこは省きます」

すぐに絵末子の小さな家は、魚の揚げ物の匂いがいっぱいになった。そして、魚のフライは、他のすべての材料と一緒に衣をつけて揚げ直された。家の中にはニンニクの匂いがするようになった。絵末子は窓を開けた。彼女は今までニンニクを食べたことがなかった。

実際のところ、バカライトスは思ったよりもずっと美味しかった。大好きなタコの揚げ物のような味だった。

畳の上に並んで座り、壁にもたれてお茶を飲んでいると、もう外は暗くなっていた。絵末子はファンが出て行かなくてもいいのにと思った。最初の夜を一人でここで過ごしたくなかった。「あなたは陸軍か海軍かどこかに所属しているの？」と尋ねた。

「陸軍だ」

「ここに配属されているの？」

「いや、ベトナムだ。一か月ほどでベトナムへ帰ることになる」

彼女は心臓がバクバクするのを感じた。「と言うことは、ここは『休養と回復』つまりR＆Rなの？」

彼女は父からその言葉を聞いて知っていた.

「いや、折れた肋骨が治るのを待ってるんだ」

絵未子は息を呑んだ。「肋骨が折れてるの？わたし、あなたがゆっくり歩いていたのはわかっていたけど」

「何本かね。でも、日に日に良くなってきている」彼は話題を変えた。「こんな小さな家に一人で住んでいる美女がいるとは驚きだ。仕事で来たんだろうと思うけど？」

「私を美女だと思うの？」

彼はうなずいた。

彼女は自分でもびっくりするようなことを言った。「そうね、あなたもハンサムだと思う」

彼は微笑んだ。絵未子は彼の唇の曲線から目が離せなかった。

まだ答えの出せない彼の問があった。彼女は一息ついた。自分の仕事は何かについて説明するのは難しいかもしれない。ファンが従軍していた戦争に反対する男のために働き始めているのだった。彼女は彼が戦争での負傷から回復しつつあるときに、彼にそれを伝えることを望まなかった。彼は彼自身が負傷したという犠牲が、なんの目的もないということをほのめかす人間を必要としていなかった。

絵未子は「私は翻訳者です」と言った。「新聞の社説とかの」

庭の向こうからドアがガチャンと閉まる音がした。タカシの家の中で叫ぶ声が聞こえてきた。もう一回、ドアが閉まる音がした。犬が外で吠え、脈打つようなうなり声をあげた。

絵未子は本能的にファンの手を握った。

「どうしたの、エミコも？震えているじゃない」

「わからないわ。あの声の男が私の雇い主なの。彼は粗暴です。誰かと口論しているみたい」

「彼と話してくる」

「やめて、ファン」彼女は言葉を呑み込んだ。「でも・・・」

「なに？」

「もしかして・・・。いえ、いいわ。気にしないで」

「怖がっているみたいだね。ここにいるのは今夜が初めてだと言っていたね」

「馬鹿みたいだけれど、もし・・・もっと気が楽になるわ」

「君と一緒にいてもいいよ」彼は低いテーブルとマット以外は何もない畳の床を見た。「どこにいればいいのか・・・」

「もしかしていてくれるの?布団が二組あるんです。ここに一人でいるのは嫌なの」

その夜、二人が並んで横になって寝ていると、母屋の中からまた叫び声が聞こえてきて、犬がまた吠えた。絵未子は毛布を引っ張って二人の上にかけ、ファンの隣に寄り添い、ファンの体に腕を回した。彼女が彼にしがみつくと、彼はたじろいだ。

「ごめんね」と絵未子は囁いた。「そう言うつもりじゃ・・・」恥ずかしさを隠せるくらい暗くてよかったと彼女は思った。

「いや、肋骨のせいで」とファンは説明した。

「ああ、ファン。私、忘れてた」

彼は少し痛みを気にしながら、横を向いて、彼女にキスをした。それは軽いキスだったが、彼女の恐怖と孤独は消えていった。彼女は再び彼を近くに引き寄せようとしたが、彼の怪我を思い出し、彼の手を両手で握ってじっとした。

「ファン、変よね?私たちはほとんどお互いを知らないのよ」

「変じゃないよ」

二人はキスをして触れ合っただけだった。でも絵未子は今まで感じたことのない幸せを感じた。彼女は、きっとファンもそれを感じてると思った。

十四　タダイマ

吉野川
いはなみたかく行く水の
はやくぞ
人を
思ひそめてし

Swift indeed has been
the birth of my love for you—
swift as the current
where waves break high over rocks
in the Yoshino River.

ー　紀貫之、古今和歌集　第471

朝、絵末子が目を覚ましたときには、すでにファンは卓袱台のそばに座っていた。彼は新聞で何かを読んでいた。

彼女は彼の肩に手を置いた。「何を読んでいるの？」

「うーん。ベトナムでの残酷で無意味な戦争・・・目的もなく人を危険な目に遭わせている・・・。これは読むのが辛い」

それは彼女が翻訳することになっていた英字新聞の社説の一つだった。

絵末子は喉が締め付けられるのを感じた。まさに彼女は、ベトナム戦争の悲惨さを世界に伝えるべきだといつも思ってきた。父もそう思っていた。だが、若い男性に直接、面と向かって、『あなたは理由もなく負傷したんだ』と話すことになるとは想像もしていなかった。「ファン、ごめんなさい。そういう社説は、兵士たちにではなく、戦争の責任者に対して書かれているの」

「ああ、この戦争がどれだけ不人気なのかは知っている」彼は読んでいた新聞をもとのところに戻した。

絵末子はご飯と味噌汁を作るのに忙しかった。ファンは前日よりも口数が少なかった。彼女が味噌汁をすすっている時には笑っていたが、それ以外はずっと厳粛な表情になっていた。彼が、朝食が済んだらグランドハイツに戻ると言った時、絵末子は、胸になにか引っかかるものができてしまい、もう食べられなくなった。「チェックインとかしないとダメなんですか?」

「そう。それと、ちょっと確認したいことがあって」

「何か、あなたに迷惑をかけそうな人がいるって言っていたけれど、その関係?」

彼はうなずいた。

「今夜また来てくれる?」

「そうしたい。できたらそうするよ」

彼女は彼と一緒に抜け道を出て、そこで、彼がグランドハイツに向かって歩いていくのを見送った。その光景は彼女の心を離れなかった。彼女が彼を想うように、彼も彼女を想っているように見えた。でも、『戻ってくる?』って聞いても、『できたら』という答えしかなかった。

彼女は小さな家の卓袱台の前に座った。源治から逃げてから初めて、彼女は完全に一人になり、何が起こったのかを考える時間を得た。夫の博治がもう生きているとは思えなくなって、源治に屈した母を責めることはできなかった。絵未子自身も源治に屈しそうになったのだった。母が作った青と白のスカーフを手に取った。それは彼女の母が愛する人のために作ったものだった。その人が彼女の本当の父親だった。

ファンとの出会いは、絵未子に父のことを思い出させた。彼女の知っている反戦運動家の父ではなく、日本の最後の戦争を戦った兵士としての父だった。父は戦争中、自分の国が正しいと思っていたのか間違っていると思っていたのか、そのことを口にすることはなかった。絵未子が尋ねると、彼は実際の戦争は、自分を殺そうとする人を、殺そうとしていた、というように記憶しているようだった。彼が日本の戦争の動機に疑問を持つようになったのは、その後のことだった。

ファンに出会うまでは、彼女の頭の中では現在の政治状況は単純だった。日本は、共産主義への強迫的で非合理的な恐怖に基づいたアメリカの戦争を間違って支持していた。ベトナムの人々は結果として殺されていた。彼女は父がデモに持っていくパンフレットを書くのを熱心に手伝った。もちろん彼女も父も、アメリカ人がベトナム人と同じように戦争で殺されていることは知っていた。しかし、アメリカ人は外国の侵略者だとして、あまり同情を得られなかった。今、彼女は彼らの視点から見始めていた。彼女は父とそのことを話したいと願った。

残酷で無意味な戦争に反対することは、彼女の理想的な仕事のように思えた。では、戦争反対派のタカシは冷酷で攻撃的なのに、戦争加害者のファンが優しくて愛情深いのはなぜなのだろうか？

彼女は思い悩むのを止めようとした。もう、仕事に取り掛かる時間だったからだ。新聞の社説を隅に重ねて置いていた。彼女はファンが読んでいたものを手に取った。それは外国に住んでいる日本人が書いた外国の新聞の英語の社説だった。始まりはこうだ。「日本は、自国の安全保障を、この不当な戦争への日本の協力を条件にしている限り、アメリカに頼るのをやめなければならない」

社説の主な内容は、日本が軍隊を保持することを禁じている憲法第九条を撤回することを求めるものであった。アメリカのベトナム戦争を非難しているが、その批判は末梢的なものであった。

翻訳はうまくいった。タカシには、それが完璧かどうかはわかるはずがないと、絵末子は密かに笑った。それに、タカシは文学的な傑作は必要としていない。求めているのは、基本的なプロパガンダだ。その方が仕事を早く進められる。

彼女はもう一つの社説を手に取った。これも外国の新聞で、日本人が英語で書いたものだった。これもベトナムでのアメリカの『不法侵略』を批判したものだが、前のものと同じに、戦後に強要された憲法を撤回し、天皇の下で世界の大国に復帰することを主に訴えていた。

絵末子は、タカシがどうやってこのような社説を見つけてきたのか不思議に思っていた。日本語で書かれたものなら、このような内容の記事は他にもたくさんあった。誰か、あるいはどこかの団体が、こう言う内容で英語で書かれたものも多くの人々に読んでもらいたいと思っているのだろう。

帝政復古を目指す極右の右翼団体の可能性が高い。

彼女は別の社説を翻訳した。それはほとんど同じだった。これはベトナムについて言及すらしていなかった。それは、日本が自衛隊を本物の軍隊に変え、戦争放棄を撤回することを求めるものだった。絵末子は、自分が翻訳していたのは、平和擁護の社説ではないことに気づいた。それどころか、父が反対していたもの、そのものを主張している皇国日本の宣伝だったのだ。仕事を辞めることを考えた。しかし、今まで以上に東京に、長く居る必要が彼女にはできていた。

数時間後、絵末子は三部の翻訳を震える手で持ちながら、タカシの家の暗い廊下を歩いていた。指の垢がついたドアが、二階の『部屋』への階段を示していた。廊下の反対の奥の木製の引き戸の向こうから、トイレの浄化槽の悪臭がした。彼女は廊下の突き当たりのドアをノックした。そこがタカシのオフィスだった。

「翻訳はあっちに置けばいい」と彼は机の上の雑誌から顔を上げずに呟いた三島由紀夫の私設軍の体格の良い若者たちが、三島自身がデザインした小学生の制服のようなものを着て行進している様子が雑誌の一面に写っていた。絵末子は苦笑を抑えようとした。

「何かおかしいかね?」

絵末子は、手を振って、否定したが、タカシを宥められなかった。「あんたは愛国心がおかしいと思うのかね?」

絵末子は、どちらでもない回答をしようと思った。「三島由紀夫はとても才能のある作家です」

タカシは彼女の顔に顎を近寄せた。「でも、彼の愛国心は漫画チックだと思うんだろう? わかった。あんたは他の欧米化した消費主義者と同じだ」彼の言葉は閉じ込められていた雷のように転がり出てきた。「あなたを雇ったのは、明らかに間違いだった」

「タカシさん。私は翻訳のために雇われたんです」今、仕事を失うことは父探しを諦めることになる。それに、今はファンがいた。「私がした翻訳を読んでいただけたら、正確に訳されていることがわかっていただけると思います」

彼は一歩下がった。「それにこしたことはないな。残りの英語の社説が終わるまであとどのくらいかかるんだ? それが終わったら、あんたにやってもらう日本語の文書があるんだ」

「出来るだけ早くやります」

彼はアゴを突き出した。「よし。翻訳が終わったら、他にもあんたにやってもらう予定があるから」

絵未子には、それがどういう意味なのか想像できなかった。タカシは怖いだけじゃなくて狂ってるんじゃないかと思い始めていた。

・

絵未子は、石鹸、歯磨き粉、シャンプー、トイレットペーパー、風呂上がりの夕方に着る青白の薄手の綿の浴衣を買った。そして、食料も買い足した。彼女は間違いなく引っ越しをした。

彼女はファンがまた来てくれることを望んでいた。もし彼が来なかったら、多分彼女は彼を探しに行くだろう。他に誰もいない家の中では、彼のことしか考えられなかった。彼女は炊飯器にお米をいつもの二倍入れ、パン粉をまぶしたカツレツを二つ用意し、一人で食べられる量の二倍のキャベツを刻んだ。もし今夜ファンが来なければ、残りは明日にでも食べるつもりだった。

彼女は檜の湯船に水を張り、そのガス湯沸かしに火をつけた。やがて檜の甘い香りと炊飯器からの湯気が、その場所をより家のように感じさせ始めた。彼女は身体を洗って、熱い湯船にゆっくり浸かった。湯から出ると、赤みを帯びた体から湯気が立ち上った。彼女は新しい浴衣を着て台所に行き、お茶を入れるためにやかんに水を入れた。

ドアをノックする音がした。彼女はドアを少し開けて、外を伺った。

「タダイマ！戻ってきたよ」ファンはダッフルバッグを手に、にこにこしながら立っていた。

「オカエリ」彼女は彼の手を握りしめた。「You're speaking Japanese now!（もう、日本語話してるのね）Come in.（さあ、入って）」

「使えそうなフレーズをいくつか覚えてきた」

「最初に使ったのが一番よかったわ」

ファンは少し後ろに下がった。「あなたはその着物で美しく見える。私は・・・本当に美しいと」

「これは浴衣（ゆかた）というの。ゆったりとした着物のようなものよ」彼女の頬にはまだお風呂の温かみが残っていたが、もっと温かくなっていくのを感じた。

彼は彼女の頬に軽く触れ、彼女を壊すのが怖いのかと思うほど優しくキスをした。彼の手は浴衣の広い袖の下から彼女の腕をなぞった。「Preciosa.（プレシオーサ）」そう彼はささやいた。彼は再び彼女にキスをした。「テ・キエロ」

彼女は目を閉じて、自分が彼に引き寄せられるのを感じた。彼女は息が荒くなり、話すことができなかった。できたのは彼にしがみつくことだけだった。

「君の髪は湿っている。花のような匂いがする」

「ジャスミンのシャンプーよ。お風呂から出たばかりなの」

台所から、ピーという笛の音が聞こえてきた。

「ごめんね。やかんの音よ」彼女は恥ずかしそうに笑いながらやかんの火を消しに行った。

ファンもついて行った。「お風呂は日本式？」

「そう、文明化はしているけれどね。来て。見せてあげるわ」

浴室にはまだ湯気がかかっていた。湯船からは小さな蒸気の流れが立ち上っている。「身体を洗って、すすぎをしてから湯船に入るの」

彼は興味をそそられたようだった。

「入ってみる？」

「そうしたいけれど・・・」

「手伝うわ。さあ、シャツを脱いで。あっちにかけるから」

「いやちょっと。傷は治っているけれど、でも・・・」

「傷？あー、ファン。知らなかった」彼女は唇を噛んだ。「怖いけど、見てみたい」彼女は彼のシャツのボタンを外して息を呑んだ。彼の胸の下には、指を伸ばした手の平のように、紫がかった赤い傷跡が広がっていた。絵未子は両手を口に当てた。

「もうあまり痛くはないんだ」

「肋骨が折れたって言っていたわね」

「そうなんだ。何本かね」彼は顔を赤くした。「それで、まだあまり速い動きや緊張に対応できないんだ。だから昨夜は・・・」

「それなら、どうやって自分で洗うの？」私がしてあげる。パンツははいたままでいいから」彼女はプラスチックの桶に石鹸水を入れた。「ここに座って、背中洗うから」背中を洗った後、彼女は彼の正面に移動した。彼女は鳥肌が立つのを感じた。彼の傷口に石鹸をそっとあてた。「足を洗えるよう十分に曲げられるの？」

「ずっとシャワーで流していただけだ」

「わたしがやってあげる」彼女が彼の黒くて筋肉質な足を洗うとき、それは別の感覚だった。彼女は目をそむけようとしたが、それはできなかった。彼女は彼の足を桶のお湯で洗い流した。「わたしは外で待っています。自分の身体を洗い終わったら、お湯で流してから湯船の中に入ってね。気持ちいいから、好きなだけいていいわ」彼女は木の椅子の上に大きなタオルをかけた。「浴衣は一枚しか持ってないから、これにくるまってね」

台所でカツを揚げ始めた彼女は、自分でも声を出して笑ってしまった。北山を出た時には、こんな状況になるとは思ってもいなかった。高校卒業後すぐに結婚した同級生が、夫の背中を洗ったり、トンカツを作ってあげたりして、喜んでいただろうか。これまでは、彼女にとっては、そうしたことはつまらないことのように思えていた。

でも、それは彼女がファンに会うなんて想像もしていなかったから。彼女はまだ彼の唇を感じていた。そして彼女の手の中の石鹸の泡のついた脚。そして・・・。

カツレツが煙を上げ始めた。彼女はタイミングよくフライパンを持ち上げて裏返した。

「エミコ！こっちに来てくれない？」

ファンは浴槽の中で膝を抱え、恥ずかしそうな顔をしていた。「出られないんだ」

絵未子は笑いながら身をかがめた。「ほら」と彼女は言った。「あなたの腕を私の肩に乗せて」

ファンは何度か息を止めて、痛みに耐えながら湯船の縁を超えることができた。

絵未子は心配になって言った。「大丈夫だった？」

「ちょっと滑っただけだよ」彼はタオルを手に取った。「湯船から出るの手伝ったことなんてないんじゃないの？

「あるわよ」

「え、本当？」

「ええ、でも二歳以上の人を手伝ったことはないわ」

「こっちへおいでよ」

絵未子は台所に駆け戻った。

夕食後、二人は前夜のように毛布の下に入った。ファンは灰色の病院用パジャマを持ってきていた。彼女は言った。「あなたの肋骨の痛いところを見せて、ファン」彼は彼女の手を彼の胸に置くと、彼女は彼の胸を軽く撫でた。「痛む？」

「痛くない」

「昨日の夜、あなたに触ったわ。私、痛い思いをさせたかしら」

「いあや」

「昨日はあなたがどんなひどい傷を受けていたか気づかなかったから」

「君を失望させたかと思った」

「人生で最もスリリングな夜だったわ」

二人はキスをし、触れ合った。「私のこと何て呼んだの？あなたが今夜来た時」

彼には何のことかわからないようだった。

「Pressy something って」

「Pressy? ああ、preciosa、precious（大事なひと）だよ。時々、スペイン語が飛び出すこともある。子供の頃、話した言葉なんだ。それに、そのとき、『愛してる (Te quiero.)』って言ったと思うけど」

絵未子はもっと聞きたいことがあったけれど、眠りに落ちながら、その最後の言葉を心の中で聞きたいと思っていた。

十五　同行して

前途に大した望みがなくて、ただ一途に夫を愛するなどして、偽物の小さな幸福に浸っていたいというような人は、その心持ちが我慢ができないし軽蔑すべき人のように思われてしまう

生ひ先なく、まめやかに、えせざいはひなど見てゐたらむ人は、いぶせく、あなづらはしく思ひやられて、

When I make myself imagine what it is like to be one of those women who live at home, faithfully serving their husbands — women who have not a single exciting prospect in life yet who believe that they are perfectly happy — I am filled with scorn.

ー　清少納言、枕草子（二十一段）

「変だわ」と絵末子は言った。「昨日の夜、タカシの家で誰かが叫ぶ声を聞いた時には、あの犬は吠えたんだ。でも、今夜、あなたが来た時は吠えなかったわ？」

ファンはニヤリと笑った。「あの犬が僕のことを好きになるようにしたのさ。購買部ＰＸで、Ａチョイスグレード・サーロインステーキの肉を買って一切れ持ってきたんだ」

「おかしな人ね」でもまだ何か他のことが彼女の心に引っかかっていた。「グランドハイツに誰かがいると言ったわね。その人があなたを困らせるかもしれないと。それ以来あなたはその話をしてないわ。あなたは彼にも肉を投げてあげたの？」

ファンは微笑んだが、すぐ真面目な顔になった。「実は、悪いニュースがあるんだ。彼は今、グランドハイツに残っている。ぼくは、彼が酔っていた時にやったことの目撃者として呼ばれることになるんだ。問題は彼はぼくの小隊長で、そして、彼はすでにぼくを嫌っている」ファンは絵未子にさらに詳しく言った。

「では、あなたの中尉は戦闘が好きだからといって部下を危険にさらすの？」

「そう。他の悪いこともやっていた。犯罪捜査官がまだ知らないようなこともね」

「どんなこと？」

ファンは目をそらした。「よそう。何か別の話をしよう」

彼は絵未子の新聞の山の上から社説を一つ取り上げた。「君は翻訳者で、それで東京に来て、ここで一人で住んでいるの？」

絵未子の喉は急に緊張したようだった。「いいえ」と彼女は言った。「本当の理由は、父を探しに来たんです。お父さんは八か月前に何かの・・・用があって東京に行って、それっきり北山に帰ってこなかったの」

ファンは彼女の手を取った。「それは悲しいね。警察には相談したとおもうけれど？」

「したけれど、何もわからなかった。でもここに引っ越す前に、三谷のお巡りさんがもっと情報を得ようと動いている、と言ってくれたわ。一週間後にまたそのお巡りさんのところに確認しに行くつもりよ」

「一緒に行ってもいい？」

絵末子は笑った。「えっと・・・いいわよ」

「つまり、一緒に行くだけだけど」

「どこへでも一緒に来ていいわよ、ファン」

ファンは日英慣用表現集をめくって何かを読み上げた。

絵美子はまた笑った。「ワタシハアナタニ、タイヘンオセワニナッテイマス」というその日本語の言葉は堅苦しく、形式的なものだった。でも、彼は少なくとも勉強していた。

「今日はぼくも行かなくてはならないところがある」とファンは言った。「傷病休職中の間は、週に一度は病院で薬物検査を受けなければならない」

絵末子には何のことかわからなかった。

「違法薬物を服用していないか確認するためだ」

「本当に？なぜあなたも疑われているの？」

「大麻、コカイン、ヘロイン。ベトナムでは簡単に手に入る。それがなくては、いられない奴もいる」

「でも、日本では？」

「禁止されているでしょう。でも、グランドハイツのカフェテリアで何人かが麻薬のことを話しているのを聞いた。アメリカ兵ならここで手に入れることができると言っていた」

「で、今日行くの？」

「そう。王子にある」

「それ、どこ？」彼がちょっと驚いた顔をしたので、「私もあなたと同じ、東京では新人です」と言いながら、これから翻訳しなくてはならない新聞の山を見て眉間に、しわを寄せた。「私も一緒に行ってもいい？」

「病院にかい？」

「だから、ただ一緒に行くだけでいいの」

・

太陽は九月の空気を暖め、王子病院の患者たちは外で緑の芝生の上に座ることができた。絵未子とファンが歩くあたりには、足や腕にギプスをした若い男性たちがいた。首の矯正をしている人もいれば、車椅子に座って膝に毛布をかけた人もいた。雑誌を読んでいる人もいれば、トランジスタラジオで音楽を聴いている人もいたが、ほとんどの人は別の場所の何かをほんやりと見ているかのようだった。

「大勢の怪我人ね」と絵未子は小声で言った。

一階には来客用の待合室があって、絵未子はそこで待つことになった。そこには彼女しかいなかった。絵未子は窓から外の芝生を眺めていた。十八歳にぐらいにしか見えない少年が一人いた。胴体全体が白いガーゼに包まれている。その隣にじっと動かずに座っている人は、目と口に切り込みが入っているだけで、頭は完全に包帯が巻かれている。彼女は見ているのがつらくて、目をそらした。ファンはこの人たちに比べてとても幸運だった。

ヘリコプターが頭上で羽ばたいた。外の芝生の上で、一人の男が頭を抱え、身をかがめていた。看護婦が行って、彼を車椅子に乗せ病院内に押して行った。ヘリコプターは、絵未子の視界の外に消えてしまった。芝生の端の道路にはトラックが轟音を立てて走っている。階段をこするように降りて来る足音が聞こえた。

ファンは彼女の後ろに戻ってきた。「終わった。さあ、ここから出よう。これからどうする?」

絵未子は用意ができていた。

「日本をもっと見てみたいんだ」

彼女は、明治神宮に行こうと提案した。「お父さんに一度、連れて行ってもらったことがあるの。とてもきれいなところよ」地図でルートを確認した。「京浜東北線で、田端に行って山手線に乗り換え、原宿で降りればいいんだわ」

原宿駅を降りると彼女は彼と腕を組んだ。明治神宮の入り口の前には他にもたくさんのカップルがいた。絵未子はファンのようなハンサムな男性と一緒にいられることに誇りを感じていた。他の女性たちが彼のことをちらちらと見ているのに気付いていた。

最初の鳥居の向こうには、巨木の並木が強い日光を遮り、玉砂利の参道に陰影のある日差しを落としていた。絵未子は立ち止まった。「見て、ファン。コモレビよ。英語に『木漏れ日』の意味の言葉があるかどうかわからないけれど、木や葉の間を抜けて来る日の光のことよ」

二人はそびえ立つ鳥居をくぐって境内に入り、荘厳な本殿へと参道を進んだ。本殿の手前の手水場で手に水をかけ浄め、そして本殿前の賽銭箱にお賽銭を入れた。ファンがこのやり方を知っているようだったので、絵未子は驚いた。「この前、王子の神社に行ったんだ」と説明した。「では、拍手しようか?」

「あ、どうぞ」絵未子は、すこし恥ずかしさを感じた。実は彼女は神道の儀式はナンセンスか、あるいはほとんどナンセンスだと思っていた。本当にそうだとは言えなかったけれど。

「カミのことを教えて」とファンは言った。『神様は霊なの?それとも何かべつのもの?』

「ええ、霊よ。だいたいそんなところよ。木や岩や動物の霊。でも、人の霊になることもある。明治天皇と皇后の神霊がここに住んでいると言われています」

「君たちは、霊に聴こえるように手を叩くのかな?」

「うん、まあ」絵未子は次に何を聞かれるのかと思った。

「霊だったらどうやって手拍子が聞こえるのだろう?」

「そういうつもりよ、ファン。そう考えるのが一番よ。これは宗教なの」

ファンはハイデン、拝殿を覗き込んでいた。「でも、霊はいるんだろうか?友人のウォルターは幽霊を信じてる」

「その言葉は知らないわ」

「亡霊のようなものだと思う」

「死んだ人が戻ってきて、取り憑いてくるような？〟私たちはそれを幽鬼と呼んでいるの」彼女は幽霊なんて信じていなかったけど、源治とホテルの部屋にいたとき、鏡に映った顔を見て、母が何かを伝えに戻ってきたような気がしたのは確かだった。

・

帰りの電車の中で、二人はなんとか座席に座れた。ファンは声を低くして聞いた。「君のお母さんのことを話してくれていないけれど、お母さんは君の東京での一人暮らしを心配してるだろう」

「母は亡くなったの。母が死んですぐに東京に出てきた」

「あ、絵未子」ファンは彼女に腕をまわした。

何人かの乗客がちらりと見ていた。日本の電車の中ではありえないことだった。でも、それが絵未子の気分を良くしてくれた。彼女は気にしていなかった。叔母の順が『はしたない』と言って自分の手を叩いているのを想像して笑いそうになった。

ファンはレストランに連れてってくれるって言ったけれど、彼女は夕飯を自分で作りたいと思っていた。「それとも私の家では窮屈なの？グランドハイツの住居のほうが、多分ずっといいんでしょう」

「それは大きいし、アメリカの家具がある。アメリカ製の大きなコンロとオーブンもある」彼は笑った。「アメリカのシャワーもあるし。でも、もし日本にいるなら、日本に住みたい。アメリカではなく」

「だったら私と一緒にいたほうがいいわ」

二人は成増のスーパーに立ち寄った。絵末子はいろいろなものを手に取っては聞いた。「これ好き?」でも、彼の答えは「何だかわからない」だった。彼女の説明は「オカズよ。ご飯に合うおかずだよ」

お風呂に火をつけて、夕食の準備を始めた。家庭的な絵末子。高校時代の同級生が見たら笑うだろう。絵末子は、友達が料理の話とか旦那さんの話とか赤ちゃんの話をしても、退屈そうにしていたし、『人生には、そんなものじゃないそれ以上のものが欲しい』と言っていたからだ。

十六　エンドウ豆にチャンスを

(Giving peas a chance)

東京の人は複雑で。あたりが騒々しいから、気が散るのね。
Tokyo people are complicated. They live in such noise and confusion that their feelings are broken to little bits.

ー　川端康成、雪国　95/145

「あいつの暴行事件の目撃者としての召喚状が届いているかどうか、毎日、郵便箱を確認しなくてはならないんだ」とファンは言った。「イテキマス」

それは彼が使うのを聞いて彼女をドキドキさせるもう一つの日本語の言葉だった。『戻って来るよ』と言う意味だったから。

ファンは日に日によく動けるようになり、歩くのが速くなっていった。絵未子は、病院の庭で見た傷ついた男たちのことを考えた。彼らの中にはもう二度と歩けない人もいるかもしれない。ファンに会って、その人たちを見て、ベトナムでの戦争、どんな戦争にも反対する気持ちが深まり、自分の問題として捉えるようになった。

彼女は指示された社説をどんどん翻訳した。内容は同じようなものばかりだった。彼女は間違った目的のために働いているように感じていた。彼女の書いた文章は彼女のものだったが、内容はそうではなかった。気にしないことにしよう。彼女はこの仕事を辞める訳にいかなかった。源治のお金を使うのをやめたかった。タカシに月払いではなく週払いにしてもらおうと思った。

もう、あの男に怯えるのはやめようと思った。タフな男に対するには自分もタフになるのが一番なのかもしれない。

浄化槽の臭いが鼻をつく。彼女はいらいらしながらオフィスのドアをノックした。「あなたのトイレが臭い」と大きな声をだした。「今すぐバキュームカーに来てもらって」

タカシは彼女の最新の翻訳を読んだ。「これはきちんとできている」と彼は認めた。しかし、トイレの件は無視した。

「気に入ってくれて嬉しいです」彼女は次の翻訳を依頼さる日本語の報告書について尋ねた。

「ベ平連の後援者からの調査報告書だ。日本の新聞社と海外の新聞社に同時に送りたい」

「日本語から英語への翻訳はもっと手間かかかることを、私はわかっています。できますが、手元の現金が不足しています。月払いではなく週払いにしてください」

「そう言う契約になっていない」

「では、他で仕事を探さなくてはならなくなります」

タカシの顔は火鉢の中の燃えている炭のように真っ赤になったが、何とか折れた。彼女はこの男との付き合い方を学んだのかもしれない。

部屋の片隅には、靴箱ほどの大きさの小さな荷物が積み上げられていた。

「これは何でしょう?以前はここには無かったと思う」

「大義のための重要な物資だ」彼はイライラと息を吸った。「これまでの配達員は、あんたがここに来た日に辞めてしまった。早く他の人間を探さないと」

仕事は簡単なように見えた。「報酬はいくらですか?」

「他の配達の仕事と同じか、それ以下かもしれないな」

「知り合いができるかもしれない」彼女は彼に言った。「トイレをきれいにしておいてください。そうすれば、何かできることをします」

タカシは歯軋りをしたが、それに同意した。

・

新宿駅に到着した絵未子は、今度は行くべき場所をわかっていた。サトルは線路のそばにはいなかったが、向かいの小さな公園で寝ているのを見つけた。ベンチから足を押しのけるとサトルはフラフラしながら起き上がった。

「あれ?あー、エミコさん。あなたのこと考えてたんですよ。お金貸してくれないかなって?」

彼女は彼の肩を揺さぶった。「わたし、本当は、君に関わっちゃいけないのよ。それでも、何でこうするかわかる?君が『清らかな人生』を送りたいと言っていたからだよ」

彼は彼女に悲しそうな顔をした。「あのバーの件はごめんね」

「ビニール袋を捨てて。シンナーもね。君にできる仕事を見つけたわ。君はプログラマーにならなきゃいけないって訳じゃないわ。お金を貯めて、那珂国に帰って、君の友達のあの新米のお坊さんに相談してみたら?多分、君は祈りを暗記するのが得意ではないでしょうけど、わたしは彼が、あるいは僧侶として、君を正しい道に導くことができると信じてる」

彼は肩をすくめた。「仕事は何?ぼくはきっとそれをしたくないだろうな」

「たぶん、君はやる気になる。仕事はベトナムの平和運動と関係があるの」少なくとも僅かな繋がりはあると、彼女は自分に言い聞かせていた。

サトルは霧の中から出ようとするかのように、まばたきをした。「ベ平連が資金を出しているの?」

サトルは、絵未子自身がずっと気になっていたことを、思いついたのだった。彼女の父がベ平連からお金をもらっているという話は聞いたことがなかった。絵未子は、タカシが資金を得ているのは、より大きく、より過激な全学連の学生運動からだと考えていた。

「荷物の集荷や配達でお金をくれるんだよ」と絵未子は言った。「戦争を止めるための手助けになるんだよ」

サトルはしばらく彼女の顔を見つめていた。そして彼はポケットからビニール袋を取り出し、ベンチ横のゴミ箱に捨てた。中途半端に空っぽになったシンナーを含んだ接着剤のチューブを捨てた。サトルは、根元が黒くなってきたクシャクシャの髪に指を通すと、シャツのシワを手でのばして立ち上がった。「わかった。準備はできた」

絵末子は駅の地下の売店でサンドイッチを買って彼に食べさせた。電車で成増に向かう途中、サトルは配達する荷物の中に何が入っているのか聞いた。

「私は知らないわ。それはどうでもいいのよ。君はただの配達員なんだから」

成増に戻ってくると、トイレの嫌な臭いが消えていた。タカシはサトルの姿を見て、喜んでいるようには見えなかった。「チクショー」とうめいた。「なんだこいつは?」

「とても頼りになる配達員です」と絵末子は嘘をついた。「Give Peas a Chance のTシャツを見てください。この人は私たちの一員です」

「まともな服を買うまで、給料を減らさざるをえないね」

「それではだめね」と絵末子は言った。「サトル君、行こう。制服ぐらい買ってくれるところへ」サトルはタカシを睨みつけていた。「給料下げるって、本気なの」

二人は行こうとしたが、タカシはそれを止めた。「わかった。給料は規定通りにするし、最初の一か月、きちんとやってくれたら制服も用意するから」

サトルは「制服のことは・・・」と言いかけたが、絵末子に止められた。

タカシは続けて「電車と地下鉄で配達してくれ」と言った。「あとは、直接指示を出す」

絵末子はサトルがこの仕事を辞めて、新宿の生活に戻ったりしないようにさせたかった。「それに寝る場所も必要です」

「問題ない。私は配達の子を見張るのが好きなんだ。だから、あそこで寝てもらっていいよ」と言って、オフィスのわきにある部屋を指さした。

絵末子は何も聞かなかった。その部屋がどんなかを見る必要もなかったからだ。新宿の公園よりはマシなはずだった。それに、彼女は自分でサトルを監視しても構わないと思った。

「それでは、彼は電車賃やパス代が必要になるだろう」と彼女は付け加えた。「それも私と同じように週払いでお願いします」

彼にも何かしらの前払い金が必要だったが、彼女は自分の運を押し付けたくなかった。彼女は新しい配達員をドアの外まで追いかけ、外で彼を止めた。彼は二つの荷物を抱えて立っていた。

「これは、君の給料が支払われるまで、少しのお金よ。サトル、私の期待を裏切らないで。分かった?」

サトルは半分気乗りのしないようなお辞儀をした。

「あ、それともう一つ。わたしもあの人の下で働いていています。翻訳者として。私は庭の反対側の家に住んでいる。そこには絶対に入らないで。近くにも来ないで欲しいの。わたしにはプライバシーが必要なの。わかった?」

気乗りのしないお辞儀をもう一度して、彼は駅に向かった。

•

目をキラキラさせてファンは現れた。「まだ召喚はなかった」と言って、彼の唇には笑みが広がった。そして、絵末子に白い紙で丁寧に包まれたものをプレゼントした。「これを君にあげようと思って買ったんだ。駅前通りの店に入ったら、これが目に留まった。触ってみた瞬間に買わなきゃと思って」

それは陶器の鉢で、茶色に白の釉薬が重く垂れ下がっていた。絵未子の心臓は、飛び上がった。息もつけぬまま、畳の上に膝をついた。絵未子はその鉢を卓袱台の上に、カミダナ、神棚に差し上げるお供え物のように置いた。頭をかがめて固まった彼女は、井戸の底の水面に浮かんでいる反射を見るように、その深さを覗き込んだ。囁きの言葉が彼女の唇を通り抜けた。「お母さん!」

ファンは絵未子の隣でひざまずいた。彼の目は今、海の緑色をしていて、心配そうだった。彼女は自分の背中に彼が優しく触れるのを感じた。

「これは、わたしの父が母さんにプレゼントした、母さんのお気に入りの鉢のまさに双子のものです」絵未子はすすり泣きを抑えることができなかった。「このようなものを今まで見たことなかったわ」

「ちょっと見てまわっていただけだけれど」ファンは目を見開いて言った。「何かがあったんだ。ぼくにはわからなかったけれど、何かがぼくにこれを買わせたんだ」

目を閉じて、絵美子は指でツルツルとした滑らかな釉薬の隆起に触れた。母の顔が、彼女の前で霊のようにゆらめいた。

ファンの温かい唇が彼女の頬に触れて、彼女は落ち着きを取り戻した。彼女は目を開けた。「ファン、あなたがこれを見つけたなんて信じられないわ。ありがとう」彼女は両手で鉢を目の前に持ち上げてから、卓袱台の真ん中に戻した。「わたしは、すぐにしたいことがある」

彼女は鉢に水を入れてから、ファンを庭に連れ出した。「垣根沿いに紫のりんどうが自生しているのを見たわ」彼女は手のひらに花を採って、部屋に持ち帰り、鉢の中の水に浮かべた。手を合わせて、母の記憶が花の美しさと一体になるまで、彼女は再びひざまずいて祈った。

ファンはそわそわして、ニヤリと笑った。「鱈を料理するときには、ほかの食器を使えばいいな?」これで彼は腕を叩かれた。「あ、そうだ。他にも持ってきたんだ」と思い出したように言った。「プレゼントとは言えないが」彼は上着のポケットからラップに包まれた赤い柔らかいものを取り出して卓袱台の上に置いた。

絵未子は口を開いてしまった。「これなあに?厚切りの何かみたい・・・」

「牛肉だよ。冷蔵庫に入れておけばいいと思う。あの犬が来たときには、ぼくがいつでも一切れ切ってあげられる。そうすれば、犬はぼくと馴染みになるだろうし、ぼくがここの人間だと思うだろうしね」

「あなたはもう、ここの人よ、ファン』

夕食のおかずは鱈ではなく絵未子のもっと好きな魚の料理だった。夕食が終わると風呂に火をつけた。「また背中、洗って欲しい?」

彼の唇はおどおどした感じで閉じていたが、「ソレ・アッカマシー」と言った。

「アツカマシイー?その日英慣用表現集を見たらどう。図々しい子って意味よ」

彼女は彼を洗うだけでなく、彼が認識票以外は何も身に着けずに湯を浴びている間、風呂場の椅子に座っていた。

ファンは鉢を買う前に道で出会った人の話をした。「痩せた男で、オレンジと黒の変な髪にホーチミン風の髭が少し生えていた。誰もシャツに印刷する前に英語の校正しないの？『Giving peas a chance』では『エンドウ豆にチャンスを』さ。とにかく、彼がかついでいた荷物を落としたので、私が拾ってあげた。思ったよりも重かったよ」

「その子を知っているわ」彼女はファンにサトルの話を簡単に説明した。

「それでは、彼はあそこの母屋に住んでるのかい？」

「ここではプライバシーが必要だと、彼に言っておいたわ」

「それって・・・のこと？」

「ええ、そうよ」

・

ファンがグランドハイツに行って、ここにいない間、絵未子は翻訳の仕事に励んだ。最後の新聞の社説の翻訳が終わろうとしていたとき、庭の向こうから怒鳴り声が響いて来た。タカシが誰かに向かって罵声を浴びせていた。絵未子には『きたない』と『じっとしていろ』という言葉を聞き分けられた、それってサトルのこと？

彼女は靴下だけのまま草地を急いで横断し、廊下を駆け抜けてオフィスに入った。叫び声は止まっていた。サトルは腰まで裸になって大人しく床にしゃがみこんでいて、タカシはカミソリでサトルの頭を剃り、脱色した部分と黒い部分のある髪の毛の束を稲から害虫を取るようにして床に落としていた。

サトルが絵未子の方に顔を上げようとすると、タカシは「動くんじゃない！」と怒鳴った。坊主頭の頭頂部に薄い血の切れ目が入っていた。「今忙しいんだ」とタカシが言った。「お前が連れてきたこのヘタレの掃除だ」

サトルは何も言わず、ただ目を閉じていた。唇はまるで祈りを口にしているかのように動いていた。隣の床には、『ギブピーズ・ア・チャンス』のシャツが髪の毛の下に敷かれていた。絵未子は両手を合わせた。「サトル、大丈夫なの？」

「じっとしていろ！」とタカシに言われて、サトルは返事を飲み込んだ。

絵未子は頭の傷を指差した。「何か貼るものを探させてください」

タカシはカミソリで、棚の上に置いてあるかなり大きな救急箱を指した。おそらくタカシが率いる将来の『攻撃』のときのために用意していたのだろう。絵未子は止血パウダーでサトルは頭の血を止めた。サトルは頭を垂れて、絵未子を見ようとしない。恥ずかしそうにしていた。「わたしはもう戻るわ」と絵未子は言った。「終わったら庭に出てきて。話したいことがあるの」

彼女は暖かい初秋の日差しの中、玄関先に座り、最後の訳文の最後の言葉を修正していた。母屋のドアが開いたとき、彼女は顎がはずれそうに驚いた。濃い青色の襟のないジャケットとそれに合ったズボンを着た、剃り上げた清潔な坊主頭の若者を見たからだった。彼の目は庭の途中で立ち止まり、俯いていた。「あの人、ぼくにお金をくれた。だから、これをやらせたんだ」サトルは新しい白いシャツの襟元を指でつまんだ。

「サトル！君ずっと・・・」見違えるほどよくなった。でも絵未子はそこまで言うのは止めてた。

「バカでしょ？バカみたいに見えるよね」

「全然、そんなことないわよ。髪の毛がなくなって、お坊さんみたいだよ。私は気に入った」

彼は坊主の頭に手のひらをのせた。

「新しい服も、かっこいいわよ」

「配達員のお前の制服だって、タカシがそう言ったんだ」

それは、三島由紀夫の私設民間防衛組織『盾の会』の制服に似ていた。タカシが読んでいた雑誌に載っていたものと同じだった。

「ほら、笑ってるじゃない」サトルの顔が赤くなった。

「笑ってなんかいないよ。とにかく最初、タカシが君に制服を買わせようとしたんだよ。覚えてる？でも今は君にそれをくれたわけじゃない。それを着せてもらって、金をくれている。それでなんとかやっていけそうだね」

「この仕事をぼくはする」

「タカシのオフィスの外にある小さな部屋にいて、寂しくないの？」

「タカシさんはよく話しかけてくるんだ。日本がアメリカの戦争に手を貸すのをやめて欲しいと言っている」

「わたしもそう思うよ」

「今の人たちは物を買って金儲けをすることだけを考えているってことを嫌っていて、日本人は伝統的な価値観を忘れている。日本の過去の栄光を忘れている、ってね」

「そう、なるほど」

「ぼくが彼のために働くことで、この国を良くするために貢献するって、彼が言った」

サトルがタカシの言うことを全部、疑う余地のない真実として受け止めてしまうことに危険を感じた絵未子だが、しかし、今までにない元気なサトルだった。こんなに自信を持っている様子は初めてだった。「あなたが集めてきて、そして届ける箱の中には何が入っているの?」と聞いてみた。

「知らないよ。秘密だし」

「じゃ、どこに配達するの?」

「それは誰にも言わないことになっているんだ」

絵未子は、これでは埒があかないと思って、話の方向を変えた。「両親には電話して、元気でいるって伝えたの?」

「ぼくは配達員になったって伝えるの?親はそんなこと聞きたくないんだ」

絵未子は驚くほど切実な声で懇願した。「サトル、電話してあげて。君が無事だと伝えれば、絶対喜んでくれるはずだわ」

彼女だって自分の両親に電話したいと思ったが、電話できる相手は叔母の順だけだった。それでも、順叔母は自分のことを心配しているに違いない。特に源治とのことを心配していたことを考えると。でも、絵末子は叔母の順と電話で話すのは嫌だった。それで、代わりに手紙を書くことにした。

叔母の順に『アドボカシー・エージェンシー（弁護事務所）』というところで翻訳の仕事を見つけたことを伝えた。気候が冷えてきたので、残してある自分の服を成増に送ってくれと頼んだ。『少しお金を同封します』と書いた。『借家の契約をキャンセルして、残した物をしばらくの間、叔母さんの空き部屋に保管してもらえないでしょうか？母は、叔母さんに似合う服があれば何でもあげるつもりだと思います』でも、着物か浴衣以外は何もなかった。「私は大丈夫です。当分の間はここに残って父を探します。まだ別の手掛かりがあるから」

手紙を郵便局に出しに行く前に、彼女は翻訳文を持ってタカシのオフィスに行った。そこにはサトルの姿はなかった。「あいつは、いつも部屋でラジオのいかれた禅の講義を聞いているんだよ」とタカシは言った。「社説は終わったか？それでは、この仕事に取り掛かってくれ」彼は日本語で書かれた文書の入った箱を太い指で指し示した。

「郵便局から帰ってきたら取りに来ます。ところで、不思議に思うのですが、サトルが集配する荷物は、どうして郵便小包にしないんですか？その方が安く済むんじゃないかと思って」

「それは私の仕事だ」タカシは言い返した。「あんたの仕事は翻訳だ。今のところはね。あとで他にもやってほしいことがあるんだ」

「何をするんですか？」

「しかるべき時になったら知らせる」

十七 モノ ノ アワレ

無常は春の花、風に随て散やすく、有涯は秋の月、雲に伴て隠れやすし。
The ephemerality of worldly things is like springtime blossoms scattering in the breeze; the brevity of man's existence is like the autumn moon disappearing behind a cloud.

― 平家物語

絵未子とファンは毎晩一緒に寝ていた。彼の体が治ると体の動きに機敏さが増した。絵未子の情熱もそうだった。いつの間にか『恋人同士』の意味が分かってきたのだった。それまでの人生は、今とは比べ物にならないほど、薄暗くて意味のないぼんやりとしたものになっていた。

彼女は彼の腕枕で頭を休め、彼が眠りに落ちた後も、しばらくの間目を覚ましていた。彼女はこれまでこれほどの喜びを知ったことはなかったが、同時に、これが長くは続かないことに気がついたときの悲しみも初めてだった。それは『モノ　ノ　アワレ』と呼ばれる悲しみであり、美や至福の儚さの意識だった。

ファンの眠りは深いが、悪夢に邪魔されることが多かった。最初は怯えていた絵未子は、彼の呟きや、時には大きな声で泣き叫ぶ声に耳を傾けながら、悲しくなった。彼の中にはどんな記憶や恐怖、そして多分後悔があるのだろうか。彼女には隠されている彼の部分があるんだ。それは彼の寝言の中だけに少し顔を出す。『ユウレイ』と彼は一度ならず呟いた。そして、ある夜、『全員死亡』と。

彼の体はほぼ治りかけていたが、心はまだ傷ついたままだった。絵未子はファンがこうした夢を見るたびに手を合わせて祈っていた。何か力になれることがあればと思って。朝、彼女は彼がつぶやいているのを聞いたことを話した。彼のいつもの返事は「ごめんね。起こしちゃった？」という言い訳だった。

「あなたはまだ戦争で戦っているときのことを考えているの？」とある朝、彼女は真剣に聞いた。

「時々ね」と彼は答えた。「最近はそうでもない」

「昨夜あなたは『Haints』と言ったわ」あなたの友達のウォルターが言ってた言葉ね」

「ベトナムの戦場の夢を見てたんだ。ごめんね」

「本当にベトナムに戻る必要があるの、ファン？」

「二年の兵役義務で、あと半年残ってる」

「もし今、辞めたら？」

ファンの唇は笑いをこらえた。「軍隊を辞める？」

「これはフェアではないわ。あなたはもう十分に役を果たしたし、あまりにも多くのことが」

ファンの緑がかった目は、ゆっくりと暗い海の色になった。

「つまり、殺されるのが怖くはないの？」

彼の目は彼女の目に会わせるのを避けた。「ベトコンに殺される？少しね。しかし彼らは敵だ。反対側に引き留めておけばいい」彼は拳を握りしめた。「ぼくもっと恐れているのは、我々の仲間の一人なんだ」

「ジョス中尉ね？」

「彼はグランドハイツで暴行罪の嫌疑をかけられているとはなしたよね。それにぼくが目撃者として登録されていることも、知っているだろう。彼は私の部屋に来てドアを叩いた。ぼくは開けようとしなかった。あとで見ると、ドアに何か書いてあったんだ」

「何が？書かれていたの？」

「くだらないことが書かれていた」

「何て？」

「君は本当に知りたいの？何も心配するようなことじゃないさ。『お前をここで捉まえられなくても、ナムで捕まえるぞ。不忠誠な pukes がどうなるか分かるだろうよ』と彼は書いたんだ」

「pukes?」

ファンは笑った。「彼らは兵士を pukes と呼ぶんだ」

「わたしと一緒にここにいて。ファン」

彼の頬に笑みが広がった。ぼくを守ってくれるの？」

「そう、わたし、あなたを守るわ」

二人が一緒にいると、一日は次の日に溶け込んでいく。ファンの医療休暇は三十五日だけで、最初の一週間はすでに過ぎていた。朝、彼はグランドハイツに戻り、ジョス中尉の聴聞会の日時が発表されたかどうかを確認した。情報を得るまでに何時間も待たされることもあったが、出来るだけ早く、彼は絵未子のところに戻ってきた。

垣根に囲まれた庭の端にあったりんどうが満開になった。あと二週間もすれば消えてしまう。花の儚い美しさ、幸せ、愛に絵未子は涙をこらえようとしていた。『モノのアワレ』

ファンの戦場への復帰は、断崖絶壁の縁のように近づいてきたが、二人はそれをほとんど口にしなかった。話すときには、ファンが彼女がどれだけ美しいかとか、絵未子が彼の目の色を褒めたりしていた。絵未子が二人の将来について何度か口に出したときは、言いたいことを言い終える前に、また二人は愛し合うようになることが多かった。

彼女は庭でりんどうの周りの雑草を取っていたとき、ファンが抜け道を上がってきた。

「見て!」彼は『シュガーポップス』と書かれた空の茶色のダンボール箱を持っていた。

「何に使うの?」

「柿を取っておこうと思って」

彼が地面に落ちた中からよい柿を拾っている間、彼女は箱を持っていた。彼女が木に途中まで登っている間、彼は箱を持っていた。ファンがまた怪我をしないように、絵未子が木に登ったのだった。

部屋に戻ると、絵未子はりんどうの花の鉢の隣に柿の箱を置いた。「シュガーポップって何？」

「今度持ってきます」彼は柿を見て、何か真剣に考えていた。「パイを焼こう」

「オーブンがないわ」

「グランドハイツのぼくの部屋にはオーブンがある」

「でも、それにパイの作り方も知らないし。あなたはどうなの？」

「あんまり知らないけれど」ファンはまた箱の柿を調べていた。「考えさせられるね。誰がこの柿の木を植えたのか？家を建てた人かな？家は古いね。じゃあ、その人たちはまだ生きているのかな？生きていてもいなくても、ぼくたちは柿を食べてもいいのかな？」

「垣根沿いのりんどうも同じね。植えた人たちはもう見ることができない。わたしたちは見られるけれど、ほんの少しの間だけだわ。柿と一緒に消えてしまうの」

「りんどうも柿も、ある今のうちに楽しめばいいんじゃないかな」

「そうだけど、悲しくなる」

「変わらないことがある、絵未。ぼくはずっと君を愛している」

「でも、もしあなたが傷ついたり殺されたりしたら？ファン、戦場に戻って欲しくないの」彼女はついにそう言った。

ファンは彼女を腕の中に引き寄せる以外に答えはなかった。絵未子の心臓は、終わる運命にあるかのような至福でドキドキした。『モノ　ノ　アワレ』英語では言い表せないような悲しみ。

十八　暗い池

水底を見て来た顔の小鴨かな
"I've just come from a place at the lake bottom!"
—the look on the little duck's face.

ー　内藤丈草、俳句

「覚えてる？大泉巡査が父の情報を調べるって約束してくれたことを。大泉巡査に会いに行く時が来たわ」絵未子は横目でファンを見た。「もしかして・・・」

「ぼくも君と一緒に行きたい」

三谷に行く途中で、絵未子はファンにもっと父のことを伝える必要があると思った。英語で話してはいても、電車の中では声を小さくした。「実際には逮捕歴があるの。父はベトナム戦争反対のデモに参加していたの。父が行方不明になったとき、警察が多くのデモ参加者を逮捕したことは知っています」

彼女は反応を求めてファンを横目で見てから、続けた。「わたしの父は様々な偽名を使っていた。警察はそれらをすべて調べています」ファンをチラッと見た。彼は眉をひそめていた。それが父の活動に対する不信感なのか、それとも何か他のものなのか、彼女にはわからなかった。

「それは悲しいね、絵未。お父さんとは仲が良かったんでしょう？」彼はコンクリートとガラスのぼんやりした光景が過ぎていく電車の窓の外を見た。そうして、顎を押さえた。

　彼女は「父はアメリカ人が嫌いだったわけじゃない。わかるでしょう。父が問題にしていたのは政府なんだ。わたしはあなたがわかってくれると・・・」

「もちろん、わかっている。ぼくも自分の父親と今でも仲がよかったらいいなと思う。ママもね。昔はそうだったけど、その後は・・・」ファン絵未子に両親の再婚の話をし、その後の距離感について話した。「兵役に就いて以来、どちらからも手紙をもらっていないんだ」

「あなたのほうから手紙を書いたの？」

「いや、軍隊に入った時、父は怒っていた」ファンは目をそらした。「父は、両親が離婚したせいで、私が入隊したと思ったんだ」

「そうなの？」

　彼の唇は引きつっていた。「わからない。でも、それだけじゃない。コミュニティカレッジに二年通って、その後。大学に行きたいと思ったが、退役軍人給付金を貰わない限り、学費が払えそうになかったんだ」

「ご両親に手紙を書くべきよ、ファン。書く相手がいるだけ、ラッキーよ」

・ファンは、絵未子が交番に行く間、近くの喫茶店で待つことに同意した。絵未子はフォーマルな白いブラウスと黒いスカートを着ていた。彼女は大泉巡査が自分に気づいてくれることを願っていた。大泉巡査が彼女を最後に見たのは、ヨシダマが彼女を Hi Grass Bar から追い出したときだった。あのときは、信じられないくらい短いスカートをはいて、ブラウスがはみ出ていて、髪の毛がぐちゃぐちゃだった。

大泉巡査は顔を上げて、にっこりした。「尾関さん。絵未子さんですね。あなたは…とても素敵です」椅子を引いて「どうぞ、お座りください」

彼女が座ると彼は半分うかない顔をした。「何か問題？いや、つまり、何か変わったことでも？」

「お気遣いありがとうございます」形式ばった言葉は絵未子には馴染めなかったけれど、この場合は彼女の言いたいことを正確に伝えた。「わたしにはちゃんとした仕事ができたし、まともな住むところもあります」と。大泉巡査が忘れているかもしれないので、「父を探しているのは変わりません」と付け加えた。

大泉巡査は、引き出しを開けて緑色のフォルダーを取り出し、机の上でそれを開いた。

絵未子の心臓がバクバクした。

「良いニュースなのか、悪いニュースなのか分かりません。これを見てください」彼は彼女に向かって書類をめくった。「これら名前のすべての逮捕記録を調べましたが、どの名前の人間も逮捕されていないのです」

それが父を見つける彼女の最後の望みだった。

大泉巡査は、涙をこらえようとしていた彼女の目を見ながら、お茶を注いだ。

「残念です。絵未子さん。お父さんが逮捕されたことが分かれば、あなたが釈放の手続きを出来る可能性が高かったのです」

絵未子はうなずいて頭を下げた。

「うちの記録部の部長が言うには・・・ご存じでしょうが、人は跡形もなく消えてしまうことが多いそうです」大泉はボタンのついたポケットのボタンを外して、さりげなく名刺を取り出した。「我々が扱う事件で、時々、悲嘆や落胆を感じている人がいる場合があります。その時にはカウンセリングを勧めることもあります」彼は顎を横にねじり、手に持った名刺をじっと見つめた。「話をしたら、役に立ったと言っている人もいます。これがその女性の専門家です。余計なお世話だと思われるかもしれませんが」

絵未子は名刺を受け取った。視界がぼやけて読めないので、大泉巡査を見上げた。胸から痺れるような悲しみがこみ上げてきた。父の捜索が終わってしまっただけではない。父を失なう悲しみを乗り越えろというのだろうか?

大泉巡査は祈るように手を合わせて、「押し付けがましかったら、捨ててください。私はただ・・・」

「とんでもない。大泉巡査」絵未子は立ち上がって深々とお辞儀をした。「これまでのこと、お礼のしようがありません。ありがとうございました」とうわずった声で言った。

道を歩いていると、痺れが彼女を飲み込み、歩行者が彼女の両脇をすり抜けた。彼女はもう、父を見つけることが出来なくなったのが現実だった。父のいない未来を見なければならない。今、自分が東京にいる唯一の理由はファンだった。そして、彼女は彼と長くは一緒にいられないだろう。彼は彼女を残して戦場に戻ることを望んでいなかった。それは明白だった。でも彼は行くだろう。彼女が敢えて持ち出すことのなかった、脱走という選択肢でさえも、結果的には二人は別々の国で暮らすことになるかもしれなかった。

お母さんが生きていたら何と言うか絵未子は想像できた。『私がしたように、待つのよ。あの人があなたを愛していれば、必ず戻ってくる」と。今の絵未子には戦争のことがわかりすぎて、その甘いアドバイスを信じることができなかった。父は何と言うだろう。父は決して身をひいたり、諦めたりすることはないだろう。父は問題を解決しようとするだろう。父は娘が何か計画を練るのを手伝おうとするだろう。

しかし、父はもういない。彼女はファンに両親があることをうらやましく思った。彼の両親との確執は理由は表面的なものにしか見えなかった。彼が待っている喫茶店に近づけば近づくほど、彼の頑固さに彼女は反発した。

腕を掴んだ手の鋭い握力に、彼女は動揺して立ち止まった。ヨシダママだった。彼は彼女を喫茶店の窓の方に引きずっていった。「捕まえたよ。この図太いアマ」

彼女はすねを蹴り飛ばして、振り払った。しかし、男は両手首を掴んだ。「おれを探しに来たんだって?」

「放して」

通行人はほとんどこの騒ぎを無視していた。自分には関係ないから。でも、数人は足を止めて見ていた。大泉巡査が呼ばれて、また路上で自分が騒ぎを起こしているところを見られるのではないかと思うと、絵未子は身震いした。

「一緒に来るんだ」ヨシダマは金歯を剥き出しにして笑った。「商売の評判を落とすことがどんなとか教えてやる。その代償を払ってもらうよ」

「放して。あんたの商売の講釈はいらない。金は払うわ」彼女がそう言ったはいいが、貯金のほとんどすべてを 家に隠したままにしておいたのだった。まさか昼間の Hi Crass Bar が閉まっている時に、ヨシダマに出くわすとは思わなかったから。

ヨシダマは金を払う彼女の申し出で、片腕を解放した。

「今は持っていないから、あとで持って行く・・・」

ヨシダマの首が急に後ろに揺れ、首に誰かの腕が回ってきた。ファンだった。ヨシダマの耳元で「What the hell!」と唸っていた。

腕で首を絞められたことより相手が英語で言ったことの方が怖かったようだった。「外国人に襲われているんだ。助けてくれ!」視線を止める人は増えたが、誰も近寄らなかった。絵未子は、誰かが交番に駆け込むことだけは避けたかった。

「この人はあんたを解放するでしょう」と絵未子は言った。「そして私はあんたに支払うわ。だから黙って聞くのね」ファンが慎重に腕を緩めると、ヨシダマは首を揉みながら一歩下がった。

「金を払え。それから用心棒に手を引かせろ」

絵未子はファンに、今はお金を持っていないと言った。

「イクラデスカ?」とファンがヨシダマに尋ねた。ファンは何かの値段を聞く会話を覚えていた。そして、絵未子が想定していた額の二倍の金額を男に渡すと、ヨシダマは通りを走り去っていった。

「もう終わったわ」と絵未子は野次馬に向かって言った。「ただ、ご近所のヤクザが借金の取り立てをしただけよ」絵未子とファンは駅の方に駆けて行った。

ホームへの階段を駆け下りる匿名の群衆の中に迷い込んで、気が楽になった。彼女はファンの腕にしがみついていた。北山では外国人と一緒に歩いていれば、みんなに注目されたが、東京の人ごみの中では、人々は他のことに関心を持っているようだった。その関心とは、主に、ある場所から別の場所へ、できるだけ早く移動することだった。

絵未子は電車の手すりに、ファンは頭上のつり革につかまり、電車が加速したり減速したりする中で、二人の体は他の人と同じように前後に揺れた。絵未子はファンの上着を掴んだ。「さっきのこと、何だったのか気になるでしょう?」

「あとで話してくれればいいよ」

「上野で降りましょう」と絵末子は促した。「公園で座って頭をスッキリさせたいわ」二人は上野公園の小道を微風に吹かれながら不忍池に向かって歩いた。絵末子はファンと腕を組んだ。

ファンは黙って、彼女が自分の考えを整理する時間を与えるかのように我慢していた。絵末子は息を呑み込んだ。「あなたに会う前の仕事のことを話したことはなかったわ。私はバーガールだったの。Hi Crass Bar で、あなたが私の借金を払ってくれた男のところで働いていたの」

ファンは驚いて口を大きく開けた。「ぼくにはそれを想像することはできない。だいいち、君がそのような仕事が好きだとは思えない」

「二日目の夜にクビになったの。だから彼に借金ができたの。あなたは凄かったわ。お金は必ず返すわ。約束する」彼女は顔に手を動かした。

ファンは前を見つめ、彼の唇を閉じた。彼が何を考えていたかはわからなかった。

池の縁に沿って、大きな菊が白と黄色の花を風になびかせていた。鴨がぐるぐる回って、時々暗い水の中に頭を突っ込んでいるが、何も餌は取れなかったようだ。絵末子はため息をついた。「このベンチに座りましょう」

ファンは彼女の手を取った。「お父さんのことで悪い知らせだったのかな?まだ、何も話してくれてないよね」

「ええ、悪い知らせでした」絵末子の視線は池を横切ったが、池の暗い表面は池の奥にあるものを隠していた。

「だから、お父さんを見つけるのは、あなたが願っていたほど簡単ではないだろう。でも、諦める必要はない」

彼女は彼の青緑色の目を見た。「いや、わたしはあきらめなければならないと思います」

ファンは上着から青い封筒を二つ取り出した。「あきらめるの？君がぼくにもう一度やってみようとさせたのに？」

「どういう意味？それは何？」

十九　マサカ

玉藻なす　なびき寝し児を　Yet few were the nights
深海松の　深めて思へど　we had slept together
さ寝し夜は　いくだもあらず　before we parted
這ふつたの　別れし来れば　like crawling vines unfurled.

ー　柿本人麻呂、『万葉集』石見相聞歌 巻 2-135

二人が家に帰るとすぐに、ファンは航空便で送るつもりのまだ封をしていない両親への手紙を絵未子に見せた。手紙には主に、アメリカやベトナムで行った場所、小隊の仲間、日本で見たものなどが書かれていた。彼の怪我は『怪我をした』と『良くなった』という表現で書かれていた。もう一通の母への手紙では、『柿パイ』のレシピを教えて欲しいと書いてあった。その手紙の最後の部分には、絵未子のことばかり書かれていた。『彼女は今までに会った中で最も美しく、素晴らしく、最高の女性だ』と。しかし、絵未子はこの maravillosa niña（彼女は、『素晴らしい女の子』という意味だろうとはわかった）との未来についてなにも書かれていないことに気づいた。

その夜、絵未子の頭の中はぐるぐる回っていた。もし本当に父親を探すことをあきらめなければならないならば、ファンが、彼女にとって東京にいる唯一の理由だった。でも、もう長くは一緒にいられないだろうし、『じゃあどうするの？二人が一緒にいたこの家に一人でいるなんて、想像できないわ。だったら、北山に帰るのかな？でも、それはしたくない』北山では得られない自由を、東京は彼女に与え始めていた。

ファンがすぐに眠りに落ちると、彼女は寝返りを打った。そして彼が目を覚ますかどうかを確かめるために彼に触れた。彼はうめき声をあげ、寝返りを打ち、彼女が聞き取れないような寝言を言った。

翌朝、絵未子は料理の匂いで目を覚ました。ファンは服を着て、フライパンで何かをかき混ぜていた。「アメリカン・ブレックファースト！ハムアンドエッグスさ」

彼女は目をこすって言った。「おはよう」

「気に入ってくれるといいんだけど。毎朝、お味噌汁とご飯もいいけど、でも・・・」

「あら、私だって『ハメグ』を作りました。それは言っておかなくちゃね」何か軽いいやみの感じで言ったつもりが、何か退屈な恨み言みたいな感じになってしまった。

「嫌な夢でも見て目が覚めたの？」

「いや、ちょっとからかってみただけ」しかし、彼女は続けて言わざるを得なかった。「わたしは、すべてがあるがままで大丈夫であるように行動すべきだと思う。あなたがそうしているように」

ファンはコンロの火を止めて、彼女の横に座った。しかし、絵未子はすでに思い切ったことを言ってしまっていた。別れが近づいていることを考えると、彼よりも自分の方が悲しくなってしまうことに文句を言うつもりはなかった。それが何の意味があるの?

ファンは彼女の手を握った。「大丈夫?これまでの、ぼくに比べて今のぼくは素晴らしいんだ。絵未。先のことを心配して台無しにしたくないんだ」

絵未子は中国の詩人李白が紙に詩を書き、それを折りたたんで川に流し、それが流れ去るのを見ていたという話を思い出した。詩がもたらす一瞬の喜びがポイントだった。永続性をもとめること、それは無意味なのかも。

「詩人のファン」と彼女はつぶやいた。「綴りの最初は」」

「え?」

彼女は彼の膝の上に乗っかってキスをした。「お腹すいてないって言ったのに」またキスした。「それより、何もかも大丈夫だと、今は感じさせて」

•

ふたりは何時間も経ってから、やっと布団から起き上がった。昼食を抜いていた。夕食の時間になっても絵未子はまだお腹を空かせていなかった。彼女は額の後ろが少し痛いと感じて、水を飲みに立った。ファンは起き上がって、壁にもたれて、グランドハイツで手に入れた観光パンフレットを読みながら満足そうにしていた。

彼は、ヨシダマの事件について全然聞こうとしなかった。もっと知りたいと思わずに、どうしてあの出来事をそのままにしておくことができるのか、絵未子には想像できなかった。絵未子はヤクザと取引していたのか？クビになったのか？借金があったのか？

でもファンは聞かなかった。気にしてなかったからかしら？どうせ二人は短い期間だけの付き合いだと思っているからか？彼女は知らなければならなかった。

「ファン。旅行パンフレットをちょっとの間、わきに置いて欲しいの？」

「いいよ、このあいだの神社のことを読んでたんだけだよ・・・」

「ファン、教えてよ。私がヤクザのために働いていたバーガールだったと知ってがっかりしなかった？」

「わからないよ、絵未。君がそう言うことをしていたとは想像もできないんだ。でも、もっと難しいことが・・・」

彼がそう言っているうちに、ドアを叩く音がした。「ゴメンクダサイ」

「マサカ」と、絵未子は息を呑んだ。いや、そんなはずはない。ドアを開けると、母の青い着物を着た叔母の順が茶色の紙で包まれた大きな荷物の横に立っていた。その隣には、膨らんだ風呂敷の包みがあった。「絵未子ちゃん。荷物を私、自分で持ってきたの。絵未子ちゃんの様子を見たくて」

ファンは絵未子の後ろに立って、おずおずしていた。

「えー、あれー！」叔母の順はふっくらとした手で口元を覆った。彼女は驚いた鹿のように硬直していた。

「どうぞ入って、叔母さん。こちらは私の仕事の同僚です。名前はファン」

「中国の人？」

「アメリカ人です」

「えー、あれー！」

「翻訳を手伝ってくれているの」

叔母の順とファンは、堅苦しくお辞儀を交わした。

「彼が荷物は持ってくれるわ」絵未子はファンに合図した。「叔母さん、今夜は泊まってくれるんでしょう」

「今夜」叔母の順は重たい荷物を示して手を振った。「一週間分の荷物を持ってきたの。お彼岸の秋分が終わるまで、仕事は休みなの」

「そうなの」

ファンは荷物を見て、次に絵未子を見て、この人がしばらく滞在するだろうことを察知したようだった。ファンが「オチャ？」と言った。『お茶？』絵未子が彼に教えた言葉を試してみようと思ったのだった。

「男の人にお茶を入れさせてはいけないわ」と叔母の順は叱った。しかし、ファンがお茶を入れている間に、叔母の順はファンの姿を自由に観察していた。「日本語はわからないのね。すごくハンサムね。

あらあら。その目。あの睫毛!そして、とても逞しいわね。この人、テレビのコマーシャルに出ていてもおかしくないわ」叔母の順は普段は外国人にあまり見向きもしなかったが、どうやら美男子の外国人は例外だったようだ。「あの源治さんよりずっといい男よ。そう思わないかい?」

返事を待たずに、叔母の順はしゃべり続けた。「源治さんに囲われてしまったのではないかと、少し心配していたの」

「源治の話はしたくないわ」

「まあ、私の言うことを聞いて、近づかないでくれてよかった。源治さんは、母さんが亡くなるまで、まだ母さんに執着していた。あんたは知らないと思うけど、あんたのお父さんがいなくなった一月頃、工場に母さんを探しに来たのよ。母さんが何を話したのかは知らない。でも彼はすぐに東京に戻ったわ。それで、母さんのお葬式まで、彼は北山に姿を現さなかったわ」

絵未子は驚いて、口が開いたままになった。「あの時、戻って来ていたの?父さんがいなくなったの知ってたの?」

「そうみたいね」

絵未子が今の事実を頭の中で整理する前に、ファンがお茶を入れに来てくれた。絵未子は叔母の順に向かって眉を吊り上げた。「彼は料理もするんですよ」

「とんでもないわ。恥ずかしいことよ。冗談なんでしょ」

ファンは、叔母の順がお世辞でも言っていると思ったのか、座って叔母の順に微笑みかけた。

彼女は茶碗の後ろで話した。「だけど、こういう外国人には気をつけてね」ファンは、『外国人』という言葉を知っていた。頬が赤くなってしまった。それでも、お茶のお替りを勧めた。

叔母の順は絵未子の方を向いて、「長旅だったわ。焼酎はない？」叔母の順の年代の女性たちは、アルコール度数は高いが、日本酒より焼酎のほうが健康的な飲み物だと思っていたのだった。

絵未子は英語でファンに「酒屋まで行ってくれない」と頼んだ。「ショウチュウっていうお酒なの。おつまみも買ってきてね」と言いながら、一緒に庭に出た。

「源治って誰？」とファンは聞いた

「え？」

「君と叔母さんの二人で源治さんの話で盛り上がっていたでしょう？」

「それはそうと・・・酒屋が閉まる前に行ったほうがいいんじゃない？」

ファンが帰ってくるずっと前に、叔母の順は荷物を片付けた。荷包みは解かれ衣服は押し入れにしまわれた。台所の棚には持ってきた北山の煎餅とお菓子がしまわれた。そして野菜炒めを作り始めた。「二つ目の布団があってよかったわ」と彼女はうなずきながら、鍋に醤油を足していた。「ちょっと心配してたんだけど」

「タダイマ」ファンは茶色の大きな瓶を手にしてニヤリとした表情を浮かべた。「薩摩が一番いいって言ってたよ。イチバン　イイノ」と叔母に言った。

叔母の順はコンロの火を消した。「食べる前に飲みましょう」

絵未子は小さなグラスを三つ見つけた。彼女は叔母にはストレートで注ぎ、自分には水で薄めたものを注ぐように合図し、重い瓶を両手で持ち上げて彼のグラスに注いだ。カンパイ。三人はグラスを上げて乾杯した。絵未子はどうなるか心配だった。

「オイシイ」と叔母が言うと、ファンはうなずいた。彼は『美味しい』という日本語を知っていたのだ。

絵未子は口をすぼめて喉を詰まらせた。ファンは土を飲み込んだような顔をした。叔母の順は二口でグラスを飲み干した。ファンはそのグラスにまた注いだ。

叔母の順は絵未子の荷物を開けた。「あんたの携帯ラジオを持ってきたわ。音楽をかけよう」ラジオのスイッチを入れると、都はるみの人気曲が流れてきた。「あんたの同僚は演歌を歌うのが好きだろうか？」彼女は、その歌声に合わせて、声を揺羅しながら小声で歌い始めた。

「その曲はコーヒーショップで聞きました」とファンが割って入ってきた。「ぼくはその歌が好きです。何という歌ですか、絵未子？」

「それは、『あんこ椿は恋の花』です。英語で何というかわかりません」

「でも、何のことか教えて」

絵未子は、喉が詰まりそうになるのを堪えて言った。「愛する人への返事の手紙をのせて船が三日遅れで出航するのを見届ける島の少女の話です」

「ああ」

ファンは絵未子の顔を見て、次に叔母の順の顔を見た。ナンバーワン・ベストの薩摩焼酎を一気飲みして、酒屋の人が最高のおつまみだと言っていたイカの干物を噛み切った。彼は噛んで、そして噛んだ。「面白い」

「歌か、さきイカか、どっち。ファン？」

「両方とも」彼は音楽に合わせて頭を揺らしていた。「歌は悲しいというか、でも、何という声なんでしょう」

都はるみに合わせて、叔母の順も歌い踊り始めた。立ち上がって卓袱台の横で踊っている。「絵未子、彼に聞いてみて。アメリカ人は踊らないのかって」

「プエルトリコ人は踊ります」ファンは立ち上がって、叔母に真似て踊り出した。「音楽は違うけど。これはどう?叔母さん、『どう　です　か？』」

叔母は若い女の子のようにくすくす笑った。「この人、気に入ったわ、絵未子ちゃん」叔母はラジオを止めて日本の民謡を歌い始め、それに合わせてファンに踊りを教えた。

「よいよいよい、ってどういう意味？」ファンは少し大きな声で尋ねた。

「それは、よいよいよい、って意味よ」絵未子は、二人のようには楽しめなかった。

「ヨイヨイヨイ、ヨイ、ヨイヨイヨイ！」ファンと叔母の順一緒に声を合わせて歌っていた。二人が卓袱台にぶつかった時、絵未子はグラスを倒れないようにしなければならなかった。

突然、叔母の順が座った。「お腹すいた」

「ぼくが野菜を温めようか」とファンは言った。「ご飯できているよ」

絵未子はブロッコリーとさやえんどうを自分の皿の取った。叔母の順が来ても、ファンは苦にせずに、このおばあさんと楽しく過ごしていた。

しばらくして、絵未子が叔母の順のためにお風呂を沸かしていたとき、手を入れてお湯の温度を試したら、ファンとの最初の夜のことを思い出した。叔母の順がお風呂に入っている間、絵未子はファンのそばに座る時間がやっとできた。絵未子がファンに長いキスをすると、彼は熱くそれに応えたので彼女は息が止まりそうになった。

「叔母さんがいる間はこんな風にはできないわね、ファン」

「そうだね。ぼくはグランドハイツで寝るよ」

「あなたはとっても上手に話すし、叔母の順と楽しそうにしていたわ」

ファンはため息をついた。「彼女はぼくの祖母を思い出させるんだ。ぼくが若い頃、サンファンに戻ったときには、おばあちゃんはいつも週末にぼくたちの家に来ていた。ぼくはそれが大好きだった」

「叔母の順は一週間まるまるここに泊まるわ」

ファンは一瞬顔をしかめた。「そんなに長い間なの？」

「残りの二十四日のうち七日ね」

彼の唯一の答えは、彼女にもう一度キスをすることだった。

風呂場の床に水が弾けた。叔母の順は間違いなくくつろいでいた。ファンはため息をついた。「もう、行かなくては。明日また来て、英語の翻訳を手伝おうか?」

彼女はうなずいた。「そこまで一緒に送って行くわ」

「君のおばさんがドアをノックしたとき、君は何て言ったの?『マサカ』かな?」

絵未子は微笑んだ。「英語では、completely contrary かな」

「ふーん?」

「『信じられない』そんな感じのかな。招かれざる客が来たって」

「ぼくは君の叔母さん好きだよ」

「でも、もう今は夜一緒に過ごせないわ」

満月に近い月が道沿いのピンクのクローバーとススキの紫のつぼみを照らしていた。茶系のオリーブの木が黄色い花を咲かせ、柑橘系の香りを漂わせている。小道の途中で、絵未子とファンのあゆみが遅くなり、絵未子は彼を止めました。「あなたはいつ日本を出なければならないかを話してくれないわね。あなたが今考えていることを教えて」

「絵未、この道を辿っていると、自分だけが知っている魔法の場所に行くような感じで、青と白の浴衣を着た美少女が待っているんです。そして、元のところに歩いてくると、色のない現実世界に一人で戻ってくるような気がする。君のいる丘の上で起きていることはすべて夢のような気がする」

絵未子の目が霞んだ。夢?そうかもしれない。

帰り道、丘を下るファンの姿を一度だけ振り返ったが、その姿は涙でぼやけていた。

二十　三人のお茶

蛤の　ふたみに別れ　行く秋ぞ

秋、ハマグリの殻と身とを引き裂くように、
　また分かれの時が来た
　　さらば、友よ。）

As firmly cemented clam shells
　Fall apart in autumn,
So I must take to the road again,
　Farewell, my friends.

ー　松尾芭蕉、奥の細道（終句、大垣）

絵未子はこれほど大きないびきを聞いたことがなかった。隣の布団の叔母の順を何度か突いたが、一度鋭いいびきをかいた後、またそのうちに深い鼻のドラムロールが始まった。ファンは叔母の相手をするのを楽しんでいるように見えたが、このいびきを我慢する必要はなかった。

彼女はファンがグランドハイツのベッドで寝ているのを想像した。映画に出てくるようなベッドで、床から高くて、レースのようなカバーが付いているのかもしれない。彼女はそんなベッドで寝

るのはどんな感じなんだろうと思った。ファンとベッドで愛し合うのはどんな感じなんだろうと。床に落ちないようにするのはどうしたらいいの？

絵未子は寝不足のせいか、まだふらふらした状態で目を覚ました。叔母の順はすっきりとして目を覚まし、すぐに何かしようという感じだった。ファンの持っていた旅行パンフレットに載っていた茶道の写真を見て、「これは何て書いてあるの、絵未子？これって何か私が好きそうなもののようね」

「そうね。これは習い事です。茶道の作法を習うのね」

「どこで？いつ？行きましょうよ」

「ええ、でも今日、ファンさんは、翻訳の手伝いに来てくれるんです」

「じゃあ、日曜日も休めないの？〃もしかしたらファンさんも行きたいかも」

ファンが戻ってきたとき、眉をしかめていた。彼は叔母の順にお辞儀をした。絵未子にも軽くお辞儀をした。「ドアにメッセージがテープで貼ってあるよ」と心配そうに眉をひそめて言った。

絵未子は、玄関のドアを開けて、貼ってあったアメリカ陸軍グラントハイツ駐屯地の書類用紙に書かれた公式の通知書を持ってきた。

「それを見せて」と叔母の順が要求した。「何か困ったことがあったのかい？」彼女は絵未子から手紙を取った。「うっ、英語だ」

絵未子はそれを訳しながら読んだ。「近所の人たちが、夜になると、この家から大きな音楽や歌声が聞こえてくると苦情を言っています。アドボカシー・エイジェンシーは、所属の単身者に無料で住宅を提供しています。当該職員以外の人は、この家に住むことは許されていません。明日の正午に検査官が来て、この家に一人しか住んでいないことを確認します。ご協力をお願いします」

「えへ・・・」叔母の順は笑った。「検査官だって?」

ファンは手紙を手に取り、それに目を通すと、両手で髪を引っ張って床に沈み込んだ。「いや、いや、いや。ひどいことになった」

叔母の順は彼の前にひざまずいて、膝の上に手を置き慰めた。「ほら、ほら。私は北山に帰らないといけないみたいだけど、私と一緒に来ない?いいじゃない、絵未子?心配しないように言ってあげて」

絵未子はファンに言った。「叔母さんは、あなたが好きになったみたいよ」

「でも、私には今日の残りの時間があるわ」と叔母の順は計算した。彼女は旅行パンフレットをファンに見せて、茶道の写真を指差した。彼女はまるで彼が耳が不自由であるかのように、日本語で話しかけた。「サドー。アナタモ・イク?」

ファンはその写真を見て「イク」を理解した。彼は熱心にうなずいた。「ハイ。イク。Yes, Go.」

叔母の順は準備に一時間以上かかった。絵未子は叔母が持ってきたピンクの花柄の帯を結んだり結び直したり、叔母の順が納得するまでやった。「場所柄を弁えていないなんて、周りに思われたくないからね」としつこく言った。「あんたは着物を着ないの?」

「叔母さん、私のは持って来ていないでしょう」なだめるように、絵未子はジーンズから白のブラウスと黒のスカートに着替えた。ファンについては、彼女は彼がスポーツシャツとグレーのズボン以外のものを着ているのを見たことがないと、あらためて思った。

日曜日の池袋行きは東武東上線が空いていて席が取りやすかった。ファンは絵未子と叔母の順の間に座っていた。叔母の順は、日本語でも大きな声で話せば、ファンは理解できると勝手に思っていた。「サドーハ　トテモフルイ」と叔母は言った。「アナタハ　キット　キニイル」彼女が声高に家族のことや出身地のことを聞き始めると、近くの何人かの乗客が席替えをした。なぜかファンは彼女の質問の意味を推測できたようだった。「プエルトリコです」と彼は言った。彼は自分自身を人差し指一本でさした。

「ソウナノ？」叔母の順は絵未子の方を向いて「『一人っ子（ヒトリコ）』だって」と言った。

池袋では、地下鉄が混んでいたので、立つことになり、バランスを取るのに叔母の順は必死になっていたので、会話が途切れてたことに、絵未子はほっとした。しかし、御茶ノ水駅で降りて、茶道のレッスンがある場所を探し始めると、ファンがまた日本語を試しだした。「ドコ？」

「ソコ」と叔母は指差した。

茶道の間中、これが続かないことを、絵未子は願った。茶道教室の案内を見つけて階段を上るとき、絵未子はファンの肩を叩いた。「気をつけてね。あなたは参加者内で唯一の男性かもしれないし、私たち二人が一番若いかもしれないわよ」

「何を話しているの？」叔母の順は文句を言った。「ニホンゴ　デ　ハナシマショウ。ヒミツ　ハナシ。ソウデショ、ファンサン？」

まったく飾り気のない部屋だった。畳の床、自然な渋い色の壁。唯一の家具は、光沢のある紫檀の低い机と同じ高さの幅の狭い机で、それらは壁に沿って置かれ、その上に掛け軸が掛けられていた。絵未子は、雑誌や映画でみた、炭火鉢、鉄瓶、茶筅、大きめの茶碗があるのがわかった。子供の頃から、こんなことはつまらないと思ってきた。でも、工場に帰ったとき、周りに話せるような経験をしてもらって、叔母の順を送り返せることができてよかったと考えた。

白菊の花をあしらったフォーマルな黒の着物を着た女性が三人を案内してくれた。「あなたがた三人さまだけが私どもの唯一のお客さまです」と彼女は説明した。ここで、茶会の基本の作法を教えてくれることになっていた。「どうぞ」彼女は三人が正座で座るために紺色の座布団を敷いた。足は腰の下に折り畳まれる。最年長の叔母の順が上席に座り、外国人ということもあってか、ファンが隣に座り、絵未子が続いた。正座をしたファンは、一瞬、顔を歪めた。

亭主役の女性は、それぞれの客の前に茶巾（小さな白いナプキン）を置いた。茶碗に抹茶を入れ、お湯を加えて泡立て、叔母の順の前に差し出し、畳の上に置いた。叔母はお辞儀をしてそれを両手で持ち上げ、茶を飲んだ。すぼめた口が、苦い味を我慢していることを示していた。そして、女亭主の指示に従い、茶巾で自分が口をつけた茶椀の縁を拭き、茶碗をくるりと回して、ファンの席に渡した。ファンは震える指で、茶碗を手に取った。

「リラックスして」と絵未子は囁いた。

作法は単純だったが、叔母の順はファンに女亭主からの指示を大きな声で繰り返さないといけないと思ったようだった。「オジギ、ノム、フク」

絵未子は叔母の順に小声で言った。「大丈夫よ。ファンはわかってるから」

叔母の順が口をすぼめたとすれば、一口飲んだ時のファンの口は完全に歪んでいた。絵未子は咳をして笑いをごまかした。そして一口飲むふりだけをした。

三人の客は、叔母の順から、女亭主の指示に従い、『拝見』を始めた。素朴な薄茶色の器を手に取って眺め、褒めることになっている。「志野焼ですね。上品ですね」と叔母が言った。

「実は、唐津焼です」女亭主が「志野焼の茶椀の色は白です」と訂正した。

ファンが次にその茶碗を持った。「何か言わなきゃいけないの?作法をめちゃくちゃにしたくないんだ」

「ただ見るだけでいいから、見たら私に渡して」

こうして、作法の勉強は終わり、女亭主は立ち上がったが、叔母の順はハンドバッグに手を伸ばしてカメラを取り出した。「写真を撮ってくれませんか?」

三人が一緒に写っている写真だけでは満足できなかったようだ。「今度は私とファンさんだけの写真を撮ってください。お願いします」と言って、ファンの横で座って、お茶椀を渡す仕草をしているのと、ファンの隣に立っているところの写真も撮ってもらった。「工場のおばさんたちがこれを見るのが待ち遠しいわ」

その後、ファンは叔母の順をレストランに誘うことを提案した。彼の旅行パンフレットには「まさに伝統的な日本料理」という店が載っていた。

「そういうのは、北山にもありますよ」と叔母の順は反対した。

「これはどうですか？」と叔母の順に池袋の西武百貨店の最上階にあるレストランの写真を見せた。

「Yes!」と、叔母はファンの腕をうれしそうに叩きながら、英語で応えた。

お店は駅から直結していて、すぐに見つけることができた。店内に入ると、白いドレスに赤い帯を巻いた五人のウェイトレスが一斉に「イラッシャイマセ」の合唱をした。叔母の順はファンに『この店を選んで正解だよ』と、褒めるようにうなずいた。

三人は窓に面するテーブルに案内されたが、座る前に窓の外の景色を静かに見た。秋の空気の中、眼下には木版画のようにくっきりと見える街が広がり、夕日が高いビルの窓を赤く染めていた。叔母の順は満足げだった。絵未子はため息をついて、ファンは何を考えているのだろうかと思った。

流行している曲が背景に流れた。

『街のどこかに寂しがりやが一人　今にも泣きそうにギターを弾いている・・・』（真夜中のギター：歌：千賀かほる）

絵未子は聞かないようにしていた。「さあ、何にしましょうか？」

叔母の順が注文したのは、一皿に叔母や絵未子が今まで見たこともないほどの肉がのった『洋食特別盛り合わせ』だった。ファンは叔母が食べきれなかった分をほとんど食べた。ファンは叔母の順には『サケ』を、絵末子と自分にはビールを注文した。そして、三人はさらに追加して日本酒とビールを飲んだ。「東京はなんて素晴らしいところでしょう」そして、叔母は宣言した。「私はここに引っ越すべきだと思うわ」

「えっ・・・？」

「絵末子、信じないの？待ってなさいね」

・

翌朝の空気は、三人の頬を冷やしたが、澄み切った空から日光が降り注ぎ、暖かくなっていた。叔母の順の友達におみやげを買ったり、絵末子の高校時代の友達におみやげを買ったりした後、成増駅で叔母の順を見送った。ファンの代わりに叔母と一緒に寝るのは、絵末子にとって二度目の夜だった。叔母が電車に乗り込むのを見て、思わず嬉しくて笑ってしまいそうになり、堪えてそれを抑えた。

「さようなら」と、叔母の順は電車の乗り口から二人に声をかけた。「もう、行かなければならないなんてとても残念だわ。あんたたちも私がもっと長くいられると思っていたでしょうに」

「さようなら。叔母さん。さようなら」

電車は静かに発車し、叔母の順は窓から姿が見えなくなるまで手を振っていた。

ファンは絵末子の方を向いた。「これからどうする？」

「うーん、どうしたい?」

ファンの肋骨はもう痛くないように見えた。彼女は家に戻る道では、浮き足立ってほとんど歩調を合わせることができず、家について、畳の上に二人で倒れ込んだ時にはもう喘いでいた。彼女はファンの頭を胸に引き寄せ、指で彼の髪をなぞった。彼女の過去の全部の人生も、未来への思いも、すべてが追いはらわれた亡霊のように消えていった。残っていたのはただ、この瞬間の愛だけだった。

二十一　無言の言葉

軍人の妻たる者は、いつなんどきでも、良人の死を覚悟していなければならない。
A woman who had become the wife of a soldier should know and resolutely accept that her husband's death might come at any moment.

ー　三島由紀夫、憂国

絵未子が目を開けると、太陽はすでに低くなっていた。部屋は寒かった。二人は畳の上で服を脱いだままお互いの腕の中で眠りについていた。絵未子は裸の胸に冷たい空気を感じた。動いたり話したりして、このひと時を壊したくなかった。ファンの隣にいるこの瞬間で、時間を止めたかった。しかし、彼女はそれが不可能であることを知っていた。未来への恐怖が容赦なく戻ってくると、冷たい波が彼女の体に押し寄せ、砂浜の波のようにさっきまでの快楽の興奮を拭い去っていった。

ファンも無言で、その視線は低い天井に固定されていた。彼女は彼の考えを知りたいと思ったが、尋ねるのが怖かった。鳥肌が彼女の腕と首をくすぐった。彼の先にあるものは、考えるにはあまりにも恐ろしいものだった。彼女は目を閉じた。多分、睡眠が戻ってくるだろう。そして彼女が恐れていた未来は、夢以外の何ものでもなくなって、消えていくだろう。

しかし、彼女は眠れなかった。それどころか、タカシの好きな作家の有名な小説のことを考えながら横になっていた。その内容は、彼女だけでなく、ほとんどの人が極端だと思った。『セップク』自殺で終わる話だった。彼女はそれに嫌悪感を覚えていた。でも、夫が戦争で殺されるのではないかと悩む女性の話は真に迫っていた。彼女の母は、絵未子が生まれる前からそういう状況にあった。今度は、絵未子がそうなったみたいだった。

もし彼が実際に夫になっていたとしても、ファンを失うことをこれ以上恐れることはできなかっただろう。多分、今が、彼女がまだ口にする勇気がなかった言葉を声に出して話す時間だった。脱走。前に『私が守ってあげる』と言ったときに、彼は、にこっと笑うだけだった。しかし、それは可能かもしれない。ベ平連の中には、医療休暇や定時休暇中の在日米兵が、ベトナムの恐怖から逃れるために、脱走するのを支援するグループがあった。考えただけで胸が締め付けられる。父はこの活動を支援していなかったし、話もしなかった。父の目的は戦争をなくすことだった。しかし今、ファンを無事に他国に連れて行くことが、彼女には、今まで隠されていた自分の運命のように見えてきた。

他の国へ。それは絵未子が望んでいたことではない。他の国へファンがいったら、もう二度と彼に会えないかもしれないと思うと胸が締め付けられ、息が苦しくなった。しかし、もし、彼女がそれを止めることができるかもしれないのに、彼を再び戦場に戻すことは間違いだ。

彼女が脱走の話をしたら、彼はどう反応するだろう?彼には思いもよらないことだろうと彼女は思った。戦場に戻ることが、自分の仕事だというような口ぶりだった。その言葉を口にしただけでも、彼が自分から遠ざかってしまうのではないかと、絵未子は恐れた。

彼女は息を吸って勇気を出した。「ファン」

「なに?」

「あなたは戻らなくていい」

彼女は彼の反応を待ったが、何もなかった。「わたしは兵士を助けることができる組織を知っています・・・逃げるの」

彼は彼女の体を温めようとした。「知っているよ。聞いたことがある。ベトナムにいたときにもその話はあった。グランドハイツでもいろんな話がある。考えたことがないとは、思わないでほしい」

「あなたはそのことを一度も言わなかった」

「君もね。日本を出て、知らない国で暮らせる、絵未?」

絵未子の心臓がドキドキした。「私を連れて行くってこと?」このとき、やっと二人は将来の話をすることになった。

「このことは言うべきじゃなかったんだ。だって、君が日本での生活全部を破り捨てることはできないのがわかっているから」

それは本当だった。日本を離れることを考えると胃が痛くなった。どこの国に行くのか?そこで何をするのだろう?彼は何をするんだろう?二人きりになってしまう。

でも、そんなことは問題じゃなかった。彼女は覚悟を決めて言った。「あなたといっしょなら、ファン？何でもできるわ」

彼は彼女をきつく抱きしめた。「ぼくは・・・君がそこまで・・・」

「わかっているわ。わたしにはできる。ファン」彼女は恐怖と不安が消えていくのを感じた。そう、彼女は彼と一緒になる・・・どこであろうと。「あなたは、どうなの？」

彼は彼女を更に強く抱いた。「できる。君の手を握りながら目を閉じてジャンプするよ」

「お互いに勇気を与え合いましょう。一緒に新しい世界を作りましょう」

しばらくはどちらも口を開かなかった。絵末子は、彼が、彼女の知っている脱走兵の話を聞いたことがあるのかどうか疑問に思った。北海道北部の小さな港から夜に漁船で出て、ソ連の巡視船に乗せられてナホトカまで連れて行かれた脱走兵の話。ベ平連の機関紙には、彼らがレニングラードに行き、最後にストックホルムに行ったこと、そして彼らは母国には決して戻れないことが書かれていた。彼女は、彼が本当にこれを望んでいるかどうかを確かめる必要があった。「ファン、スウェーデンよ。最後に落ち着くところはそこかもしれない」彼女は、彼女が読んだ脱走についての話をした。

「知ってるよ、絵末。それはみな聞いたことがある。でも、ぼくらは一緒だ」

絵末子がタカシのオフィスに入ったとき、タカシは新聞を読んでた。彼は顔を上げて目を細めた。

「よう、お嬢さん。これはあんたを喜ばせるよ。東京日報にあんたの翻訳した社説が載っているんだ」

「えっ、どうして？」

「もちろん私が送ったのさ」

「わたしに相談なしに？」

「心配しなくていいよ。あんたのペンネームを作っておいたからね。うしろうち・ながこ、裏家長子だ」

裏の家の長子。絵末子は笑っていいのか、呪っていいのか分からなかった。

「あんたの他の翻訳も東京日報に送るよ。読者に気に入ってもらえれば裏家長子の名が上がるかもしれん」

「わたしの許可を得るべきでしょう。あの社説は、日本国憲法の破棄を主張しているんです」

「あんたは翻訳者に過ぎんじゃないか」

今は、タカシと言い争ってる場合ではなかった。彼女はタカシに頼みたいことがあったのだ。「アメリカ兵の脱走を助けているベ平連のグループと連絡を取りたいのですが」

彼は四角い顎を突き出して、彼女を睨みつけた。

彼女は息を詰まらせた。「あなたはどうすればいいか知ってると思っています」

「それはまあね。裏家さんは隠れ活動家なのかな？」

「質問に答えていただけませんか？」

タカシは煙草に火をつけ、煙の向こうに彼女を見つめた。「教えてあげてもいいけど、その後で、私のために何かしてくれなくちゃいけない」次の仕事のことを言ったのはこれで二回目だった。絵末子は顔の前から煙を振り払いながら、彼をじっと見つめた。

「それはイエスってことでいいですね」彼は椅子にもたれかかって言った。「あんたも行ったことがあるって、そう言ってたよね。ベ平連は、本郷の拠点ではないところで活動しているんだ」

「カスミはどこで働いているんですか?」絵未子は、ベ平連は最近、抗議行動を組織していないと学生が言ったことを思い出した。彼らは何か他のことをしていた。

「よく咳をする女の子かい?そうだな、連絡できるだろう」彼はアゴを持ち上げて煙を吐き出した。「ただし、私のための仕事に影響を与えてはいけない。英語への翻訳を持ってきてくれると思っていたが」

「承りました。早急にさせていただきとうございます」皮肉のつもりで、馬鹿丁寧に言ったが、勿論、タカシには通じなかった。タカシは「ヨシわかった」と言った。

•

本郷までの電車と混雑した地下鉄の中では、謎めいて監視されているような雰囲気を感じながら、暗色の背広を着た石のように無表情な通勤客が四方八方から押されて、絵未子とファンは、恐怖を分かち合った。

「怖いわ」と絵未子は息を殺してつぶやいた。東京では英語を知っている人が多く、聞いているように見えなくても、聞いていることはわかっていた。

「そう」ファンの目は他の乗客の上を移動した。

「仕事が見つけられるかな?」

「そうだね。最終的に、どこの国に行くかによると思う」

「一緒に出国できるといいな」

「それは確実ではないの？」

「そう、確実ではない」

　彼女はファンを先導して古本屋や新聞販売店、露天商などを通り過ぎ本郷通りから入った暗い路地に向かって行った。狭い路地に入っていくと、曲り角にいた女が試験攻略本の陳列棚の向こう側から二人をじっと見ていた。路地で木箱の上にしゃがんでいた男がそろばんから顔を上げ、二人を目で追ってきた。

　この前、カスミと一緒に通った風化した杉の扉は、路地の端にあった。後ろから足音がした。絵未子はファンの腕を取り、彼を引き寄せて立ち止まらせた。足音も止まった。絵未子はこっそりと肩越しに目をやった。ジーンズを履いた若い男が、背を高く見せようとしてか素足に高下駄を履いて立ち、ファンをじっと見つめていた。

　髪の毛が逆立ちそうで、絵未子は歯を食いしばり、ファンをベ平連とは書かれていない扉の方に連れて行った。下駄を履いた男もそれに続いた。

　二人は扉の前で立ち止まった。後についてきた男は、わずか数メートル後ろで立ち止まった。絵未子はノックした。返事はなかった。

「ここに用事があるのか？」下駄の男は二人とドアの間に入ってきた。

　絵未子は何も言わずに男を睨みつけた。

下駄の男は絵末子の怒ったような顔に答えるかのように、「わかったよ」と言ってドアを強く叩いた。「カスミ、お客さんが来たみたいだよ」と声をかけた。

カスミは最初、絵末子に気がつかなかった。彼女は二人の後ろでドアを閉め、下駄を履いた男の方を向いた。「誰か、この二人が来るのを見ていた？」

「いや」と言って、男は軽く会釈して、出て行った。

カスミはファンを一瞥すると、二人を照明のない廊下に案内し、奥のベ平連の部屋へと連れて行った。壁には、プラカードやヘルメット、メガホンなどの備品がまだ立てかけられている。しかし、机は前に来た時よりもきれいになっていた。絵末子は自己紹介をして、そしてファンを紹介した。

「ああ、あなた、お父さんを探していたのね。覚えているわ」彼女は咳き込んだ。「見つかったの・・・」

「いいえ」

「そう、気の毒ね」カスミは二人と一緒にビニールのソファに座った。ファンは、絵末子に教えてもらった『ハジメマシテ』の自己紹介の挨拶以外、まだ何も言っていない。カスミは「アメリカ兵の選択肢について聞きに、ここへ来られたんでしょう？」と言い始めた。

絵末子はうなずいた。

「聞くのは失礼かもしれませんが、知り合いになってどのくらいになるのでしょうか？」

「ほんの数週間ですが、でも・・・」

「でも？」

「・・・私たちは、とても親しいんです」

「それはわかります。でも、私たちはとても用心しなければならないの。二人とも、身分証明書を見せてくれますか?」

絵未子は健康保険証を、ファンは軍の身分証を持っていた。カスミはそれらを調べて机の上に置いた。「ちょっとここで待っていてください」彼女は一旦外に出て、下駄の若い男を連れて戻ってきた。「これは厄介なことだけれど」とカスミが言った。「アメリカの陸海軍の諜報機関が過去に潜入しようとしたことがあるの。タロウはあなたの友達が録音機を隠して持っているかどうか確認します」

絵未子が通訳すると、ファンは「多分、ぼくらも君たちが何か確認しなくてはならない」と言った。彼は真剣だった。

「ぼくたちが必死なのとは別で、彼らは違う」

タロウがファンを廊下に連れ出している間に、カスミは絵未子も調べないといけないと言った。「上着を脱いでもらえませんか?」カスミはポケットを調べた。「それと、わるいけれど、ちょっとの間、シャツを上げてください。これは私たちが規則として、しなくてはならないのです。ありがとう」

タロウがファンを連れてきた。「彼の認識票(ドッグ・タグ)以外にはなにもない。彼は間違いなく負傷兵だ」

カスミはファンに英語で話しかけた。「では、私たちはあなたを助けることができるかもしれない」

ファンは、漁船からソ連の国境警備隊の船への脱出方法を聞いたことがあると話した。

「私たちはもうそれをはやらない。米国の情報機関の者が私たちのグループに潜入した後、ソ連は、私たちと一緒に動くのを止めた。そして、アメリカ兵が脱出しようとしたとき逮捕した。それ以来、私たちは偽の身分証明書を作って、民間機でそういう人を日本から脱出させているだけなの」

「どこへですか?」

「今はスイスと連絡を取っている」

「カナダではないのですか?」

カスミは咳き込んだ。「費用が高すぎます。私たちはボランティアの寄付で運営しているんです」

タロウは机の引き出しからカメラを取り出した。カスミはファンにパスポートとカナダの運転免許証の写真を撮るために壁の前に立つように指示した。

「ぼくだけ?絵末子は?」

「日本国民は自己責任です。スイスに行くのは勝手ですが、もちろんべ平連では負担できません」彼女は絵末子に、パスポートを持っているかどうか尋ねました。絵末子は持っていなかった。「あなたの戸籍は?」絵末子は父を探すためにその写しを持ってきていた。「それがないと申請できないわ」

ファンの写真を撮った後、タロウはカメラを持って去っていった。カスミは「時間がかかるのよ」と念を押した。「無断欠勤と見做されるまでどのくらいの猶予の期間があるの、ファン?」

ファンは床をじっと見つめていた。絵末子は痛みが彼の目を曇らせているのが見えた。彼は『無断欠勤』という言葉を自分の名前と同時に口にされるとは思ってもいなかったのだろう。「ファン」

彼が答える気がないように見えたので、彼女はとりなした。

「十月十三日に王子の病院に報告に行かなければならない」

カスミはカレンダーを確認した。「それなら時間がある。でも、すぐにも十三日になりそうだけどね。さあ、ここからが本番よ。ファン、もうここには来ないでね。絵末子さん、ファンの書類と航空券の予約の準備ができているかどうか、十月の早い段階で確認してください。電話はしないで、直接ここに来ること」

二人は帰る途中、池袋の旅券事務所に立ち寄った。下の階に写真を撮る場所があった。上の階の担当者は、五日から十日後のうちに郵送すると言っていた。日本人の場合はスイスの観光ビザは必要なかった。こんなに簡単にできるものなのかと、彼女は驚きと同時に怖さを感じた。

成増までの帰りは、べ平連の事務所までのとは全く違っていた。ファンは、誰にも見えない何かを覗き込むように電車の窓の外を見ていた。絵末子は、電車の吊り革の後ろに貼ってある洗濯機の広告を何度も何度も読み返していた。広告の中の幸せそうな夫婦の顔は、家がどこにあるのかは自明のことだと示していた。では、わたしたちは?

駅からの帰り道、ファンは酒屋に立ち寄り、サッポロビールの大瓶二本と枝豆を買った。二人は絵末子の卓袱台の前に座り、えだ豆の鞘を剥きながらビールを飲んだ。ファンがようやく沈黙を破った。「スイス行きの飛行機代は高いだろう」彼はグラスのビールをぐいと飲み、もう一本の瓶の栓を抜いた。

「そうね」

ファンは彼女のグラスにビールを注いだ。彼女は彼のグラスに注いだ。彼は言った。「ヨーロッパに着いたら、お金が必要になる。君はタカシのために働いていても、そんなには稼げないでしょう。ぼくが幾らかあげるつもりだ」

「ダメ」ビールのせいもあるが、お金の話が出てきたからか、絵末子はそう言った。しかし、彼女はおそらく飛行機に乗るのに十分なお金を持っていたのだろう。翻訳で稼いだお金ではなく、源治からもらったお金で。そのほとんどが郵便局の講座に残っていた。彼女はファンに源治のことを話す勇気を求めて、ビールをさらに飲んだ。

ファンは彼女の皿に鞘をむいた枝豆を入れ、グラスにビールを注ぎ、鉢の水に浮かんでいるもう枯れそうなりんどうを動かした。

「あなたに出会う前に」と絵末子は話し始めた。「ある男のひとが・・・」

「源治？」

ファンは叔母の順が、源治のことを話してたのを忘れていなかった。あれからずっと気になっていたんだろう。何も言わなかったけど。

「そうよ」医者の診断を聞く患者に対するように、悲しそうに彼女を見つめる彼の目を避けながら、その話をした。「わたしは彼の言うがままにされたかもしれなかった」と彼女は告白した。「ほとんど、それを受け入れるところだった」

聞くのが辛いことに備えて、ファンは体が硬くなった。

「そして、そのとき、彼は母の名前を口走った。私は『母がそこにいてくれた』ように感じたの」

「お母さんの霊？君はそういうのを信じてないと思ってた」

絵末子は肩をすくめた。「わたしは寒気をおぼえた。それで源治に聞いてみた」

「何を？」

絵末子はビールをごくっと飲み込んだ。彼女は決してこの秘密を明かしたくなかったが、ファンには知ってもらう必要があった。「あの男に聞いたわ。わたしの母と寝たことがあるかって・・・」

ファンの目がアクアマリン色に輝いた。彼は彼女の手を取った。「で、答えは、何だったの？」

「・・・彼は『そうだ』と言ったわ。戦死したと思われていた父が帰国する前のことだった」

「何を言ってるの？君は彼の娘かもしれないってこと？」

絵末子はコクンとうなずいた。「これでわたしについての考えも変わったでしょう。でも、それで、あなたがどう思ったとしても、あなたを責めたりはしないわ」

「絵末。君は被害者だよ。君のせいじゃない。こっちにおいで」彼は身を乗り出して彼女にキスをした。

二人は畳の上に横になって抱き合った。彼女の告白で、彼は彼女が可哀想に思った。絵末子の心は愛に満たされた。

二十二　侘び寂び

その自分の脆い、新月のような浄らかさ。
His purity was as brittle as a new moon.
　　――三島由紀夫、午後の曳航（第二部第四章）

朝日が絵未子の部屋の窓から差し込んで、タカシが翻訳を待っている記事の入った箱に当たった。愛の夜は終わった。朝食後、絵未子はファンに手助けを求めた。「ファン、校正してくれない？早く終わらして、しばらくはタカシの仕事から離れていたの」と言って、彼女は記事の入った箱を見せた。

「手伝う。で、これは誰が書いたの？」

「日本のフリーランスの記者です。ベ平連のために、ジャパンタイムズやアメリカの新聞社に、英語版を送りたいようです」唇を尖らして、ファンの目を見た絵未子は、言った。「一応言っておくけど、こうした著者のなかには、ベトナムと日本でのアメリカのプレゼンスに反対する人もいるわ」

ファンはただ、ため息をついた。

彼女は箱から一番上の記事を取り出した。それは地元の少女が米兵によってレイプされたのを目撃した沖縄の記者によって書かれたものだった。その米兵は処罰されていなかった。「これは、わからないけれど、あなたに読ませたくはない・・・」彼女はそれを脇に置いた。

「ぼくは大丈夫」彼は目を見開いた。「ぼくには何も隠す必要は無いよ。夜にそれを確かめ合ったじゃない。そうじゃない?」

「そうだったわね。じゃ、仕事に取り掛りましょう」

彼女が翻訳している間、ファンは日英慣用表現集の勉強に勤しんでいた。

沖縄の記者の記事を翻訳し終えると、彼女はにっこり笑った。「足りない複数形や冠詞は全部入れてください」

次の記事は社会党員によるもので、カリフォルニアから日本に拳銃を輸入したヤクザを告発している。絵未子が翻訳している間、ファンは最初の記事を校正した。「これはひどい」と彼はつぶやいた。

「この子、かわいそう。この事件のことをみんなに知ってもらう必要がある」

二つの記事の英訳が校正されると、ファンは六時過ぎに戻ると言って出て行った。「グランドハイツの人と話をしなくてはならないんだ。ジョス中尉について」

「彼の公聴会が開かれる前に、出国できればいいんだけれど?」

「そう望んでいるんです」

ファンがグランドハイツに戻ると、絵未子は翻訳した記事をタカシのところに持って行った。ノックしても答えはなかったが、ドアには鍵がかかっていなかった。絵未子は中に入り、翻訳を机の上に置いた。

サトルの部屋のドアが半開きになっていた。そこから、軍隊音楽と、超国家主義者のグループが叫ぶ声がラジオから聞こえてきた。「大日本帝国の栄光を取り戻せ。戦時中の殉教者を称えよ。アメリカへの依存を終わらせよ。軍事力を取り戻せ」絵未子は部屋の中を覗き込んだ。

サトルは入り口に背を向け、携帯ラジオの前で、布団の上で足を組んで座っていた。部屋の片隅には雑誌が散乱し、別の片隅には衣服が山積みになっているだけだった。窓のない部屋には、天井から電球がぶら下がっている。サトルは、都会の喧騒から離れ、世俗的なものを排除した部屋で、隠者のような一人暮らしをしていた。彼の生活は、侘び寂びの美学の素朴で簡素な美しさを表現したものだった。しかし、侘び寂びは年配者の憧れではなかったのだろうか？サトルはまだ十八歳だった。

ラジオからの絶叫が鳴り響く中で、罪悪感が絵未子の胸を締め付けた。サトルをタカシと接触させたのは自分であり、タカシはサトルを平和主義者から国家主義的軍国主義者に変えようとしているように見えたのだ。青い『配達』の制服に身を包んだサトルは、絵未子の考える大人の冷酷な夢を吹き込まれているようだった。彼女はノックをして中に入った。

サトルはラジオの音で、絵未子が部屋に入ってきたのに気がつかなかった。彼女の咳でサトルはびっくりしたようだった。

「ごめん。ドアが開いていたから。元気？」

彼は立ち上がって、もはや髪の毛のない頭を撫ぜ、うなずいてお辞儀をした。

「スイッチを切って、政治的な演説を止めて欲しいわ？」

彼は足の指でボタンを押した。「タカシさんが勧めてくれた番組なんです」

「そんなことだろうと思った。君は、封建制度を復活させたいとおもっているの？それとも日本帝国だけを？」

「自分たちの伝統を大事にしたいと」

「そうね」絵未子は部屋の中を見回して、「お坊さんのような純粋な生活がしたいと言ってたわね。ここは確かに侘び寂びね」

「大事なことに集中して、大事でないことには目を向けないんだ」

「人は物に執着しすぎだと、君は思う？それは、わたしも賛成」

「私たちは、俗世への執着を断ち切らねばならないんだ」

「そうね。でも、ちょっと極端に聞こえるわ。ともかく、それと日本の軍備を増強することとの間には何の関係もないと思うけど」

「関係があるんだ」

絵未子はその理由の説明を待っていたが、何の説明も出てこなかった。彼女は配達員の制服を見て、

「その制服、似合ってるけど、私はいまでも、Give Peas a Chance のTシャツの方が好きだわ。まだ持ってる？もしよかったら洗ってあげようか？〟」

サトルは顔を赤らめて、Tシャツを絵未子に渡した。

「だって、三島由紀夫の楯の会の熱狂的な私設軍兵士兵団の制服に似てるじゃない」

「彼らは大義のために命を捧げることを誓っています」

「三島はその大義とは何だか言っているの?タカシは自分の大義が何だか君に教えたの?」

返事はなかった。混乱しているように見えたのた、絵未子はそれでここはよしとした。サトルは顔が引きつっているように見えた。「タカシが廊下のお風呂と台所を使わせているのは知っているけど、自分で料理してるの?」

彼はうなずいた。

「足りなくなったらいつでも言ってね」

「大丈夫だよ。ありがとう」

絵未子はタカシの部屋に出て、聴いた。「その荷物、どこに取りに行っているの?ちょっと気になっただけだけど」

「横浜です」

「わざわざ横浜まで?そこの郵便局まで?」

「いや、決まった場所だから。そう言うことは言わないことになっているんだ」

「何で?法に触れるようなことはないんでしょう?」

彼はその質問に驚いているようだった。「いや、それが決まりだと言った。それに何が入っているのかは知らない」

彼は、荷物をどこで引き取るのかも言えないと言った。とても怪しげな感じがしていた。それで、さりげなく、「次の仕事はいつ?」と聞いた。

「これから出かけるんだ。横浜で引き取ることになっている」

・

絵末子は、サトルが出かける前に、急いで、叔母の順が持ってきてくれたニットの帽子とかぶり、ダークコートを着た。襟を立てて帽子を額にまで下げて、柿の木の影で、サトルが出てくるのを待った。サトルが家を出ると、彼女は少し離れて彼の後を追い、薬局にあわてて立ち寄り、白い医療用マスクを買った。駅では、彼が電車の前方のドアに入るのを見るまで、彼女は後ろに下がっていた。後方のドアが閉まる寸前になんとか乗車した。

彼女は人ごみの中に紛れて立っていたが、目の隅でサトルを見ていた。サトルが池袋で降りると、彼女もサトルの後ろに続き、混んでいるので歩みの遅い通勤客の間をすり抜けながら、サトルに追いつこうとした。サトルは定期券を持って山手線のホームに入った。絵末子は切符を買わなければならなかったので、見失うのではないかと心配したが、すぐそこに青い制服に身を包んだサトルが列の先頭に立っていた。絵末子は別の列の最後尾で同じ車両を待った。

車内は暑かった。汗が頬を伝ったが、絵末子は帽子をかぶり続けた。車内はとても混んでいたとはいえ、こうして帽子を深く被っていれば、自分の母親でもわからないだろう。サトルの姿は見失ったが、それは何とかなる。渋谷で降りて、東横線に乗って横浜に行くのは間違いないだろう。

渋谷からは、サトルと同じ車両に三十分、何とか気付かれないように乗って行った。途中、ある駅に停車すると、中国人の乗客が大勢乗り込んできて、大声で話していた。横浜駅に着くと、絵未子はホームに一旦出たが、サトルは降りなかった。彼女は、ドアが閉まる前に飛び乗って戻った。あと二駅、終点で乗客は全員が降りた。彼女はサトルの間にできるだけ多くの人を入れるようにした。サトルは港や灰色の巨大な船の方に向かって歩いて行った。

小さな橋を渡ると、中国語を話す人たちは次々と道を変えていき、絵未子とサトルの間には労務者のような格好をした人が数人いるだけになった。サトルはもっと長い橋に向かったので、絵未子は後ろに退かざるを得なくなった。何処からかわからないが魚の生臭い臭いやとディーゼルの排気ガスの臭いが医療用のマスクを通して伝わってきた。彼女は距離を置きながら、サトルの後を追った。

突然の船の警笛の大きな音に、彼女はびっくりして立ち止まった。気を取り直すのに時間がかかった。汗止めの白い鉢巻をした男が二輪荷車を押して橋を渡ってきた。絵美子は手すりに身体を寄せて通らせた。そうして、再び橋の向こうの古い赤レンガの建物に目をやると、サトルの姿は見えなくなっていた。

最後に彼を見たのは、彼が巨大な、すでに使われていないように見える倉庫の一つに向かっていたときだった。レンガの壁に沿って歩くしか方法はなく、もし彼を見つけたら、空いている出入り口の一つに身を潜める心の準備をしていた。

目の前の戸口からネズミが飛び出してきた。驚いて彼女は引き返そうと思った。しかし、彼女は目を閉じて息を吸って、奥の深い倉庫の影に忍び寄った。ガラスのない鉄格子のついた窓のかび臭い暗闇を覗き込みながら、彼女は先に進み、建物の角に辿り着いた。サトルはその向こう側にいるはずだった。

彼女は建物の角から中を覗き込んだ。光沢のある花柄のブレザーに白いズボンと靴の男の前にサトルが立っていた。絵未子は、サトルがポケットから封筒を取り出して男に渡すのを見た。男はテープで括られた箱の束を手に取った。サトルはそれを、紐で結ばれた竹でできた持ち手をつかんで取った。男は挨拶に頭を下げることもせず、奥のドアに戻っていった。サトルが荷物の持ち方を思案している間に、絵未子は一番近い横の戸口まで走って戻って、倉庫の中に滑り込んだ。

彼女は茶色のくたびれた制服を着た警備員に出会い頭にぶつかりそうになった。

「立ち入り禁止です」警備員は彼女と同じくらい驚いていた。薄暗い奥の方から電動カッターのガリガリいう音がするのが聞こえた。何らかの修理か再組み立てが行われているに違いない。

彼女は警備員の前を通り過ぎ振り返って、警備員が自分と開いたドアの出口のちょうど間にいるようにした。サトルが通り過ぎるのを確認する必要があったし、時間稼ぎをする必要もあった。

「ここで何してるんですか？」

絵未子は両手を耳に当てて、「ちょっと事情があるんです。お願いですから、小さい声で話してもらえませんか？」

警備員は一歩下がった。「ここで何をしているんですか?」と小声で繰り返した。「中に入ってはいけないんだ」

サトルはまだドアの前を通っていなかった。「公衆トイレを探していたんです」絵未子はまだ耳を塞いだまま、思いつきで言った。

「トイレはありません」警備員が小声で言った。「埠頭沿いに一つあります」

「もっと正確に教えて・・・?」彼女はサトルが荷物を肩に担いで、颯爽と通り過ぎて行くのを見た。

警備員は彼女を出口まで案内してくれた。警備員はサトルが歩いて行く方向を指さした。「あの橋の向こう側です」

サトルが十分先に行くまで、叔母の順が褒めてくれそうな言葉で、警備員にお辞儀をしてお礼を言って、絵未子はその場を離れた。

後についていきながら、サトルの方が注意深くなっているように見えたので、彼をさらに先に行かせた。サトルは時折、左右を見たり、後ろを振り返って見たりしていたが、絵未子はサトルと自分の間にさらに多くの歩行者を挟んで目隠しにした。駅では、絵未子は彼の後ろから車両に乗り込んだ。彼はかなり大きな荷物を持っていたので、降りるのに気づくのは難しいことではないだろう。

サトルは思った通りのルートを辿っていた。成増行きの電車に乗り込んだサトルを見て、彼女は少し待って次の電車に乗った。サトルが荷物をどこに持っていくかはわかっていたから。後をつけたことをサトルに知られないようにしたかった。

「ジョスへの告訴は棄却された。ぼくは証言する必要がなくなった」ファンは、絵未子は想像していたほどには、安心した様子ではなかった。「良かったわね。そうでしょ？」と絵未子は聞いた。

「ああ、でも、彼はもう十分にぼくのことを嫌ってる」

「もうあなたはベトナムで彼に会う心配もないのよ。もうすぐスイスに行けるわ」

ファンは顔をしかめた。「ぼくは、彼がベトナムに戻されたとき、ぼくらの小隊の他のメンバーのことが心配なんだ。彼はぼくらの仲間は、生きているのも今のうちだけだ、と言ったんだ」

絵未子は彼を抱きしめた。「いいこと思いついたわ。あなたの気を紛らわせるために、夕食の前に、他のいいことをしましょう」彼女はドアの鍵をかけた。

時間延長した『他のいいこと』の後、ファンは、二人の隣の畳の上にあった医療用マスクに気づいた。

「何かの病気？」

「いいえ」遅い夕食を食べながら、絵未子はサトルのことを話した。

ファンは思い出した。「最初にサトルを道で見かけて、彼の箱を拾ってあげたとき、思ったより重かったんだ。君が翻訳した記事に書かれていたけど、タカシが銃をたくさん入手して、それを配っているのだろうか？」

「それなの。そうかも知れないと？」

二十三　死者の霊魂

燈籠かすかに棚經せはしくむかひ火に麻がらの影きえて。
In the dim light of a hanging lantern he busily recited sutras before the altar of the dead, while hemp sticks burned away in the fire of welcome for the ghosts.

ー　井原西鶴、好色五人女（巻五　戀の山源五兵衛物語）

ラジオからの声は、今日が彼岸の入りであることを告げていた。絵末子の心は沈んだ。母のお墓に赤い彼岸花を飾りたかった。しかし、母にはまだ墓がなかった。絵末子は、納骨する前に北山を離れていた。父を連れて帰って、父にどうするか決めてもらいたかったのだった。

死後七週間の間、七日ごとに行うはずだった法要も何もしていなかった。彼女は父に手伝ってもらうつもりだったが、でも既に最初の三回はしそこなってしまっていた。

「どうしたの、絵末?」ファンは彼女のそばに座った。

「母のことを考えていた。私たちには死者を弔う習慣があるの。説明するのが難しい」

「お線香?お祈りとか?」

「わたしは迷信だと思う。死んだ人の魂に平安をもたらすためにすると言われているわ」

「それは良いことのように思うが、君は役に立たないと思っているの?」

「役には立つ。でも、死んだ人にではなく、わたしたちのためにね。自分たちの心に平安をもたらすだけよ」

「死んだ人の魂に平安をもたらす方法があればいいね。ぼくは多くの仲間を失った。ベトナムは、両軍の亡霊で埋め尽くされている。民間人の幽霊もだ。そういう死んだ人々が安らかに眠れるようにする方法が何かあればいいが・・・」彼はその答えを知っているかのように、絵未子を見た。

絵未子は、思いついた。「日本には、あなたが見たいだろうと思う神社があるわ。日本の戦没者が安らかに眠れるためのものです」

・

靖国神社に行く途中で、絵未子はファンにあらかじめ言っておかなくてはならないことがあると感じた。「そこに祀られている『多くの霊』は、アメリカと戦った日本の兵士のものです」

これは彼の好奇心を引いた。

並木道は、そびえ立つ鉄製の鳥居の下へと続き、明治時代の陸軍大臣の巨大な像のまわりを通り、別の鳥居の下へと続いていた。

「どうかした?」

「あちらで手を洗っている人たちがいる」

絵未子は苦笑いをした。そうね。行きましょう。ちゃんとやりたいのね。清めの儀式をしましょう」

拝殿は、四つの菊の御紋が描かれた白い垂れ幕が目印だ。二重に湾曲した屋根の破風には金の文様が施されており、空に向かって伸びているように見える。絵未子はファンの手を取って、これまではこの神社を冷たい目で見ていたはずなのに、感銘を受けていた。

二人は高い垂れ幕の下から、基本的に誰もいない神殿内を畏って覗き込んだ。「神社には金の仏像も派手なものもないよ」と、絵未子はファンに言った。

「ぼくたちが行った明治神宮とおなじだね。拍手した方がいい？」

「たぶん礼でいいわよ。あなたは本当に戦争で死んだ二百五十万人の霊の注意を引きたいの？」

ファンは多分そうしたいのだと、絵未子は思った。戦没者の霊に何か言いたいことがあるのかもしれない。絵未子は、より真剣になった。そしてベンチの在るところまで、歩いた。

ファンが質問した。「ここに霊が『祀られている』って、どういう意味ですか？」

「ここに実際、霊魂が宿っているということなのね。少なくとも、死者がここで敬まわれていると言うことができる。彼らの名前がどこかに書かれているわ」

「彼らは平安のなかにいるのだろうか？」

「そのはずよ。神主が彼らに祈りを捧げているし」

「でも。君は信じていないのか？」

「わたしが思うに、本当の目的はわたしたち自身の心に安らぎを与えることだわ。神社は、今生きているわたしたちのためのもので、死者のためのものではないわ。あなたは死者があなたの祈りを聞いていると思い、そのことがあなたを心よくするのよ」

ファンは厳かにうなずいた。「彼らが死んだのが、もし、ぼくの責任だとしたら、祈りは彼らが現世に戻ってきてぼくを非難しないようにしてくれるの？」

「それは確かにそのご利益の一部ね」彼女はファンと腕を組んだ。「戦争で死ぬ人たちのためにわたしたち全員が非難されるべきではないわ。非難されるべき人も部分的にはいるでしょうね」

ファンは何か言おうとしたが、何も言わなかった。

「そして、戦没者がすべての英雄というわけではないの」と彼女は付け加えた。「わたしの父は、ここには戦犯が何人か合祀されていると言っていたわ。第二次世界大戦後にアメリカが戦争犯罪者として有罪判決を下した人たちよ」

「え、本当？」

「多くの日本人はそれを真っ当なことだとは思っていない。私の父も、反対だった」

ファンは曖昧な笑いを浮かべた。「戦犯たちは他の人たちよりも祈りの恩恵を多く受けていると思う。ぼくたちは、戦犯たちが戻ってきてぼくたちにつきまとうなんてことは絶対望まないだろう」

彼はからかっているように見えたが、彼女にはわからなかった。

彼女は彼を肘で突ついた。しかし、ファンはまた気難しい顔をした。彼女にはある考えが浮かんだ。

「死者の霊魂に、あなた自身のメッセージを送りたい？」

彼女は絵馬を買いに、ファンを朱印所に連れて行った。「あなたは英語で願いを書けばいいわ。念のためにわたしが日本語の訳も書くから」

ファンはそのアイデアが気に入ったようだった。『I wish all souls who died in all wars to be at peace.』とファンは書いた。その下に日本語の訳『すべての戦争で亡くなったすべての人の魂が平安でありますように』を書いたとき、絵末子の文字は滲んで見えた。「なんて素敵な願いなの、ファン。他の絵馬と一緒に棚に吊るしましょう」彼女は彼に絵馬掛の一つに紐を巻きつける方法を教えた。

ファンは口をアングリさせて驚いた。「絵馬がきっと何千個もあるよ」

「そうよ。でも、あなたの願いは最高だわ。大抵は『結婚したい』とか『お金をたくさん稼ぎたい』とか、そういうのが多いの」

「ここに連れてきてくれて、ありがとう、絵末」

絵末子はファンの方を軽く抱いた。「何か食べる？」

「ヤキトリ。ウォルターが連れてってくれた店が新宿にある。今行っても、見つけられるかどうか、わからないけれど。ぼくらはシロを食べたんだ・・・あとは忘れた」

「シロ？えー！鶏の内臓？わたしの父さんが食べそうなものね。家に戻ろう。きっとどこか途中の道沿いのお店で本物の肉の焼き鳥が売られているはずだわ」

そう遠くないところに煙を出している焼き鳥の売店があって、二人は商社ビルの壁にもたれて食べた。そして、ファンはもっと買って食べたいと思った。

「ウォルターのソウルフードのヤキトリと同じくらい美味しかったの？」

「ぼくはヤキトリの通・connoisseur ではないよ」

「え？」

「専門家じゃないってことさ」

「ごめん。気を悪くしないで。あなたは鱈の通だったわね」

池袋の乗換駅に着く頃には、周りは仕事帰りのダークスーツのサラリーマンの海になっていた。すごい人混みで、絵未子とファンは並んでは歩けなかった。絵未子は片手を後ろに回して彼の手をしっかり握って先に進んだ。二人は自分の足もとも見えずに階段を上っていく。改札前の通路の辺りに肩まで絡まった白髪のボロ服を着た男が、胡座をかいて座り、缶の酒を飲んでいた。男は酒の缶を上げて、両方向から押し寄せてくるダークスーツと光沢のある黒の靴のサラリーマンの群れに乾杯した。しかし、少しでも驚いたり、嫌悪感を抱いたり、心配したりする様子を見せる者は一人もいなかった。

「あの男を見たかい？」ファンは電車の中で尋ねた。「私たち全員に向かって笑いかけていた。ぼくはあの男はぼくたちを笑っていたんだと思う」

「確かに。あの人は、『愚か者ども』って言っていた。『己自身を見ろ。お前らは皆同じ穴のむじなだ。人間性を失っている。こっちの方が普通なんだ。目を覚ませ』とね」

「サラリーマンたちには伝わったと思う？」

「いいえ、みなが考えていたのは急いで列に並んで電車の席を取ることだけよ」

絵未子とファンは成増駅まで、座れずにずっと立っていた。

絵未子の名前が書かれた大きなマニラ封筒がドアの前に立て掛けられていた。それを持って部屋に入って封筒を開けると、中にはチラシとメモが入っていた。彼女はチラシをテーブルの上に出してみて、息を呑んだ。ベトナム人の母親、子供、赤ちゃんの死骸の写真。ナパーム弾で焼け焦げた死体。彼女は両手で顔を覆った。

ファンはチラシに目を通し、頭を振った。「なぜタカシはこれを君に？」

『『アメリカ人が見るように、グラントハイツに貼れ』とメモには書いてある」これが、たぶん『別の仕事』って言っていたものの一つだった。彼がグラントハイツの近くに住むことを選んだ理由は、これで説明できるかもしれない。

ファンは、「タカシは、軍人の家族が、罪のない民間人が殺され、負傷していることを知る必要があると思っているのだろう。でも、本当は、軍人の家族も、もうすでに知っているんだ。そして、ぼくたち皆には、それを考えないようにしている」と言った。

「かわいそうな赤ちゃんたち。かわいそうな子供たち」絵未子はすすり泣いていた。

「ぼくたちは絵馬に書いたでしょう？そういう人たちも含めて」

彼女は彼の背中に手を当てた。『きっと祈りは届くわ。きっと皆、平安を得られるわ」

ファンはゆっくりとうなずいた。「とにかく、グラントハイツに行って、このチラシを貼るのはやめた方がいい」

絵未子は立ち上がった。「もちろん、わたし、そんなことはしません。このチラシを持って行って、タカシのドアのポケットに突っ込むつもりよ。お風呂に火をつけてくれる？「こういうものを見たので、ゆっくりお湯に浸かりたいわ」

「ぼくもだ」

「そうね。今夜はお互いにこのことを忘れましょう」

二十四　狂信

思慮のある男には疑懼を懐かしむる程の障礙物が前途に横わっていても、女はそれをものの屑ともしない。それでどうかすると男の敢てせぬ事を敢てして、おもいの外に成功することもある。
An obstacle which would frighten discreet men is nothing to determined women. They dare what men avoid, and sometimes they achieve an unusual success.

ー　森鴎外、雁（二十一）

ファンは、絵未子に、タカシや、サトルが届けようとしていた秘密の荷物のことに巻き込まれるのは危険だと注意した。「この国を出るまでに残された時間は、あと少ししかない。だから、関わらない方がいいと思う」と。

しかし、ファンがグラントハイツに戻るために家を出ようとしたとき、彼女はファンに、あの荷物の中に何が入っているか、そしてそれは何処に行くのか、どうしても知らなくてはならない、と言った。「サトルが今日、何処かへ配達に出かけるなら、わたしはその後を追うわ」

母屋で、グラントハイツにビラを貼るのを拒否したことを、タカシに怒られている間、サトルが出かけるらしいのを、絵未子は知った。

彼女は再び柿の木の下に隠れた。サトルがいつ出て行くのかはわかっていたが、今回はどこに行くのかはまったく知らなかった。サトルが荷物を持って出てくると、帽子と医療用マスクで顔の大部分を隠しながら、絵未子はその後を追った。

彼女は難なく彼の後をつけて早稲田駅まで行った。早稲田大学の学生たちは、ほとんどが黒の上着に明るい色のズボンで、建物から建物へ急いでいるので、気づかれずにサトルの後を追うのは簡単だった。駅からほど近い小綺麗な小さい公園に、サトルは竹の門をくぐって入り、低木の茂る池のほとりのベンチに腰を下ろし、荷物を傍に置いた。絵未子は背の高い刈り込みの茂みの後ろに隠れて、サトルを見ていた。

サトルは緊張して脚を上下に揺すりながら周りを見回した。サトルは荷物を背負っていた肩をマッサージしながら、そわそわしていた。白い鳥が鳴き声をあげて、池の中の小魚をさらっていた。絵未子はその様子を見ていたが、後ろを横切っていく日の丸の鉢巻をした筋肉質の若い男には気づかなかった。男はサトルの隣のベンチに座った。二人は言葉を交わしたが、絵未子には、何と言っていたかは聞こえなかった。鉢巻の男は荷物を持って去っていった。

サトルは池の方へ歩いて行き、小石を投げ入れた。そしてどんどん広がっていく波紋の輪に目を奪われていた。その光景を見て、タカシに盲目的に従うことの先に何があるか考えてくれたらいいのに、と絵未子は願った。

彼女は日の丸の鉢巻の男を公園の入口にある竹の柵の方へと追いかけ、立ち止まって帽子とマスクをとって、髪の毛をふんわりとさせた。そして、彼女は荷物を持った男の後を追って、公園との境目にある迷路のような細い道に入っていった。

前から車が来て、すれ違えるように、男が立ち止まったとき、彼女は男に近づいた。「失礼します。ちょっとお尋ねしたいのですが？」男は、彼女の方に振り向くと、その鋭い視線は彼女の背中に寒気をもたらした。

「『新帝国』という雑誌の事務所を探してるんですが」そこには、タカシが英訳を指示した右翼の記事が掲載されていた。

「はぁ・・・」男は聞き間違えたかのように首をかしげた。

「私はその雑誌のために記事を書きたいんです」

「へ・・・、マジで？」男の目は彼女を間近に見て、そして表情を柔らげた。「そうなのかい？」男は、モリタと名乗った。

「わたしは、サチコです」本名を出すつもりはなかった。

「早稲田の大学生？」

「あー、まだです。あなたはそうなの？」

モリタはうなずいた。目を細めて、「どこかで会ったことがあるような・・・？」

絵末子の心臓はドキッとした。「いいえ、そんなはずはないわ」

「あー、わかった。テレビのＣＭだった。スキンクリームのコマーシャルだったと思うよ」

「わたしじゃ、ありません」

男は空いている手で頭を掻いた。「そうだね。おれの勘違いだね。君のほうがかわいいよ」

話は予想外の方向へ行ってしまった。「あのう、もし知らないのなら・・・」

「実はおれも新帝国の事務所に行くんだ。案内するよ」

サトルと同じように荷物を肩に乗せ、二人は小さな家や二階建てのアパート、本屋、蕎麦屋、ラーメン屋、喫茶店などが密集した通りを歩いた。モリタは彼女を写真店に案内した。「上の階だよ」

丸い縁なしメガネをかけた丸顔の学生が、片側に傾いた机からモリタを見上げた。「いくつだ？」

「十二」

「自動？」

「セミ」

「弾は？」

「次の船荷です」

「他のものと一緒に後ろに入れてくれ」丸顔は初めて、絵末子に気づいた。「新人？」

「あなたの雑誌に記事を書かせてください」彼女は、タカシの持っている本や雑誌から教わった『もったいぶった言葉』を入れて話し、最後を、三島由紀夫の楯の会への『憧れ』で締めくくった。

「原稿料は払えないが、誰かに日本社会党の党首である勝間田清一についての調査をさせたいんだ。彼の日課。どこに行き、どのような会議があり、どのようにしてそこに行くのか、彼の毎日の行動を知りたい。彼の完全なスケジュールをね。それが手に入ると思うの？」

「事務所に電話して聞くような？そんなことがニュースになるのかな？」

「我々はそれが必要なんだ。出来るか？」

「出来ます」彼女は楯の会の軍人のまねで敬礼をして、階段を下りて出て行った。手に入れようとしていた情報を彼女はすでに得ていた。

・

ファンはがっかりしたという表情で戻ってきた。「君はあのチラシは貼らないと思っていたのに」

「わたし、してないわ。どういう意味？」

「グランドハイツの至る所に貼ってあったんだ。みんな、すごく怒っている。憲兵は皆に尋問している。学校の先生たちの話では、生徒が泣いていたそうだ」

「きっとタカシがサトルに貼ってくるように言ったんだわ。最近のサトルはタカシに頼まれたら何でもするみたいだから。ごめんね、ファン。全部、剥がされたんでしょう？」

「そうだよ。ぼくも剥がすのを手伝った」

絵末子は彼の海のような緑の目を見て気持ちを推し量った。ベ平連、戦争反対派、彼女自身への嫌悪感の兆候がないかどうか。中立の国に行くことが、彼らに必要なことなのかもしれない。日本は彼女が知っている唯一の国であり、彼女はそれを離れたくはなかった。しかし、ここでの政治的、社会的な争いから逃れるのは良いことだろう。そして、経済的な成功のための闘いをあきらめるのもいいだろう。もちろん、彼女は他の誰よりも優れてなどいなかった。彼女はタカシのために働くのを辞めると、ファンに伝えたかった。でも、彼女はまだ、何週間分の給料が欲しかった。

緑茶を飲み、煎餅を食べながら、彼女はサトルの後について行った詳細をファンに伝えた。彼の顔からは厳しい表情は消えなかった。「半自動?弾?」と彼は言った。「確かに、危険な武器のようだ。警察にはもう話したの?」

「まだよ。サトルを巻き込みたくないから」

ファンの表情はさらに険しくなった。「君とサトルの関係は一体何なんなの?」

絵未子の顔に血が上った。どう答えたらいいのか分からなかった。サトルが単にわがままな自分の弟だったら、説明は簡単だが、本当は何者なのだろうか?列車の中で出会った若者で、高校を卒業したばかりで、自分に課せられた期待から逃れるために大都会に出てきただけの若者。その意味では、彼は少し若い彼女自身のようなものだった。ただ、彼は、すぐに簡単な答えを与えるどんな教祖・グルの理論にも従ってしまう傾向があった。「わたしは彼が利用されるのを見たくない。それだけよ、ファン」

「わかった。でも、君自身がトラブルに巻き込まれるのは避けたい。銃の密輸のようなものは、それを知ったら通報しなければならないという法律があるだろう。もし通報しなかったことが判明したら、警察は君を共犯者として逮捕するかもしれない。そうなったら、国外には出られない」

「まず彼が別の仕事に就くのを助けたい。それとも、地元の那珂国に帰ってお坊さんか何かになるとか。それが彼が本当にやりたかったことなの」

「彼に『君は、今、平和を愛する運動ではなくて、軍国主義的な運動のために働いている』と言ってやってはどうかな」

「そうするわ。でも、この手の人は大義名分を狂信的だと言っても説得することはできない。別の大義名分に置き換えないと」


サトルの考えていた『質素で純粋な生活』と、『日本帝国の再建』というナショナリズムが、なぜか融合してしまっていたのである。それからの数日間、絵末子はサトルを説得しようとした。そして最終的には、ベ平連の事務所に行ってカスミに会うようにさせた。

サトルは、タカシが支援している右翼団体のことを『好戦的、圧政的、残酷』と言うカスミの言葉に耳を傾けていた。カスミは、その集団が権力を握れば、ベトナムでの無用な殺戮が、世界中に広がると言った。「それと、あなたと絵末子さんが、タカシの近くに住んでいるのが心配なの。私は、過去に彼と一緒に仕事をしたことがあるのでわかります。彼は危険です」

絵末子は唇を噛んだ。カスミはサトルに言った。「代わりにうちで働いてくれない?法に触れるようなことは絶対に頼まないから」

「タカシさんもそんなことはぼくに頼んでいない。あの人も戦争には反対しているんだ」

「多分、そう言うでしょうね」とカスミは言った。「でも、タカシがここで働いていたとき、わたしたちは、彼にはこの先の政治的野心があることがわかったんです。彼が反戦と言っているのは、反米の支持を得たいからなの。彼は、自分が権力を得るためには、どんなグループも利用するわ」

「ぼくは辞めるべきだとそう思うんですか？」とサトルは聞いた。

「私たちも配達員が必要なのよ」カスミは言った。「どこかに部屋と食事を用意してあげられればいいんだけど、お金を払う余裕はないの」

「それでいいです」と絵未子は押した。「サトルは、どこかでバイトも探せばいいんじゃない？」

サトルは顔をしかめて今着ている制服をちらりと見た。「その前にタカシさんに聞いてみないと」

そのようにはならないだろうことに、絵未子は気がついた。

ファンは、グランドハイツから戻ってくるたびに、サトルのことは持ち出さないように気をつけていたようだが、絵未子もそうだった。人生で一番幸せな日々を過ごしてきたこの小さな家を出て行かなければならないのは、あと数週間後のことだった。この日々の輝きを失いたくないのであれば、サトルに自分の道を選んでもらうしかなかった。

二十五　行く時

此所を立のき　いかなる國里にも行て　年月を送らんといへば　おさんよろこび。

"We can then steal away from here, go anywhere you please, and pass the rest of our years together."

ー　井原西鶴、好色五人女（巻三　中段に見る暦屋物語）

ファンは大きな買い物の紙袋を持ってグランドハイツから戻ってきた。「購買部ＰＸで手に入れた。スイス用の冬服だ」彼は満足そうに言った。

彼は膨らんだ紙袋からいくつかの物を取り出した。テーマは暖かい服のようだった。

「いいわね」と絵未子は真顔で言った。「新しいズボンが二組。同じ色。今履いているのと同じ色ね。シャツも二組。重めだけど、今着ているのと同じ色」

ファンは幸せそうにうなずくだけだった。「それから、見てごらん。これは君にと思って」彼は白い毛皮の裏地がついたフード付きの厚手のパーカーを出した。『気に入ってもらえるかどうか・・・』

「かっこいい」彼女はそれを着て、フードを引き上げた。「一度着たら、もう絶対に脱ぎたくないわ」

「手袋もね。叔母さんが持ってこなかったのに気づいたんだ。それから・・・このセーターも。店の人はアイルランド製だと言ってた」

彼女はそれを自分の口元に当ててみた。「とても柔らかい。何て言ったらいいかわからないわ。ありがとう、ファン」

彼女は彼に長いキスをした。それから・・・この頃はよくそうなったのだが・・・夕食を後回しにして、まず『他のいいこと』をするのだった。

カスミからファンの書類を受け取りに行く時が近づいてきたが、その話をすることはなかった。そのことを心の外に置いて、絵未子は、少なくとも、二人が彼女の小さな家に永住しているかのようしたかった。まるで、ここが二人の残りの人生を過ごす運命の場所であるかのように。

ファンがグランドハイツにいるときには、彼女は翻訳を続け、彼は戻ってくると、校正をした。そして、それが終わると、二人は・・・『他のいいこと』をした。一週間、彼女はほとんど家から出なかった。布団を畳んで押入れに戻さない日もあった。

「もしぼくがヨーロッパに行って、君がぼくと一緒に行けなくなったとしたら?」ファンは心配した。

「わたし、もうすでにパスポートを持っている。カスミがあなたが搭乗する便をどれにしたか確認するまでチケットは買えない。わかったらすぐ、同じ飛行機のチケットを買うつもり」

「でも買えなかったら? いや、もし君の気が変わったらどうする?」

彼女は小指で指切りをして約束した。

「でも、もしも・・・そこに着いて、ぼくを見つけられなかったら?」

「I. Will. Find. You.」多分、彼女はそういう風に言った。ファンの笑顔と弓形になった眉毛は、その答えに完全に満足していることを彼女に伝えた。

彼は彼女にグラントハイツからもっと多くの物を持ってくるようになった。ある日には、シュガーポップコーンの箱と瓶入り牛乳だった。「君に食べてみて欲しかったんだ」別の日には、香水シャネルの五番だった。「購買PXの女性の店員が、日本の女性はみな好きだって言っていた」つぎに、彼が持ってきたのはギリシャ製のクロスステッチのブラウス、テキサス製のローンスターのバックル付きの革ベルト。最後は、バドワイザーの箱の中の白い布で覆われたものだった。

「これは何？いい匂いがする」

「柿のパイです」彼のニヤニヤは止まらなかった。

「どうやって・・・？」

「母さんから手紙が来たんだ。手紙にレシピが書いてあって、オーブンで焼いてみたんだ」

「お母さんからの手紙！それは素晴らしい！」

「父からも。二人の手紙が今日届いた。二人ともぼくからの手紙を喜んでいた」

「わたしの言った通りでしょう。で、何て書いてあったの？」

「母さんは主に君のことを尋ねていた。父さんは日本に行きたいと言っていた」

「でも・・・」

「わかってるよ。一週間もしないうちに日本を出るんだ」

「お父さんはスイスにも行きたいんじゃないかな」

「うん」

絵未子がファンのパスポートとチケットを取りにベ平連の事務所にまた行く時が来た。カスミは一人で来るように言っていた。アメリカの諜報員が事務所に来る人間を見張っているという危険は本当なのだろうか?絵美子はそんなばかなことはないだろうと思ったが、そばまで行ったとき、念のために帽子をかぶり医療用マスクをつけた。通りの角で雑誌を売っている女と、店先でに座ってそろばんで計算をしている男の前を通り過ぎた。この男は、絵未子が最初にカスミに連れられて事務所に来たときにも、そこにいたようだったが、彼女は気づかなかった。

今回は、下駄を履いて路地をうろついていたタロウはいなかった。もしかしたら、外国人が来るという情報が流れた時だけ現れるのかもしれない。ドアをノックしたとき、絵未子の手は震えた。カスミが言っていたのは、必要書類の準備が『できているかどうか』を確かめるために再度来ること、ということだった。もし『できて』いなければ、ファンは王子の病院に再度行く時まで待たなければならないなら、彼は『無届け外出』になってしまうだろう。

カスミは微笑んでいた。「今朝、書類が届きました。ビザ付きのパスポート、オンタリオ州の運転免許証、ジュネーブ行きの航空券、そして現地の協力者のおかげで、観光ビザが切れた後もスイスに滞在する必要がある場合の支援の宣誓供述書も用意できた」彼女はパスポートをめくって写真を見た。「美男子ね」

　絵末子は膝が震えた。立っていられず腰を下ろさなければならなかった。

「お茶を入れてあげるわね。深呼吸したらどう」カスミが深呼吸の真似をしようとしたが、咳になってしまった。「ここからが大事なの。『ホセ・アルバレス』私たちは彼をそう呼ぶわ。彼は自分の住所とここにある情報をすべて暗記しなければならないし、質問には素早く答えなければならない。疑惑を持たれないようにする必要があるの。これが到着したら行くべき宿泊場所です。彼の訪問の目的は、観光です。いいわね」

「疑われたらどうしたらいいの？」

　カスミは顔をしかめた。「だから、チケットは別で手に入れて、と話したわ。彼と並んではいけないし、飛行機の中でも彼の隣に座ってはいけない。何があっても、あなたは巻き込まれないように」

　帰り道、絵末子は東京駅近くの日本航空のオフィスに立ち寄った。ファンが乗る予定の飛行機に空席があった。彼女はそれを買った。賽は投げられた。

　本当にこれをやりとげられるのかと、駅のホームに立って考えた。彼女とファンが永遠にそれぞれ自分の国を離れることができるのだろうか。いつもの習慣で、彼女は新聞を買う代わりにゴミ箱から新聞を拾った。また、習慣で、彼女は逮捕とか死亡の記事の中にある父の名前を最初に探した。それから彼女はベトナム戦争に関する記事に関する記事に目を通した。

　アメリカでは、反戦運動が劇的に拡大しているようだった。『戦争を終わらせるためのモラトリアム』と称して、全米で一連のデモが計画されたのは、彼女とファンがスイスに飛ぶ予定の数日後だった。ニクソン大統領は米軍を段階的に撤退させ、米軍のキャッチフレーズは、『敵の戦死者数』から『戦争のベトナム化』と『和平』となったようだった。

両陣営の負傷者や死んだ兵士の写真が掲載されていた。いまだに、互いを殺し合っていた。そして、死んだ村人や捕虜になった村人の写真もあった。彼らは秘密戦闘員だという米軍側の主張は、その恐怖に満ちた表情を見ると、とても信じられなかった。ファンを連れて外国に逃げることへの彼女の迷いは、この状況からファンを守りたいという信念に洗い流された。そして、ベトナムでファンを待っていると脅した凶暴な犯罪者ジョス中尉からも。

彼女は成増駅近くの売店で深紫色の大きなスーツケースを購入し、タカシのいる母屋を通らずに裏道を引きずって戻った。

「それは何?」どこかに行くことを忘れていたかのように、ファンは尋ねた。

「スーツケースって言うのよ」

「ああ、そうだね」彼はそれを隅に置いた。

彼女は偽造の書類を差し出して、笑みを無理に浮かべた。「これをどうぞ。ホセ・アルバレスさん。パスポートと必要書類を手に入れたわ」ファンは一瞬見つめたが、手を伸ばしてそれを受けた。

「それと、わたしの航空券も。同じ便に乗れるのよ。あなたが、病院に報告に行く予定の日よ」

ファンは大きく息を吸った。「あと数日だけだね」

「ええ」絵未子は喉が詰まりそうになった。

夕食の間、二人はあまり言葉を交わさなかった。高校時代の友人が、伊豆の大島に旅行に行く数日前に大興奮していたことを思い出した。その友達は話を止められなかった。大学に進学した女の子たちも同じだった。絵未子の行く先はもっと遠く、美しい湖や氷河で知られる国だった。興奮して飛び跳ねるはずだった。しかし、そこには違いがあった。彼女の旅はもう戻ってくることのない旅だった。

「叔母さんには手紙を書いたの？」とファンが尋ねた。

「ちょっと海外旅行に行くと言っただけだよ。あなたのことは何も言っていない」

「タカシには？」

「いいえ。スイスで安全になったら、そうしたら手紙を書くつもり」

ファンには、サトルに話したかどうか、彼女は話していなかった。サトルにもあとで、手紙を書くつもりだった。幸いにもサトルとタカシは、ファンのことを何も知らない。彼女は自分の人生のその部分を秘密にして来たが、サトルとタカシは自分たちの世界にどっぷり浸かっていたので、それは難しいことではなかった。

ファンの深い青緑色の目は彼女に焦点を当てていた。「スイスのお風呂はどんなだろうね？」

彼女はニヤリとした。「私たちのものよりも良い、私は確信しています」

二人は蒸し暑い小さな浴室で、お互いの背中を洗い合い、交代で木の湯船に体がピンク色になるまで浸かった。絵未子はファンの胸の傷跡に湯に浸かって柔らかくなった指を走らせた。「随分と良くなったみたい。戦争の傷跡は少し残っているだけよ」

ファンは口を開いたが、何も言わなかった。

数秒後には、二人は布団の上で抱き合っていた。絵未子は、『何を悩んでいたのだろう。どこの国にいようが関係ない。二人はいつも一緒なのだから』と思った。

•

二人が成増を出るまで、あと二日しかなかった。絵未子は、翻訳をもう一つタカシに渡した。二人が無事に海外に出るまで、彼女はまだ『裏の家』で仕事をしていると彼に思わせたかったのだ。それから郵便局の預金を引き出した。

「グランドハイツを退去したんだ」と、ダッフルバッグを持って戻ってきたファンは彼女に言った。

「ジョスは既にキャンプ座間に戻ったと、誰かが言っていた」

「あの大きな米軍基地?」

「ああそうだね。病院で命令が出されたらぼくも行くところだ。ジョスは近くの横田基地からベトナムに戻るんだろうな」

「あなたが、戻らずにすんで本当によかったわ。さあ、買い物に行きましょう」

二人は靴下、下着、ジーンズ、携帯洗面用具の袋を買った。スイスの旅行ガイドブックを探したが、成増にはどこにもなかった。絵未子が見たことのあるスイスのドキュメンタリー番組の話をしている間、二人は荷造りを先延ばしにした。ファンは聞き役だった。

その夜、ファンは布団の上で激しく寝返りを打ち始めたので、絵未子はびっくりして目を覚ました。彼女は彼が「亡霊だ、やめろ、やめろ」と呟くのを聞いた。背中をさすってあげると、すぐに落ち着いた。しかし、彼女はなかなか眠りにつけなかった。

彼女が目を覚ますと、ファンは卓袱台に肘をついて座り、両手で顔を覆っていた。彼の前にはパスポートと航空券、そして現金がきちんと並べられていた。彼の背中に手を置くと、彼の目は彼女を求めていた。

「ぼくにはできない。絵未」

「何ができないって言うの？」

「ぼくは行けない。脱走できない」彼が『脱走』という言葉を使ったのは初めてだった。

「許してください。君を愛してるけれど、脱走はできない」

部屋が回転し始め、彼女は床に沈みこみ、手で顔を覆ってすすり泣いた。畳は彼女の下で揺れているようだった。彼の大きい手が彼女の肩に触れた。「絵未、絵未、ごめんね。明日、任務に戻るよ」

彼は彼女のそばでひざまずいた。「六か月。それだけだよ。ぼくを待っててくれる？」

ファンは絵未子が体を起こすのを手伝ったが、彼女は彼と向き合うことができなかった。彼の心を変えることは不可能だとわかっていたから。

「君は？」と彼は繰り返した。「ぼくを待っててくれる？」

彼女は彼のシャツを掴んだ。「待ってる！」

「考えてみて、絵未。六か月後には、桜が咲くでしょう。その時にぼくは戻ってくる」

なぜかこの言葉に、彼女のすすり泣きは深まるばかりだった。ファンは外を一緒に歩きたい、と言った。

二人は手をつないで何も言わずに歩いていると、絵未子は少し落ち着きを取り戻した。頭上低く、飛行機が轟音を上げて飛んでいた。多分海外のどこかに向かっているのだろう、と彼女は思った。ファンが立ち止まった。「それで、こんなことは言いたくないんだけど、君が買った航空券のことなんだけど・・・」

絵未子は目を閉じてうなずいた。「今日電話してキャンセルするわ」

二人の計画は何もなかったことになった。

二人が一緒の最後の夜、愛が悲しみを乗り越えてくれることを願っていたが、彼女の涙が邪魔をしてしまった。


朝、二人は駅まで一緒に歩いた。ファンはダッフルバッグを、今では傷が癒えて楽々と背負っていた。絵未子は最初に彼を見た時のことを覚えている。彼はとてもゆっくりと歩いていた。怪我をしているとは気づかなかった。今、足を引きずるようにしているのは絵未子の方だった。これからの六か月の間、ファンの生死を心配していなければならないのだから。

「手紙を書くよ」とファンは約束した。「返事を書いてくれるね」

「書くわ」

「必要な時のために少しお金を置いておいた。その書類をカスミさんに返してください。たぶんベ平連は他の誰かのためにそれを使えるだろう」

茶色の大きな酒瓶を積んだ三輪トラックが、小さくクラクションを鳴らして二人の近くを曲がっていった。絵未子は二人が道の真ん中で立ち止まっていることに気付いた。駅に向かて進むのが嫌だったので、ファンを抱きしめた。自転車が鈴を鳴らして二人を避けて通り過ぎた。

彼女はファンの手を取った。「この前、この脇道に小さな神社があるのに気づいたの。それで･･･」彼女は彼をそこに連れて行った。その神社はチケット売り場ほどの大きさもなく、見捨てられているのか忘れ去られているかのようだった。「ここなら、あなたは間違いなく霊魂が聞いてくれるように拍手ができます」と彼女はからかった。彼女も手を叩いた。

その礼拝に応えるかのように、二人は大きなガタガタという音がするのを聞いた。絵未子は驚いて周囲を見回した。神社の隣の店のドアが開いた音だった。着物を着た腰の曲がった老婆が頭を下げて挨拶した。店の棚には鮮やかな赤、青、金、オレンジのお守りがずらりと並んでいた。絵未子は赤いお守りを買って、それを吊るすための紐も頼んだ。

「これはあなたに」と絵未子はファンに言った。「あなたが無事でも戻れますように」首にかけると、店の老婆は拍手をした。

絵未子は王子駅までずっと一緒に乗って行った。車内では、背広を着た男たちが座って、あるいは立ったまま新聞を読んでいた。中には分厚い漫画本を読んでいる人もいた。隣の男が夢中になって読んでいたマンガを、絵未子はこっそりと覗き込んだ。制服を着たり脱いだりする女子高生を盗み見している男の話だった。Hi Crass Bar での二度の夜のことを思い出して、口の中が酸っぱくなるような気がした。そして源治との経験。ファンを愛することは、そうした心の中のすべてのことを忘れさせてくれた。彼女は愛とは何かを学んだ。そして今、彼女はそれが永遠に奪われる危険にさらされていた。

「とても病院にまでは行けないわ」と王子駅のタクシー乗り場でファンに言った。彼女の心は今、負傷した男たちの姿を見ることができなかった。次のタクシーが来るまで、彼女は横目で見ている周りの人の視線を無視して、震えながら彼を抱きしめた。

「六か月だけだよ」とファンは彼女の耳元でささやいて、彼女に別れのキスをした。タクシーが走り去るとき、彼は窓から彼女をずっと見ていた。

悲しむ姿を他人に見られたくなくて、絵未子は急いで駅に戻り、洗面所を見つけ、冷たい水で顔を洗った。六か月間。六か月間、ファンは狂った世界で生きていかなければならない。

二十六　招かれざる乗客

雲をりをり　Clouds come from time to time—
人を休むる　forcing men to break
月見かな　from looking at the moon.

ー　松尾芭蕉

王子病院の医者はファンのことを覚えていなかった。「肋骨?見てみましょう。痛みますか?歩けますか?大丈夫ですね。これで、君の隊に戻れますよ。Keep your head down.」医者は『頭を下げて、撃たれないように』と言ってくれた。

キャンプ座間に向かうバスは満員で、十八歳から二十四歳くらいのアメリカの兵士ばかりだったが、お互いに話しを交わすことはなかった。ファンと同じように、彼らは窓の外の景色がコンクリートの灰色から緑に変わっていくのを眺めていた。ファンと同じように、ほとんどの人がリハビリを終えて任務に復帰して行くのだろう。彼はその中にも、好きになった女の子を置いて行かざるを得ない者がいるのではないかと思った。

自分は『脱走』できないと決めるのを、最後の最後まで、待たなければよかったと思った。絵未子は彼の身を守りたい一心でいてくれたので、ファンも自分はそうできると確信していた。しかし、最初から自分が脱走兵になれないとはっきり言っていた方が良かったのではないだろうか。そうすれば別の計画も立てられたはずだ。

彼は絵未子があの小さな家に残って過激で、たぶん暴力的な意図を持った男の下で働くことが嫌だった。あの少年があの銃を運んでいたことを警察に話すように彼女に言うべきだった。それを知った時は、彼はまだ二人はスイスに行ってしまうのだからと考えていた。

キャンプ座間は、緑豊かな日本の田園地帯に押し付けられた、広大で醜いアメリカのコンクリートの板だった。それは巨大なものだった。それに比べれば、グラントハイツは、おもちゃの村のように見えた。ファンは司令官室で書類を見せた。彼は座間で一泊して、翌日、ベトナムへ戻るの飛行機のために横田までバスで送られることになった。

兵舎は病院と同じくらい大きかった。ここでも彼は一番上の寝台をあてがわれた。だが今回は簡単に登れた。ウォルターのような話し相手はいなかった。それに、彼は誰とも話したくなかった。横になった彼は、眠る前に、購買部PXで買ったメモパッドに手紙を書き始めた。

横田基地に向かうバスの中は、前日よりもさらに暗い雰囲気になっていた。空は雲が重く覆っていた。誰もがベトナムに戻るのだ。二人の男たちが、不安をごまかすように大声で冗談を言い合った。一人の十八歳くらいの少年は、すでにかじり尽くされた指の爪を噛んでいた。何人かはトランジスタラジオを持っていて、クリーデンス・クリアウォーター・リバイバルの『フォーチュネイト・サン』やジョン・レノンの『平和を我らに』などを小さな音で聴いていた。ファンの前にいた背の高い痩せた少年は、バスの行き先を変えようとするかのように、座席を前後に揺らし続けていた。

空のバスが一台、すでに滑走路のエプロンに停まっていた。ファンの乗ったバスが止まった時、待っていた軍曹がバスのドア越しに叫んだ。「我々は深く謝罪する。諸君、チャーター機はすでに満席だ。従って我々は諸君を我々の豪華な双発C―7カリブー型貨物輸送機に押し込まねばならない。何か尻の下に敷くものを用意してくれ」

バスの兵士たちは、すぐに輸送機に乗らされた。ファンは金属の床に座り、外壁にもたれかかることができる場所を見つけた。誰も声を出さなかった。通路に沿って靴音だけが聞こえた。キーキーとかガチャガチャという何だかわからない音がした後、輸送機は滑走路を走った。外を見る窓はなかった。飛行機は急に飛び立ったので、兵士たちはドミノ倒しのようにお互いに倒れ込んだ。床から氷のような冷たさが上がってきて、ファンは尻を凍らせた。彼はダッフルバッグから上着を引っ張り出して尻の下に敷いて座り直した。

輸送機のゴロゴロした騒音で会話ができなかった。その上、薄暗くてお互いの顔が見えない。ファンは考え続けた。『六か月、それで終わりだ』と。彼はシャツの下に手を伸ばし、絵未子がくれたオマモリを握りしめた。

輸送機のずっと続く騒音は結局彼を眠らせた。どのくらいの時間かはわからない。輸送機が乱気流にぶつかったときの急な落下で彼は目を覚ました。彼の手はまだお守りを握ったままだった。絵未子が何かを伝えようとしている夢を見ていた。

機内の視界はまだかなり狭かったが、彼の目は調整していた。機内の反対側にもたれかかっている兵士の列がだんだんと浮かび上がって見えてきた。彼の真向かいにはジョス中尉がいて、じっとファンを見つめていた。

二十七　もう一つのサヨナラ

一方の手の指で永遠に触れ、一方の手の指で人生に触れることは不可能である。
For clearly it is impossible to touch eternity with one hand and life with the other.

—— 三島由紀夫、金閣寺（第五章）

絵未子はこの小さな『裏の家』では一人で寝たことがなかった。彼女はファンのいない家には戻りたくなかった。でも彼女はそうするしかなかった。

ファンがテーブルの上に置いていった偽造書類とお金はまだそこにあった。彼女はそれを押入れの中の棚に移した。その棚には父の青と白のスカーフがきちんと畳まれていた。彼女は卓袱台のそばの畳の床に倒れ込んだ。そこにはファンが彼女にプレゼントした鉢があった。母の鉢にとても似ていた。彼女は無理して立ち上がり、お茶を入れることにした。台所の棚の上には、柿のパイの最後の一切れがあった。

ここに住み続ける理由があるだろうか？絵未子は父を探すのをあきらめていた。タカシは怖い存在だし、べ平連の事務所のカスミも、彼は危険だと警告していた。『新橋で一緒に暮らさない？』というマリコの申し出を受け入れることもできた。小さなアパートだが、少なくとも一人ぼっちにはならないだろう。北山に戻って叔母の順のところに行くのもいいし、工場で部品を組み立てる仕事に戻ることもできる。でも本当は、彼女は実際に好きな仕事を見つけていた。彼女は自分を翻訳者にしようと考え始めていた。もう少し経験を積めば、どこかで仕事を見つけられるかもしれない。彼女は深く息を吸った。少なくともしばらくは、タカシの仕事に賭けてみよう。

その夜寝る前に、絵未子は外の空気を吸おうと玄関のドアを開けて外へ出た。鬱蒼とした暗い夜だった。星を隠す雲の向こうには、月の光の一片だけがちらついていた。彼女は抜け道の端でガサガサという音を聞いた。二つの光る目が彼女に向かって動いた。彼女は息を吸い悲鳴をあげそうになったが、それは二人がクロと名づけた黒い犬で、ファンが毎晩現れるたびに、あげた肉を取りに来ていたのだった。

彼女は冷蔵庫に走って行った。肉はまだ少し残っていた。彼女は肉を一切れ、切り落としてまたドアを開けた。犬は耳を尖らせて立ち上がった。おそらく絵未子ではなく、ファンに会えることを期待していたのだろう。絵未子が肉をかざすと、犬は尻尾を振った。「ほら、クロ」彼女が投げると、犬はそれを空中でキャッチした。「いい子だ」と歌うように言った。「ごめんね。もうわたしだけになってしまったの。ファンはいないのよ」

布団を敷くと、彼女は掛け布団の中にはいり、二人が使っていた長い枕の上に頭を寝かせた。ファンの匂いが残っていた。

•

柿パイは数日前のものだったが、絵未子は最後の一切れが食べたかった。匂いを嗅いでみた。まだいい匂いがしたので、朝食に紅茶と一緒に食べた。もし彼女とファンがヨーロッパに行っていたら、ファンを励まして彼の父と母との仲を取り戻そうと思っていた。今はできないから、それは待たなければならないだろう。彼女はファンの両親に会うためにプエルトリコに旅行したいとさえ思っていた。それも時を待たなければならない。

ドアの隙間から冷たい空気が吹き抜け、彼女は震えた。そろそろ石油ストーブに火をつけなければならないかもしれない。とりあえず毛布にくるまって、次の翻訳作業を続け始めた。記事は『政権与党の保守的な自民党へのヤクザからの献金』に関するものだった。その翻訳作業に集中することで、彼女は自分の悩みを忘れることができた。

彼女はファンの校正の助けを借りずに英訳していた。そして、翻訳内容に対する彼の意見を聞くことができないので、その代わりに、彼が何を言うかを想像し、それに息を潜めて答えようとしていた。

何度も確認した後、彼女は翻訳したものをタカシのオフィスに持って行った。

「さて、さて。ウシロウチさん。東京日報に、あんたが日本語に翻訳した社説がまた掲載されたよ」

「それなら、給料を上げてくれてもいいんじゃないですか？」

「それは無理だ。それに直接、新聞社に連絡しないように。あんたは私のために働いているんだから」

サトルの部屋のドアは閉まっていて、ラジオの右翼の長広舌は聞こえて来なかった。絵未子はサトルはいないのかと尋ねた。

「彼は特別な任務に就いている」タカシの唇はいつも以上に両サイドが鋭くカールしていた。「あんたは、あいつの仕事には関わるなと言っているだろう」

絵未子は早く他の雇い主を見つけたほうがいいと思った。彼女は駅に向かって歩き、成増デパートの文房具売り場を覗いてみた。りんどうの絵がエンボス加工された便箋と封筒の箱がぴったりだった。りんどうの絵を見て、ファンに彼がくれた鉢に花びらを浮かべた日のことを思い出してほしいと願っていた。

ファンへの最初の手紙を書き始めようと卓袱台に向かって座っていると、ラジオからファンが好きだった曲が流れてきた。

三日おくれの便りをのせて
船が行く行く 波浮（はぶ）港
いくら好きでも
あなたは遠い波の彼方へ
いったきり
あんこ便りはあんこ便りはあゝ
片便り

Carrying letters three days old,
The ship surges out from Habu port.
No matter how much I love you,
you're so far away—
Vanished to the other side of the waves.
Anko girl's letter?　Anko girl's letter?
Ah, no response.

絵未子はペンを置き、卓袱台の上に泣き崩れた。ファンを失った彼女の痛みはすべて、涙に一度に蒸留され、彼女の腕を流れ伝わったように感じた。

彼女がラジオ局を変えようと頭を上げた時、ニュース速報で歌が中断された：

『警察によると、永田町の日本社会党本部付近で計画されていたテロ攻撃は、化学兵器爆弾が誤って発動したことで未遂に終わった。付近にいた人、数名が聖路加病院に搬送され、毒ガスにさらされた可能性で治療を受けている』

『警察は、事件発生時に建物を出ようとしていた勝間田清一日本社会党党首が襲撃の標的だったのではないかとして捜査している模様です』

絵未子はラジオの音量を上げた：

『青い制服を着た若い男が茶色の小包を社会文化センターの階段の近くに置いたとの目撃情報があります。爆発した時、その男が小包を開けたように見えた、と言うことです。この若い男は聖路加病院で治療を受けており、付近にいて搬送された人たちとは異なり、重体であると報告されています。警察はその男の名前を公表していませんが、病院の関係者によると、那珂国市のスズキ・サトルだということです』

・絵未子は病院のスタッフと話している記者たちの後ろに滑り込み、廊下で看護婦を呼び止めた。「弟なんです。かわいそうな弟なんです。心配なんです。会わせてもらえませんか?」彼女の涙は本物で、看護婦は彼女の言葉を信じた。看護婦は絵未子を病室に連れて行き防毒ガウンとマスクを着せた。その格好でサトルの病室を警備している警官の前を通り過ぎた。

カーテンの向こう側から聞こえてくる周期的なヒスノイズが、病室に異世界的なオーラを放っていた。サトルの目は恍惚としたように天井に向けられていた。絵未子はベッドに近づいて言った。「サトル。聞こえる?絵未子だよ」

頭を動かさずに、「ウーッ」という、うなり声をあげた。彼女はサトルの目線に寄り添っていたが、サトルは何か遠くのものに気を取られているように見えた。

「サトル、もっと注意をしておけば良かった。君はこんな風になっちゃいけないんだ」

彼は祈るようにゆっくりと手のひらを合わせた。「ウーム・・・、絵未、絵未・・・」

彼女は防御用の手袋越しに彼の頬に触れた。彼の目が広がり、彼女と目を合わせた。彼は彼女に向かって手を伸ばしているように見えたが、そうするにはあまりにも力が必要だった。彼の手は音のない拍手をして崩れ落ちた。

病室の明かりがざわめき、ちらつきました。サトルの目が白くなった。微弱な光の中で、彼の肌は金黄色になった。彼は死んでしまった。

看護婦が絵未子を廊下に出した。警察官の前で防護服とマスクをした男女が立ち止まった。彼の両親に違いない。

「うちの子は何をしたっていうの?」と母親が泣いていた。「あの子はどこ?」

マスクをつけた警官は、看護婦を指差した。「たった今お亡くなりになりました」と看護婦は言った。「ご愁傷様です」

「ああ、息子は」彼の父親はつぶやいた。マスクを通して。彼はため息をついた。「少なくとも私たちは、息子が刑務所に行くという恥を被ることはなくなった」

絵未子は前に出て言った。「サトルはいい青年だったんだよ。彼は自分は良い事をしていると思っていたんです」

「いえ、いえ」母親は言った。「私たちは、あの子には失望していました」父親も同意してうなずいていた。

サトルが感じていたと同じように、その両親の態度に傷つきを感じた。彼らの目に映るサトルを、持ち上げたいと思ったのだった。そして、それを実現するための手っ取り早い方法は一つしかないと確信した。「残念です」と嘘をついた。「サトルは日本電子計算機コンピュータ専門学校に合格したばかりだったんです」彼女は重々しくそう言った。

「へー、そうでしたか・・・」と父親が息を吐いた。絵未子には防毒マスクの向こうのその笑みは見えなかったが、声は聞こえた。サトルの母親は自分の胸の上で手を結んだ。

二十八　証拠隠滅

世に神有むくひあり　隠してもしるべし　人おそるべき此道なり
But there are gods and there is retribution. Every secret will be made known.
ー　井原西鶴、好色五人女（巻二　情を入し樽屋物がたり）

サトルの病室のドアの外に立っていた茶色のゴツゴツした背広に身を包んだ男が警察の記章を取り出し見せた。「警視庁公安です。どうやら犯人を知っているようですね。いくつかお聞きしたいことがあります」

「実はわたし、彼のことをよく知らないのです」

「それでも彼のご両親とのあなたの会話を聞いたので。私と一緒に本庁まで来てくれますね」彼は彼女を病院の裏口に停めてあった車に案内した。制服を着た警官が運転していた。赤く点滅するライトとサイレンの音のおかげで、報道陣の車や交通量の多い霞ケ関の警視庁本部までの道のりを、絵未子が考えを整理する時間がないうちに駆け抜けていった。

彼女とサトルが同じ人の下で働いているとか、サトルにタカシの仕事を紹介したのは彼女だとかを説明するのはやっかいだった。そして、サトルが武器を運んでいたことを知っていながら、警察に届け出ていなかったこととか・・・。

刑事は彼女をエレベーターに乗せて、むさ苦しい部屋に連れていった。絵未子は机の上の名札を目に留めた。藤原警部。警部は、角縁の眼鏡をかけた女性を部屋に呼び、絵未子の向かいに座ってメモを取るように言った。絵未子は自分の名前と住所、そして戸籍にある出生地を告げた。

「どこで働いているんですか？」

「アドボカシーエージェンシーで翻訳の仕事をしています」彼女はタカシの名前も言った。「その人の苗字は知りません」

「その人の下で働いていて、苗字も知らないのですか？」警部はペンを置いて、記録担当の女性に合図を送った。「ちょっと待っててください」

女性はファイルを持って戻ってきて藤原の机の上に置いた。彼はリストに指を走らせた。「もしかして中村？あなたは知らないのでしたね？」彼はフォルダをめくって写真をかざした。「この人ですか？」

そうだった。

「べ平連の支援者だ」

絵未子はうなずいた。

警部は再びメモを取っている女性の方を向いた。「べ平連のファイルを持ってきてもらえますか？」

絵未子が落ち着く前に、警部は別の写真を掲げていた。「これはあなたですか？外国人と一緒にベ平連の事務所に入ったのはあなたですか？」

彼女は息を飲み込んだ。「ええ」日本人がアメリカの軍人の脱走を助けることは、違法ではなかったが、日本の警察は脱走者を自ら逮捕して、米軍に引き渡さなければならなかった。

「この若い男は今どこにいる？男を隠しているのか？」

「あの人はベトナムに戻りました」

「あなたの家を家宅捜索する前に、それは確認する。あらかじめ連絡なしに動くことは許されない」

絵未子の心臓はバクバクしていた。ファンの偽造パスポートと書類をカスミに返す時間がなかったわ。脱走者を助けるのは違法ではないが、偽造書類を所持するのは間違いなく違法だ。

警部はファイルを閉じた。「鈴木悟をどうして知ったんですか？看護婦さんに弟だと言ったそうだね。さっきは、ほとんど知らないと言っていたが」

「列車の中で知り合いました」

「ボーイフレンド？」

「いいえ、彼は仕事が必要だったので、わたしは・・・」

警部もメモ係も彼女をじっと見ていた。彼女の話が終わるのを待って。

「わたしは彼に仕事を見つけてあげた」

「続けて。どこで？」

「配達員として。私が働いているのと同じ男のところで」

「中村鷹四の？」

「はい」

藤原はペンで頭を掻いた。「わかんないなあ。鈴木悟が仕掛けた化学兵器爆弾は、日本社会党本部の真前で、ちょうど昼休み前だった。大勢の職員が出てきたところだ。党首の勝間田清一も含めて。ベ平連は、自分たちの大義を支持している党を攻撃して何をしようというんだ？」

絵未子は肩をすくめた。「わたしは政治のことはまったくわかりません」今こそタカシの右翼過激派のこと、銃の配達のことを警察に話すべきだったが、自分もその一味だと思われたくなかったのだ。

「わかった」と警部が言った。「中村鷹四を連行して事情聴取する」と警部は言った。

・

警察が家宅捜索をする前に、絵未子がすぐに処分しなければならないものが二つあった。一つは、彼女が翻訳する予定だった右翼系の破壊的な資料。彼女は報告書を畳の床に広げて、破壊的な帝国主義のプロパガンダとそれ以外のものに分けていた。反政府的なものは鷹四のオフィスに戻し、残りは作業を続けるために取っておくつもりだった。警察には、自分は翻訳者だと言っていたからだ。

鷹四のオフィスのドアが開いていた。彼女が最初に気付いたのは、壁から地図が取り外されていることだった。壁の一面に置かれていた木の棒がなくなっていた。床には何も荷物が置かれていない。

タカシの机の上はすっきりと片付いていたしていた。彼女は関わりたくない文書の山を椅子の上に下ろした。

悟の部屋のドアも開いていた。息を吸って足を踏み入れた。そこには悟の布団があった。そしてラジオ。雑誌が小さな山になっている。ここにあるものは全て彼女が最後に見た時と同じだった。悟がいなくなったことを除けば。

彼女は膝をついて顔を押さえていた。もし、悟に別の仕事を探すように頼んでいたら、悟は耳を傾けてくれただろうか?悟の仕事が見つかるまで、それを最優先にすべきだったのだろうか?もう手遅れだった。袖で涙を拭きながら、彼女は顔を上げた。悟の部屋の隅に、きちんと畳まれたTシャツがあった。Give Peas a Chance. 彼女はそれを手にとって部屋を出た。

次に、彼女はファンの偽造書類を処分しなければならなかった。彼女は押入れの中の棚からそれを取り出した。ベ平連のボランタリーの寄付金で賄われていたので誰か他の人のために使えればいいと思っていたが、今すぐにカスミに返すのはよくないと彼女は考えた。明らかに警察はあの場所を監視していた。一番安全なのは、破棄することだった。

彼女はマッチの箱を持って、自分のトイレよりも深いタカシのトイレに入っていった。彼女はしゃがんでパスポートのページを次々と切り取り、火をつけて床の臭い穴に落とした。それから資金援助の手紙、それからファンのスイス行きの切符とオンタリオ州の運転免許証。最後に、彼女は自分でキャンセルしたスイス行きのチケットを燃やした。

絵未子がトイレから出てきた矢先、パトカー二台がタカシの家の前に入ってきて停車した。絵未子は廊下を通って母屋の裏口から出ようとしたが、制服を着た警官に見とがめられた。「お嬢さん。尾関さんですか?お話ししたいことがあります」

他にも二人の警官がすでに鷹四のオフィスを捜索していた。引き出しから書類を取り出し、写真を撮っていた。絵未子は、そのうちの一人が、先ほど椅子の上に置いた文書の束を包んでいるのに気がついた。彼女を呼び止めた警官は、「あなたの雇用者の中村鷹四はどこにいますか?」と尋ねた。「えっと・・・上の階かな?」彼女は、タカシは既にきっと何処かへ逃げていると分かっていた。

「二階はもう調べましたよ」

一番背の低い警察官は、彼女を手で招いて部屋の隅に連れて行き、やさしく話しかけた。「素直に答えてください、尾関さん。あんたがテロリストじゃないなら、あの男の居場所を言えるでしょう」

彼女は再び、銃のことや、銃が保管されている過激派雑誌の事務所を訪れたことを話す機会を得た。でも、今のところは、鷹四の仕事のことは何も知らないと言った方が無難なように思えた。

「わたしは彼がどこにいるのか知りません」

「あとで連絡するかもしれません」と担当の警察官は言った。彼は彼女が廊下を歩いて小さな家の方に出ていくのを見ていた。

絵未子は冷蔵庫の中の残り物をかじっていたが、腹は減っていなかった。パトカーのドアがバタンと閉まり、走り去る音を聞いた。ファンはいない。鷹四の家には誰もいない。絵未子は玄関のドアを開けて外を見たが、黒犬のクロは肉を取りには来ていなかった。

絵未子は布団に横になったが、なかなか寝付けなかった。頭の中では、病院のベッドに横たわっている悟が自分の名前を言おうとしているのが聞こえていた。起き上がって見ると、サトルが着ていたTシャツが目に入った。シャツを顔にあてて、それを胸に抱きながら眠りに入った。

・

翌朝、彼女は目を覚ますと、部屋の完全な静けさに圧倒された。前日のことが悪夢のように思えた。彼女は一人になり、どうすればいいのかを決めなければならなかった。

鷹四はいないし、それも警察に追われている状況では、彼女にはもう仕事がないように思えた。鷹四が借りたこの家の大家にも会ったことがなく、家賃の支払いがいつなのか、いくらなのかもわからない。マリコは、たぶん少しの間は自分の部屋に住まわせてくれるだろう。しかし、そこは狭すぎる。北山に戻って、叔母の順のところに泊まることもできるが、それは最後の手段になるだろう。

しばらくの間は、他の仕事を見つけて、なんとかやっていくしかない。彼女はまだ源治からの香典のほとんどをそのまま持っていた。彼女は鷹四からの給料も少しあった。そして、ファンは彼女が思っていたよりも多くのお金を残していた。難しいかもしれないが、彼女は翻訳家になりたいと思っていた。ファンがいないと寂しいけれど、できるだけ長くこの場所にいたいと思っていた。

ため息をつきながら、彼女は畳の床に積まれた文書の山から記事の原稿を一つ手に取った。それは、ヤクザによる麻薬と武器の密輸の暴露記事のものだった。銃はカリフォルニアの業者からヤクザに出荷され、日本で売られていた。ヘロインなどの麻薬は、タイから日本の米軍に流通させるために船荷で送られてきた。

絵美子は、サトルが横浜で荷物を受け取っていたことを思い出し、寒気を感じた。そこが武器や麻薬が日本に入ってくる場所だとその原稿には書かれていた。彼女はさらにそれを読んだ。内容は直接的な証拠を引用して詳細に書かれていた。薬物密輸の裏にいたのは日本の商社、源佐総合商社だった。源治の会社である。

原稿の末尾には、執筆者の名前があった。尾関博治。絵未子の父の名前だった。

二十九　戦死

京中、六波羅、「すは、しつるは。さみつる事よ」とぞ囁きける。
（京都の人々は「悪行の報いが来たぞ」とささやいたという）
"Ah, his deeds have come home to roost," people whispered in the city….

ー　平家物語（巻第六・入道死去）

C–7カリブー型貨物輸送機は滑走路で跳ね返り、ファンに衝撃を与え、肋骨が完全に治っていないことを思い知らせた。中央高地のプレイク空軍基地。彼は元の場所に戻っていた。光の中で目を細め、飛行機のドアから外を見た。雨季は終わりを迎え、滑走路を囲む何エーカーもの原生林の土は薄茶色に乾いていた。白い屋根のこぢんまりとした兵舎と補給用の小屋が見渡す限りに広がっていた。

ジョス中尉はファンのシャツを掴んでタラップを降りた。「待てよ、ゴメス。兵舎に着いたら、部隊に残っている隊員に言うんだ。『トラブルメーカーに何が起こるか』ってな」

基地の中を走ると、トラックのバンパーに座ってバドワイザーの缶のビールを飲んだり、積み荷台の日陰でトランプをしたりしている男たちの前を通り過ぎた。いたるところの蒲鉾兵舎からは、大音量のアメリカからのプロテスト・ソングが鳴り響いていた。ファンは初めて、制服に平和のバッジをつけた兵士がいることに気づいた。負傷するまでの数週間にこの基地にいたが、その時とは雰囲気が変わっていた。

ブレイクは簡易ベッドから飛び起きた。「よう、ファン。会えて嬉しいよ。ぼくたちは、お前は死んで故郷に戻されたのだろうと思っていたよ」彼はファンの身体を、その一部がなくなっていないか確認するように見ていた。「アランはどうした?彼は君と退避したね」

「悪い知らせだ」ファンはアランがブレイクの親友だったことを知っていた。「彼はやられたよ」

ブレイクは簡易ベッドの上に倒れ込んだ。「クソ野郎のジョス。彼は間抜けだがそれ以上に悪いことに『クソ意地が悪い』奴なんだ」

ジョンソン軍曹がそれを聞いてやってきた。「お帰えり、ゴメス。アラン・リッグスのことを聞いたよ。残念だな。俺たちも仲間を失った。ウィル・ヒューズだ」ジョンソン軍曹は白い髭をこすりながら言い始めようとしたが、それ以上は言わなかった。

ブレイクは「ヒューズはジョスのことで大尉に文句を言っていた。彼は隊長が調べる前に、斥候作戦で撃たれてしまった。ジョスはそれを確認した」

ビッグホーン作戦の失敗の直前に、ジョンソンの部隊に配属された若い新兵が近づいてきた。「あなたが戻ってくるなんて信じられないよ、ファン。大怪我をしたのだから、除隊して故郷に帰れると思っていたよ」

「しばらくはここがぼくの家のようだ。ライリー」

「我々の政府がここでタオルを投げるまでだ。ニクソンは君がリハビリをしている間に三万五千人の兵士を撤退させた。新聞によると、それはほんの始まりに過ぎないらしい。我々は事実に直面し始めている。我々は戦争に負けたということだ」

ジョンソン軍曹は反対した。「新しい段階なんだ。それだけだ。和平とベトナム化だ。掃討作戦で村を和平化し、ARVNに引き継がせる。」

ブレイクは笑った。「それをジョス中尉に言えよ。あいつは、村人はみんなベトコンだと思っている。アラン・リッグスのような奴が彼を説得しようとして、どうなったかは見ての通りだ。味方からの誤射だよ」

「我々の監視下では二度と起こらせない」とジョンソン軍曹は約束した。「軍の倫理規定に違反するような命令があれば、すぐに私のところに来てくれ。これからは中尉に勝手なことはさせないことを誓う」

分隊はファンを食堂に連れて行き、バドワイザーをたくさん飲ませた。ジョンソン軍曹は、犯罪捜査課CIDがジョスを調査していると聞いていた。ファンが事件は取り下げられたと言った時、彼は罵った。「カリーが告発された直後だったからな」ジョンソンは唸った。「軍はもう一つのスキャンダルを処理できなかったんだ」

「自分たちで何とかしよう」ブレイクは酔っていた。

「その話はもういい」とジョンソンは吠えた。しかし、ジョンソンは皆にもっとビールをおごった。「話題を変えよう。ファン、日本人女性はどうだった？」

まるで予告編が終わり、本編の長編映画が始まるかのように、分隊全員が黙り込んだ。ファンは、彼らが次から次へと女性との性的な火遊びの物語を待ち望んでいることを知っていた。彼が絵未子の名前を口にしたいと思うような状況ではなかった。「そう、ぼくは負傷していたので・・・」

ジョス中尉が食堂に入ってきて、ファンの分隊に向かってふらつきながら、近づいた。彼はビールにハシッシュを混ぜるのが好きなことで知られていた。「おねえさんたち」と彼はモゴモゴと言った。「明日の 0600 に屋根付きのトラックが兵舎の前まで迎えに来る。没収された『土民』米を薬局から百ポンドの袋に入れて、積む準備をしておいてくれ」

ジョンソン軍曹は敬礼した。「承知しました。捜索・排除巡回ですか？」

「そのようなものだ。通訳が必要だ。大尉の話では平和な村のグック（土民）たちが爆発音を聞いたと言っていた」

「小隊に伝えておきます」

「小隊全員は必要ない。君の分隊で十分だ」

「リッグスとヒューズがいなくなって、私と三人になりました」

「三人か。三人の猫ちゃんか？明日、0600 朝六時だ。軍曹」

・荷台に覆いのある緑色のM七一五トラックが兵舎のドアのそばに停車した。ブレイクとライリーはテールゲートを開け、米の入った大きな袋とロケットランチャーを入れて、背の低いベトナム人通訳のヴェーと一緒に乗り込んだ。ジョンソン軍曹が運転し、ジョス中尉が助手席に乗り、ファンは二つの座席の間にある弾薬箱の上でバランスを取っていた。基地の西ゲートでは、警備員が車内と荷台の中を覗き込み、軍用犬があちこちを嗅ぎまわっていた。「ロング・ホ村の安全確認だ」とジョスは警備員に言った。警備員はクリップボードで確認して敬礼した。

基地の削られた土地から離れたところには、陸軍工兵隊がジャングルの中を通って切り開いた未舗装の道の近くまで力芝や木々が伸びていた。ファンは以前、小隊がカンボジア国境までベトコンを追い詰めた時、ここに来たことがあった。空気はとても湿っていて、液体のように飲むことができそうな気がした。汗がファンの顔を伝い、弾薬箱が尻を痛めた。トラックは轍や穴にはまりながら走った。

「戻れてよかったな」とジョンソンは冗談めかして言った。

「まあね」ファンはさっぱりと言った。実際、彼は自分の小隊に戻ってメンバーと一緒にいるのが好きだった。パトロールに出かけると、神経が高揚するのだが、こういうのは決して嫌いではない。

ある場所では、倒木を避けて迂回しなければならなかった。他の場所では、ファンはトラックから飛び降りて水たまりの深さを測らなければならなかった。車が迂回して移動しなければならない場所はいくつもあった。彼らがロング・ホ村につながる泥の道まで行くのに、正午までかかった。「それを通り抜けろ」とジョスは命じた。彼は地図を確認した。「ここから一クリックで着く」

トラックは泥道を滑って、タイヤはうめき声をあげながら、やっと空き地にたどり着いた。茅葺き屋根の家の前には、男も女も子供も並んでいた。彼らはトラックが来るのをしばらく前から聞いていたに違いない。

ジョンソンがトラックを止めた。「ヨウイー」とジョスが叫んだ。「何ですか、中尉?」

「お前には何の興味もないだろう」とジョスは言い捨てた。「可愛いい子がいる。運転を続けろ」

村人たちは家の前に並んでいた。米兵がトラックから降りると、中には頭を下げる者もいた。ブレイクとライリーは米を降ろし、何人かの村人に案内された家の裏にある小屋に運んだ。「A合衆国の好意だ」とジョスは大声で言ったが、通訳のヴェーはファンに、米袋には北ベトナムのラベルがついていると言った。ジョンソンは、唯一ライフルを手に持っているファンに、援護をするようにと言った。

通訳ヴェーは、村人たちが報告した爆発について尋ねるために、年長の男に近づいた。ジョンソンは地図を持ってきたが、男はそれを見ようとしなかった。ジョンソンは泥の道を指差し、身振りで未舗装の道の西の方角を示した。

「この道を三キロほど上ったところです」とヴェーは訳した。「仕掛け爆弾」のような大きな音。砲弾やロケット弾のような大きなものではない。三日前だった」

「三キロメーター」ジョンソンは顎をこすった。「西に行った時の距離だ。我々は地雷も罠も仕掛けていない。怪我人は？」

「いない」とヴェーは訳した。「ここが国境の前の最後の村だと言っている。怪我人も行方不明者もいない。動物だったかもしれないと言っている」

「見てみるしかないな」ジョンソンは地図を調べた。「その地域はすでにクリアしたんだ。爆撃もしたし。「仕掛け爆弾」を見逃したんだろうな。現実を直視なくては。ここらの人たちはこの先何年も仕掛け爆弾や地雷を踏むことになるだろうな」

村の一軒の家から、女の子の突き刺すような悲鳴が聞こえた。ジョスは十三歳以上とは思えない少女を腕を掴んで引きずっていた。彼女の長い黒髪が水色のドレスの上で揺れ、自由になろうともがいた。ジョスは少女をトラックの荷台に載せようとした。

ファンは、泣き叫んでいる少女をトラックの荷台に載せようとしているジョスを見た。ジョンソンとヴェーは信じられないという顔で凍りついているようだった。「中尉、やめてください」とジョンソンは叫んだ。ファンはトラックに向かって走った。しかし、ファンが近づく前に、少女の父親がジョスを倒した。一瞬にして、彼は肉切り包丁でジョスの首を切り裂いた。ジョスは地面に崩れ落ちた。

ジョンソンとヴェーは急いでジョスを助けに行った。少女は家の中に逃げ帰っていった。父親は、血まみれのナイフを足元に落として、死を覚悟しながらも、そこにこわばって立っていた。ファンはライフルで狙いをつけた。二人の目が合った。二人とも凍りついて立ち、お互いを見つめていた。ファンはゆっくりとライフルを下ろした。

「彼は死んでいる」とジョンソンは叫んだ。ジョンソンは振り向いて、少女の父親を見た。まだ銃撃隊の前で直立不動でいるかのように立っていた。「ゴメス、その男を見ていろ。ブレイクとライリーは一体どこだ？」

二人は家並の後ろの小屋から走ってきた。「叫び声が聞こえたが」

「ジョスは死んだ」ジョンソンは彼らに言った。「君たち二人は、ジョスをトラックに運ぶのを手伝ってくれ」彼は、仏像のように動かずに立っている少女の父親を見ようと、もう一度振り返った。「ヴェー、その男に言って、娘が大丈夫か見るようにと言ってくれ。そして、決して他の誰にもこのことを言うなと。さ、トラックに乗って、みんな、ここを出るぞ」

ブレイクはファンの前の席に座った。「あいつを撃たなかったのか？逮捕もしなかったのか？」

ファンは首を振った。「ジョスは娘をレイプしようとしていた。君は見なかっただろうが」

「何んんてことだ」

「それと軍曹」ファンは言った。「あの父親のことは報告しないで欲しい。報告すれば、チャドウェル大佐は報復のために、ヘリを送り込んで、村全体を爆撃するだろう」

ジョンソンはうなずいた。「そうだな。そして、死体の数を数えるために俺たちをまた送りこむだろう」

ファンは、「でも、ジョスがナイフで刺されたことはバレるだろうな」と言った。

「いや、そんなことにはしない」とジョンソンは険しい顔で言った。ファンもブレイクもそれ以上質問をしなかった。

彼らは道の端まで車を走らせた。そこは、村人が爆発音を聞いたと言っていた場所だ。ジョンソンはメンバーを車の荷台の前に集めた。「みんなよく聞け。もしジョスを喉を切り裂かれた状態で基地へ戻したら、あの村は焼き尽くされてしまうだろう。だからジョス中尉は仕掛け爆弾を探して事故に遭ったことにする。分かったか?ヴェー、お前はこれに賛同するか?」

ヴェーはうなずき、唇の前に指を立ててシーという仕草をした。

ファン、ブレイク、ライリーはジョスの遺体を道路の向こうの背の高い草むらの奥の深い溝に運んだ。ジョンソンは彼らをトラックに呼び戻し、少し離れた場所に車を走らせ、停車させた。「トラックの中にいろ」と彼は全員に言った。「すぐに戻る」ジョンソンはヘルメットをかぶり直し、溝に向かって走って行った。

間もなく、ジョンソンは自分たちに向かって全速力で戻ってくるのが見えた。彼がトラックに到着した瞬間、溝から大きな爆発音がした。ジョンソンは息を切らしながらトラックにもたれかかった。

「よし、お前たち。彼の残骸を見に行こう。ブレイク、ヘリを呼んでくれ」

「死体に手榴弾なんて初めて聞いたよ」とライリーは言った。

公式な報告で、ジョス中尉は誤って、仕掛け爆弾に接触して死亡したということになった。

三十　敵対

世の中いとわずらわしく、はしたなきことのみ増されば、
For Genji life had become an unbroken succession of reverses and afflictions.
— 紫式部、源氏物語（須磨）

絵末子は、父が書いた源佐総合商社の犯罪行為の暴露記事の原稿をコピーして宛先を書いた封筒に入れ、成増の郵便局の私書箱に納め、池袋までの満員の電車に乗り込んだ。源治の事務所に向かう地下鉄はさらに混雑していた。頭上のつり革にしがみつきながら、照明のついた窓に映る自分の姿を垣間見た。慌てて出て来た彼女の髪は、乱れて絡まっているように見えた。彼女は気にはしていなかった。

彼女の父の書いた原稿の日付は、父からの最後の手紙の数日前、つまり父が姿を消す数日前だった。その意味するところは恐ろしいものだった。その記事は父の失踪に関連していたのだ。

灰色と紺色の背広の男たちが駅を飛び出し、ビジネス街の高層ビルに向かって歩道を歩いている。源佐総合商社のガラスの扉で、絵末子は一息ついた。彼女は源治本人に会うやり方を知っていた。「仕

事ではありません」と、受付案内デスクの後ろにいる灰色の制服を着た自信のありそうな女性に言った。「個人的な友人の尾関絵未子だと伝えてください」

灰色の上着を着て微笑みを浮かべた若い女性たちが、彼女をエレベーターに乗せ、源治の控室に入り、最後に彼のオフィスに連れて行った。源治は机の後ろから出てきた。「なんて素敵なサプライズなんでしょう」彼は出入り口にいた秘書にの女性にお茶を持ってくるように合図した。

「お茶は結構です」

源治は秘書に部屋から出るように手を振った。源治の顔は、絵美子が覚えているよりも老けていて、しわが増えていた。久しぶりとはいえ、髪の毛が白髪になっていた。彼の会社が資金洗浄で捜査されていると新聞で読んだことがある。

彼女はバックパックのチャックを外し、父の書いた原稿を源治の机の上に叩きつけた。

源治はそれを手に取った。源治の口が大きく裂けた。「これは何だ?私は唯一のコピーを持っていると思っていた」

「違っていたようね」

「あそこに私と座って」彼は柔らかいマルーン色のソファで彼女にもたれかかった。「私のところへ来てくれるのを願っていた。・・・の件で気が変わったときには」彼は記事を絨毯の上に放り投げた。

「どこでそれを手に入れたのか知らないが、金が必要なら私を脅す必要はない。頼めばいいだけだ」

彼女は身体を、彼の手が届かない距離に離した。佐藤にあの時に感じた素朴な興奮は、今では純粋な怒りに変わっていた。「佐藤さん、父はあの原稿を書いた直後に、母に手紙を送ってきたんです。それ以来、音信不通です。あなたはコピーを持っていると言いましたね。父が持ってきたのでは？」

源治は息を荒くして原稿を見つめた。何度か言葉を発しようとしたが、止まってしまった。しかし源治はついに絵未子と向き合った。「そう。博治が持って来た。事実じゃないと否定するチャンスを与えてくれた」源治は両手を合わせて、「でも、もちろん、否定はできなかった。証拠はすべて揃っていたんだ」

絵未子は待っていた。源治は苦しそうにその光景を追体験しているようだった。両手で顔を押さえていた。「麻薬の密輸が暴露されたら、会社はお仕舞いだ。私は君の父さんに金と会社の地位を提供すると言った。彼は自首するのに二日くれると。二日後には、警察に通報すると言った」

絵未子はなかなか言葉を出せなかった。「で？あなたは何をしたの？」

「そんなことをさせるわけにはいかなかった。だから、ある所に電話した。彼らは、対応する、と言った」

絵未子は息を呑んだ。「そのときよ、父が行方不明になったのは。その人たちは何をしたの？言ってよ」

「私は聞かなかった。彼らは、もう危険は除去したと言っただけだ」

絵未子は、源治がその頃、母に会いに来たと言っていた叔母の順のことを思い出した。「それで北山に来て母さんに・・・何と？お父さんはもう帰ってこないって？父を追い出して、母と復縁したいと思ったの？」

『今でも愛している』と言った。でも、あの人の目には怒りしか見えなかった。もうダメだと思って東京に帰ってきた」源治は顔を背けて呟いた。「その時になって初めて、彼らが君の父さんに何をしたのかを聞いた」

絵末子は唇を噛んで息を止めた。

「それ以来ずっと罪悪感に苛まれている」

「言ってよ。父は死んでしまったの？」

「生きている。タイ北部の柵で囲まれた施設にいる。そこに拘束されている」

「タイだって！わたしに話すつもりはまるでなかったの？他の誰にも？父を永遠にそこに監禁するつもりだったの？」

「いいえ、毎日後悔している。でも、どうしたらいいかわからない」

絵末子は源治の顔の前で、原稿を振った。「どうすればいいか教えてあげるわ。父をそこから出して、連れ戻すのよ」

「君は分かっていない。これは普通のビジネスの話じゃないんだよ。ヤクザなんだ。『君の父さんを釈放しろ』と言えば、彼らは自分たちの裏事業を全部表沙汰にされるのがわかっている」

「あんたの事業全部もね。すぐに父を返してもらわないと、警察と日本中の新聞は佐藤源治が麻薬密輸業者だと知ることになる」

彼はこわばった。「わかった。でも、もし自由にしたら？」

「必ずこの原稿は破棄すると約束する。わたしは父に戻ってきて欲しいだけなの」

「でも、お父さんは私のことを通報するだろう？」

「しないように頼むわ」

「それだけか？」

「わたしたちを信じるしかないわ」

沈黙があった。源治は最後に言った。「明日電話してくれ。博治を解放しても大丈夫だと彼らを説得してみる」

「わかった。でも、佐藤さん、時間がないわ。もし父がすぐに連れ戻されなかったら、また父やわたしに何かあったら、原稿のコピーをわたしの友人が持っていて、警察に送ることになっている」

•

マリコは髪を整えながら、一間のアパートのドアを開けた。「エミコじゃない！お入り。今起きたばかりなの。散らかってて」マリコは布団をたたみ、小さなテーブルの足を立てた。「ずっとあんたのこと考えていたのよ。沢山のニュースがあるわ。私はもう Hi Crass Bar では働いていません。閉店したんだ」

絵末子は、自分のことで話すことがたくさんあったけれど、このニュースは気になった。「何があったの？」

「ヨシダマがギャンブルで逮捕されたわ。「覚えてる？あんたに貸したお金を、しゃにむに取り戻そうとしたときのこと？　あの男は、どんなに少ない貸金の相手に対してでも、同じようにえげつなかった。それに、ギャンブルで多額の借金をしていて、どうしてもお金が必要だったことがわかったようよ。狂ったようになっていたの」

「それで、逮捕されたの？」

「どうやら地元の交番の警官が、彼を監視していたようよ。ヨシダマがあんたをバーから追い出したあの夜からね。ヨシダマから金を借りている誰かを脅しているところを捕まえたんだそうよ」

　絵未子は微笑んだ。「大泉巡査ね」

「誰、それって？」

「お巡りさんの名前よ」

「ああ、そうなの。とにかく、わたしの今の仕事場はどこだと思う？　キリンビールのレストランよ！」

マリコは笑った。「絹のようなスカートではなく、今は白いエプロンをつけています。〟給料は半分だし、夜はずっと立ちっぱなしだけど、この仕事が好きなんだ」彼女はニヤリと笑った。「そこで知り合った人がいるの。マサっていうのよ。二回デートしたわ。彼は見習いの広告イラストレーター。恥ずかしがり屋で、ほとんど私が話しているの」

「へー、いいわね」

「彼は母親と一緒に住んでいるわ。今夜、仕事が終わったら、ここに呼んでみようと思ってるわ。初めてね」

「楽しそうね」絵未子はマリコが楽しそうなことを喜んだ。でも、その夜はマリコの家に泊まらせてもらうのもいいかなともさっきまで思い始めていた。誰もいない家に帰って、警察がもっと多くの質問をしてくるんじゃないかと心配するより。そんな思いを脇に置いて、マリコにファンのことを話した。

「あんたにピッタリの人だと思う」マリコは次から次へと質問をしてきて、いくつかの詳細だけを飛ばして、絵未子は喜んですべてに答えた。しかし、最後に、ファンがこれからの六か月の間、戦場に戻って行ったという部分にたどり着いた。

「お寺に行っておみくじをもらってきたらどう？」

「わたししたわ。ちょっと前だけれど、家を出た時に。『末吉』と書いてあったわ」

マリコは一瞬目を逸らした後、振り返った。「少なくとも『凶』じゃないわよね。でしょ？」

「うん」

「しょげないで。今夜はここに泊まったら。マサには今夜はダメだと言っておくよ。お客さんが来てるからって」

「だめだめ。あなたがどれだけ楽しみにしていたかわかるわ。べつの晩に泊まりに来るわ」絵未子はマリコの手を握った。「それで、お願いがあるの」ポケットから鍵を取り出して、「これは成増の郵便局の私書箱です。中に宛名が書いてある封筒が入っている。私は・・・家に帰るの」と彼女は嘘をついた。「それはすぐに郵送してはだめです。でも、いつまでわたしも北山にいるのかわからない。

もし三週間以内にここに戻ってこなかったら、私の代わりに発送してくれない？」

十月半ばの空が暗くなり始めた頃、絵未子は家に向かって道を歩いていた。テーブルが四つしかないレストランでカレーライスを食べようと足を止めた。ウェイトレスは絵未子を知っているかのように微笑んだ。「今夜はお一人ですか？ご主人と一緒によくここを通るのを見かけます」

「ああ、そうです。彼は・・・仕事で」

食べた後、絵未子が帰ろうと立ち上がると、ウェイトレスはカウンターの奥からカレーライスの入ったプラスチック製の蓋付きの皿を持ってきた。「ご主人に。お帰えりになったらどうぞ。『サービス』です」

絵未子は帰宅途中に鷹四の家の明かりが点いているのに気がついた。もしかして鷹四が帰って来るなんてことがあるのかな？そうじゃないといいなと思った。どちらにしても、自分の家で寝る前には、そのことをはっきりさせたいと思った。彼女は鷹四の家のドアに向かって歩いた。

ドアには鍵が掛っていなかった。「誰かいませんか？」と彼女は呼んだが、返事はなかった。彼女は忍び込んだ。オフィスのドアも開いていた。どうやら前日の夜に警察が家宅捜索をした時に、机の引き出しを空っぽのまま床に散乱させたようだった。彼女はサトルの部屋に足を踏み入れた。部屋の中には何もなく、畳の床がむき出しになっているだけだった。おそらく警察はサトルの関係のものは全て持ち去ったのだろう。廊下を、庭に面した裏口に向かって進んでいくと、光の出所が見えてきた。鷹四の部屋への階段のドアが開いていた。階段の上の方に明かりは灯っていた。「鷹四さん!」と呼んだ。「上にいるんですか?」と再度呼んでみた。「誰かいますか?」

重く叩くような音がして、絵未子は一歩下がった。畳の床を引っ掻くような音もした。絵未子は震えながらドアの支柱にすがった。黒い何かが階段を駆け下りてきて、彼女に向かってきた。彼女は短い悲鳴を出した。

すると、それは犬だった。「あ、クロだ。クロちゃんじゃない。あそこで寝てたの?」彼女はクロを撫でてやった。

二階には行ったことがなかった。灯りが点いていたので確認した方がいいと思った。「さあ、クロちゃん。一緒に見に行って、明かりを消そう」

部屋は、鷹四のオフィスと同じように完全に空っぽになっていた。彼が消えた時に何かを残していたとしても、あったものは警察に持っていかれていただろう。彼女は電気を消し、家のドアを全て閉めた。

クロは絵未子の後についてきて彼女の家に向かった。ドアは、彼女が出かけた時と同じに、そのまま閉まっていた。鍵を回し、ゆっくりと開け、電気をつけた。自分の家は何も荒らされていなかった。ファンがベトナムの部隊に戻ったことを警察は確認したからだろう。

だから、心配ないわ。ぐっすり眠る時間よ。でも、なぜ手が震えているのだろう?

クロがクンクンと言って、絵未子にヒントを与えた。「ほら、クロちゃん。ファンがあげたように、肉をあげるわ。今は飼い主がいないようだから、今夜は玄関のドアの中で寝たらどう?クッションを置いてあげるわ」

しばらく時間がかかったが、ようやく手紙が書けるくらいに落ち着くことができた。

一九六九年十月十五日

親愛なるファンへ

あなたを愛しています。この手紙があなたに届くことを願っています。あなたがここにいてくれたらいいのに。いつもあなたのことを考えています。

あなたが傷つくのがとても心配です。身体に気をつけてください。

伝えたいことは山ほどあります。この手紙には書ききれませんが、近く、父のことで良い知らせができることを願っています。

愛を込めて。

絵未子

三十一　一人旅

思ひつゝ　Did you come to me
ぬればや人の　because I dropped off to sleep
見えつらん　tormented by love?
夢と知りせば　If I had known I dreamed,
さめざらましを　I would not have awakened.

ー　小野小町、古今集　第５５２

絵未子は化学兵器爆弾事件の報道に耳を傾けていた。警察は、鈴木悟の雇い主の中村鷹四の居場所を突き止めようとしているという。「鷹四のもう一人の従業員は」レポーターは絵未子の名前は出さずに「鷹四のテロ活動とは無関係なことは明らかのようで、鷹四の居場所は知らないと言っているようです」と言った。

源治がヤクザの一味と連絡を取る時間はあと二十四時間だった。絵未子は成増駅近くの公衆電話に向かい、源治に教えてもらった直通の番号に電話をかけた。

源治の声はしわがれていた。「彼らは笑ったんだ。そんな記事が外に出たらお前を見つけて殺すと脅された。君も父さんも。信じてくれ、彼らはそんなことができるんだ」

絵未子は一息ついた。「わかったわ。今すぐ警察と朝日新聞に原稿を持っていくわ。そうしたら、わたしたちは死んで、あなたは刑務所に入ることになるわ。それでいいのね？」

源治の声が震えた。「いや、もちろん違う。彼らに事情を説明する前に切られてしまったんだ」

「ならば、佐藤さん、聞いてください。また電話をするのね。今回は話す時には、もしあなたが逮捕されたら、警察の厳しい尋問で彼らの名前と居場所を明かさざるを得なくなることも忘れずに言うのよ」彼女は歯を食いしばった。「それが出来なければ、あなたは逮捕される。記事の原稿と証拠はすでに警察宛の封筒に入っているの。コピーのもう一部はマスコミに送るわ」

源治の慌てた息が電話口から聞こえてきた。「ダメだ。そんなことをしてはだめだ。もう一度チャンスをくれ。ヤクザどもに、君の父さんの解放の理由を伝えるから。一時間後に電話してくれ」

絵未子は成増の喫茶店で待っていた。磨き上げられたテーブルには、数人の若い女性と男性がそれぞれ一人で座っていました。デートの相手が来るのを待っているのだろう。同じように、絵未子もコーヒーを少しずつ飲みながら時間の過ぎるのを待った。残念ながら、彼女はデートの相手を待っていたわけではなかった。

彼女は喉が締め付けられるように感じたが、それは恐怖と同様に怒りによるものであることに気付いた。それは良かった。その怒りは彼女に必要な勇気を与えてくれた。コーヒーが効いたのかもしれない。彼女は強いカフェインに慣れていなかった。一時間が過ぎた頃には、彼女はまた歯を食いしばっていた。

店の外の公衆電話で、彼女は再び源治に電話をかけた。

「なんとか説得した」と彼は言った。「それで、私が解放の手配をした。でも、言っておかないといけないことがある。君の名前と北山の住所を教えなければならなかった。もし原稿の内容が公表されれば、彼らは君と父さんの居場所を知っているから・・・」

「約束は守る」

「彼らは君の父さんを沖縄行きの船に乗せて送り返すだろう。私たちがアメリカ人に売っている商品を持ってね。那覇じゃない、沖縄の北の島々にある小さな港だ」

「でも、沖縄はアメリカに占領されている。父は入れないはずだ」

「いいから聞いてくれ。沖縄に最も近い日本の領土は与論島だ。我々が使っている港から二十五キロしか離れていない。夜間に大型ボートでそこに連れて来る。上陸した後は自己責任だ」

「いつ始めるんだ？」

「船は明後日にバンコクを出航する。彼を船に乗せるのに十分な時間がある。沖縄の港に着くには一週間かかる」

「わたしは与論島で父を待ちます」

「いや、絵末子。それは勧められない」

「わたしたちが、どうかなったらどうなるか話したんでしょう？」

「わかったよ」

　手の中の受話器が滑り落ちそうな感じがした。「で、正確にはどこに連れて来るの？」

「水深の深いところのある入江に降ろすと言っていた」

「どこにあるの？その入江に名前はあるの？」

「知らないんだ。島の南海岸にあると言っていた。大型ボートが岸に近づくのに十分な深さの水深がある唯一の入江だそうだ。知っているのはそれだけだ」

「彼らにはそれがいつになるかはっきりしているの？」

「ええ、そうだ。今から九日後だ。船はいつも時間通りに出ている」

　絵末子は電話を切った。

　駅で、国鉄全線地図を見つけて、家に持ち帰って調べた。日本の南に位置する鹿児島までは鉄道で行けるし、鹿児島から与論島までは定期船が出ている。東京から与論島に行くには、全部で三日くらいかかると言うことだ。つまり、彼女はこれから一週間以内に東京を出発しなければならない。

　気を紛らわせるために、彼女は父が書いた原稿を読み直した。そこには二種類のヤクザが書かれていた。一つは超国家主義者たちに銃を持ち込んでいた。その名前は出ていないが、鷹四のグループかもしれない。もう一つは源治に麻薬を持ち込むグループだ。

・ファンのいない日本縦断の旅に出た絵未子の心は痛んだ。富士山の晴れ姿を通り越して、きらきらと輝く瀬戸内海に浮かぶ緑の島々を通り過ぎて、九州の南国のヤシの並木を越えて、南の港町・鹿児島へ。彼女はファンと共有することができない、こうした旅路のすべての美しさを虚しく感じた。
彼女はどこにも途中下車せず、列車から列車へと乗り換えた。最初のうちは窓の外が真っ暗な夜でも、座席に座って眠ることができなかった。しかしそのうちに、線路を走る車輪の単調な音に心が麻痺してしまい、鹿児島までの一日半の間、昼も夜も関係なく不規則に眠たり起きたりした。

街は先日の桜島の小さな噴火で降ってきた白い粉塵に覆われていた。地元の人たちは気にしていないようだが、絵未子は父のスカーフで顔を覆った。寝不足でフラフラしていたが、急いで船に乗らなければならなかった。切符を買って乗船した。彼女が最後の乗船客だった。

警笛の音が鳴り響くと、船は静かに桟橋から離れていった。父とは短い航路のフェリーに乗ったことがあったが、今回は二十四時間の旅だった。デッキの手すりのところに立って、遠くに桜島を眺めた。前には穏やかなパステルブルーの海だけが広がっていた。そのとき、源治が彼女に無駄な努力をさせているのではないか、と初めて疑った。

彼女はデッキから、真っ赤な太陽が淡い青色の海に完全に溶けていくまで見ていた。ガラスを張ったような海の上では、船は全く動いていないように思えた。汽車のように窓の外の景色が目まぐるしく点滅していくのとは違っていた。列車に乗っていた時は。自分が父に向かって突進しているような気がした。でもこれは?まさかここまで来るとは、信じられない気分だった。いや、遅れてしまっては上陸する父の姿を見つけられなくなってしまう。

彼女は下に降りて、船室の中に自分の小さな寝台を見つけた。列車の中での昼食以来何も食べていなかったが、服を着たまますぐに眠りについた。拡声器から「起きてください」というアナウンスが流れてきたのは、まるで寝てすぐ後のようだった。日の出とともに、船は奄美大島のドックに引き込まれた。そして、そこに留まった。

船内では自分だけが不安になっているようだった。クレーンが酒、ビール、野菜、毛布などの入った木枠を一つずつ持ち上げ、ゆっくりと桟橋に降ろしていく。灯油やガソリンのドラム缶もそれに続いた。その時、絵末子は大きな鳴き声を聞いた。ロープで縛った大きな豚が、空中に高く持ち上げられて桟橋に降ろされているのだ。続いて、豚が一頭ずつ、次々と降ろされていった。これだけの荷揚げで船のスケジュールが遅れないとは信じられなかった。彼女は気忙しくデッキを歩き回っていた。

売店では、海苔を巻いたおにぎりが売られていた。奄美群島のパンフレットを見ながら、お茶と一緒に食べた。パンフレットには島の地図はなかった。港とキャンプ場、そして民宿が一つだけ書かれていた。

船の警笛がようやく出港の音を鳴らした。絵末子は船室の隔壁にぶら下がっている目立つ時計に目をやった。あと八時間。彼女は甲板に上がり、進んでも一向に近づくことのない水平線を見つめて座っていた。彼女の向かいには若い男性が何人か座って話をしていた。彼らは悟と同じように高校を出たばかりのようで、悟と同じように社会からの期待の重さに反発しているのだろう。ヘッドバンドやタイダイ色のシャツ、ビーズのネックレスなど、まるでヒッピーのような格好をしていた。しかし、それらのアイテムはすべて、まるで最近同じ店で買ったかのように、新品に見えた。彼らが与論島のキャンプ場に向かっているのが話からわかった。

船はさらに二つの島に停泊してから与論島に近づいた。その時、大きな赤い太陽が雲の切れ間から燃え上がり、動かない青い海の端でバランスをとり、船に向かって赤い光の道を描いた。下で乗客がタラップをガタガタと音を立て降りて行くのを聞いた絵未子は、最後までデッキにいて、その景色に魅了されていた。遠くには、アメリカの占領下にある沖縄とその島々が、船が停泊している小さい与論島を覆い被さって見えた。

船の乗客のほとんどが待っているバスに乗り込み、絵未子もそれに続いた。社会的適合のくびきを引き受ける前の最後の逃避で、ヒッピーを装った若者たちは、運転手にキャンプ場へ行くことを告げていた。胡麻塩の髭を生やし、歯のない老人がヤギを連れて乗ってきた。彼は運転手に、自分は民宿の向かい側に住んでいると言った。

バスはサツマイモ畑や大豆畑を抜け、月桂樹の木立を抜け、民宿の前に停車した。絵未子が降り、ヤギと老人がそれに続いた。絵未子は振り向いて、老人が道を横切り、ドーム型の茅葺き屋根の低い木の小屋の前の木にヤギを繋いでいるのを見た。老人は露天風呂の浴槽の下で火をつけるために身をかがめていました。彼女は彼の歯ブラシが木の枝にぶら下がっているのに気づいた。

「ようこそいらっしゃい。お嬢さん」

その老人の声にびっくりした。あわてて、絵末子は民宿の方へ向かった。玄関先でオーナーが奥さんの横で微笑んでいた。「うちの民宿には内風呂がありますよ」

宿泊客は絵末子だけだった。宿泊部屋は二階にあり、一階にはにはテーブルと椅子が二組みあり、『ゴールドコースト・レストラン』と書いてあった。オーナーの奥さんが絵末子にご飯と魚と漬物を出してくれて、食べた。奥さんは一緒に座った。

「お嬢さんは遠くから来たんですか？」

「雪国から。雪国ではこんなに暖かくなることはありません」

「与論島の気候がどんなものか感じてみてください。明日はその入江に行きますか？」

「その事を聞きたかったの。キャンプ場のそばの浜辺にも行くかもしれないけど、友達が南海岸に別の入江があるって教えてくれたんだ。知っていますか？」

「ええ・・・。観光客は普通そこには行かないわ。大きなボートが接岸するときに使うのね。浜辺からすぐに水深が深くなってしまう。泳ぐには良い場所ではないわ」

「写真を撮りたいだけなんです。どうやって行くのか教えてもらえますか？」

彼女は指差した。「あの道を下って最初に右に曲がってすぐ左に曲がって、その道をずっと進んでいくと浜辺に着きます。一キロくらいのところね」そして絵末子の目を見てニヤッとした。「そこに行くには二つの墓地の間を通らなければならなのよ。お化けは怖くないの？」

・民宿の主人は地元の芋焼酎を飲んで寝てしまい、下の部屋からいびきが聞こえてきた。窓の外の薄暗い雲に満月が隠れていた。父親が上陸する前に浜辺に着くためには、今がその時だ。

民宿の前は砂利道だったが、そこから続く道は、当初は農作物の畑の間を切り開いた土の小道で、その先は生い茂った草むらや、彼女の頭よりも背の高いごちゃごちゃの茂みを切り開いた道だった。家はない。人もいない。灯りはなく、月明かりだけだ。暗くなった迷路の中を這う虫のような気分だった。

大型ボートが父を上陸させる前に浜辺で見張っていられるように、彼女は歩くペースを上げた。道が最後の曲がり角を曲がると、両脇の深い青の薄明の空を背景に、密集した墓標が現れた。死者の灰は石の板の下に埋葬されているのだろう。下には四角い石があり、その上には小さな四角い石があり、その上には高い石があり、それぞれには故人の名前が刻まれていた。墓地の向こうには、浜の砂地に向こうの暗い水面に月の姿が浮かび、柔らかな光を放っていた。遠くには沖縄の灯りが薄明な光の中でちらついていた。

絵未子は近くの墓標に書かれた名前を読んだ。それは若くして亡くなった女性だった。自分の母の死を考えてめまいがしてしまい、彼女はひざまづいて、彼女の母の霊名を小声で唱えた。「お母さん」彼女は息が詰まった。「わたしはお母さんがまだ安息が得られないことを知っています。父を見つけたらすぐに、わたしたちはお母さんをきちんと納骨します。約束します」

彼女は立ち上がって、肩の高さの墓地の壁の上から、月を横切って忍び寄る灰色の雲が影を落とす入江を見下ろした。遥か海の彼方に、彼女は沖縄の小さな島のほの暗い光を一つと、点滅する光を一つ見ることができた。ぼんやりとした光は点滅する光からゆっくりと離れ、入江に向かうにつれて大きくなっていく。かすかな唸るような音が次第にブンブンというような音になり、遠くからこの入江に向かってくる大型ボートの姿が見えてきた。一旦、彼女は浜辺への坂を目指して走り出したが、立ち止まった。墓地の壁の後ろから見ていた方が安全かもしれない。

エンジンのうなり声がそのうちに止まった。大型ボートは静かに岸に向かって滑るように進んでいるのが見えた。船が浜辺に近づいて止まると、船上には円錐形の帽子をかぶった三人の男たちが警戒して座っていた。三人の男は皆、黒っぽいズボンの上に外国風のチュニックを着ていた。三人のうち誰も彼女の父とは思えなかった。彼女は民宿へと走って逃げ戻りたい衝動を抑えた。

前にいた男は太ももまでの深さの海の中に飛び降りた。絵未子はその背中に何かの荷物を背負っているのを見た。絵未子は身を低くして、それを見ながら走る準備をした。

エンジンがまたスタートし、大型ボートはゆっくりと岸から離れ出した。荷物を背負った男は、砂浜に向かって必死に海水の中を歩き始めた。乾いた砂地に着くと、膝をついて墓地の方を見上げた。農夫の帽子の下に、黒々とした髭を生やした顔が部分的に見えたが、彼女にはどういう顔か判別できなかった。

男は立ち上がって、ふらふらと道に向かって歩き始めた。その時、絵末子は気がついた。足を引きずっている。彼女の父と同じにわずかに足を引きずっていた。絵末子は道を駆け下りて浜辺に出た。

「お父さん！お父さん！わたしよ。絵末子よ」

彼女の父は幻覚を見るかのように頭を抱えた。

「父さんを家に連れて帰るためにここに来たの」彼女は父の手を握りしめて自分の胸に引き寄せた。月の光が父の目の涙に映った。彼は彼女が本物の自分の娘かどうかを確かめるように彼女の肩に触れた。そして彼は彼女を腕の中に抱き寄せた。「信じられない。信じられない。もうお前とは会えないと思っていた」

「わたしもよ。お父さん」彼女は自分の袖で涙に濡れた頬を拭いた。「濡れて冷たいでしょう。道を上るのを手伝うわ。わたしが泊まっている民宿で話しましょう」

「母さんはそこで待ってるのかい？どうしてお前は私がここにいると分かったんだい？」

「お父さん！言わなきゃいけないことがある。母さんは亡くなったんだ。心臓が止まってしまって」

父は砂の上に沈んだ。「そんな。ひどい。ひどい」

絵末子は父を抱いた。帽子を脱がせて、父の頭を胸に抱いて、自分の悲しみと同じくらい父の悲しみに泣いた。父の髪は長くて絡まっていた。髭を生やした父を見たのは初めてだった。月明かりに照らされて、彼女はそれが新たに灰色に染まっているのがわかった。彼女は父の中でどんな変化があったのだろうかと思った。

砂まみれになりながら、二人は墓地を通り過ぎて民宿に向かって静かに小道を上って行った。彼女は父に話したいことがたくさんあったが、それは後回しにしておこうと思った。帰り道で彼女の父が言った唯一の言葉は「母さんはまだ若かったのに」だった。

畑地の一角には、錆びついたドラム缶があって、燃やすためのゴミが中に入っていた。絵未子は立ち止まった。「お父さん、その帽子はもう必要ないでしょう?」

父がそれを娘に渡すと、娘はそれをドラム缶に投げ入れた。

「そのチュニックは?それも燃やしてしまえばいいわ。日本に潜入した外国人だと思われたくないでしょう」

彼は背中に担いでいる荷物を下ろして、着ていたチュニック脱ぎ捨てて、絵未子に渡した。思っていたよりもごわごわしていた。防水加工がされているのだろう。でも、父にまたもとの姿に戻ってほしかった。それもドラム缶の中に放り込んだ。「それに父さんは魚のような臭いがするわ」と彼女は冗談を言った。父はただ「そうだな」とだけ言った。

民宿の風呂に長く浸かったせいで、父の魚の臭いは取れた。顔は剃り上げて風呂から出てきたが、まだ顎までの髪の毛が残っていた。部屋の明かりに照らされて、絵未子は父の肌の色が濃くなっていると言った。そこから父の八か月間の話が始まった。

「東京でべ平連を支援していた時、日本でヘロインなどの麻薬を買っていた米兵たちに会った。彼らの情報源を辿ってみたところ、私の知り合いがその供給業者の一人であることがわかったんだ。私はその男と対決し、そういうビジネスを止めるチャンスをあげた。そうしたら逆に、私はヤクザの麻薬密売人に捕らえられて、タイ北部に送られ、柵で囲まれた屋敷に監禁されて、庭師や料理人として働くことを強いられた」父はため息をついた。「一度、脱走して地元の警察に行ったが、彼らは私をすぐにギャングに引き渡したんだ」

「えー、お父さん。どうやって生き延びたの？」

「辛かったのは、お前や母さんと離れていたことだ。捕虜になったのは初めてじゃない。ソビエトロシアで経験したからね」父はニヤリと笑った。「タイでは仕事自体は嫌じゃなかった。今では立派な農夫で料理人だ」

絵未子も風呂を浴び、そして民宿から用意された浴衣を着た。初めて彼女の浴衣姿を見たとき、ファンが「きれいだね」と言ってくれたことを思い出して、こみ上げるものがあった。部屋に戻ると、父は布団を二組み広げ、そのうちの一組ですでに眠っていた。

絵未子は電気を消したが、まだ眠る気にはならなかった。彼女はバックパックから筆記用具を出して窓からの明るい月明かりの中でファンへの手紙を書き始めた。親愛なるファン、あなたはこれを信じないでしょう。私の・・・。

いつの間にか眠っていたに違いない。どのくらい寝ていたのかはわからない。しかし、父の声に驚いて目が覚めた。父は、母の名前である『伸子』と叫んだのだった。

雲間から差し込む月明かりが、父の頭の先の壁にゆらゆらと揺れる模様を描いていた。

「お父さん！」彼女は起き上がって、父を揺さぶった。「大丈夫?夢でも見たの？」

父は起き上がった。「あの警笛の音が聞こえただろう？」

背中に寒気が走った。母は父の警笛を手に握ったまま死んでしまったのだった。

「絵末子にも聞こえたかい？」

「いいえ、お父さん。それは夢よ。夢です」彼女はそうに違いないと思いたかった。父は母の現世の名前を呼んだのだった。那珂国の寺の坊さんである透心が教えてくれていた。人の霊が地上から完全に切り離れるまで、その人の霊名だけを使うようにと。現世の名前を使うと、その人はまた地上に呼び戻されてしまうのだそうだ。「お父さん。母さんの遺灰は故郷のお寺にあるの。わたしたちは一緒に戻ってそれを納骨する必要があります。そうすれば、私たちに平安が来るわ」

「そうだね」と父は言った。「そして、お前の母さんは既に平安のうちにいるのかもしれないと思う。夢の中で、母さんは微笑んでいた。私たち二人が並んで寝ているのを見て」

•

鹿児島に戻る船の中で、絵末子は父とその景色の美しさを一緒に楽しむ機会を得た。二日とも、二人は空から最後の光が消えていくまで、デッキで話をした。

彼女が最初に伝えなければならなかったことは、ファンのことだった。「彼は・・・アメリカの兵士なの。お父さんが戦っていた相手の軍隊を知っています。私は父さんが・・・」

「それは昔の話だよ、絵末。それに、従軍経験があるからこその共通点があるだろう」と、父は微笑んだ。

「私は彼のことが好きになれるよ」

「お父さん。わたしたち、二人でヨーロッパに逃げ出すところだったのよ。わたしは彼に脱走して欲しかったの。彼が殺されたりしたくなかった」彼女の胸は締め付けられた。「でも最後の最後に、彼は脱走はできないと言ったわ。彼は今ベトナムにいる。わたしはとても心配」

父は娘の肩に触れた。「彼が今危険なのは残念だが、お前がヨーロッパに行ってしまわないでよかったよ」

「どのくらい危険だと思う？お父さん」

「彼は助かるさ。それが誰もが言える最高の言葉だよ」彼は顔をしかめた。「ベトナムの軍隊には、もう一つ別の危険があることを知ったんだ。麻薬だよ」父は絵未子の目を見た。「お前は何か兆候を見たかい。つまり、彼が・・・」

「いいえ、それは全くなかった」

「それはよかった。ヤクザに捕らえられる前に、麻薬の密輸についてたくさんの情報を得て、タイではさらに多くのことがわかった。日本での麻薬密売取引と戦うのを手伝いたいと思わせてくれた」

「でも、自由にしてもらった時、彼らのことはもう警察に言わないって約束したんじゃないの？」

父の眉毛は弓なりになった。「そうだが、どうしてそれを知っているんだい？だから、私を拉致した麻薬組織のことは暴露しないよ。他にもあるんだ」父は目を細めた。「ヤクザの銃の密輸のこともたくさん知った」

絵末子は、まだ話していないことがたくさんあることに気づいた。鷹四と悟のことは後回しにしておこう。

「一つ分からないことがある」と父は言った。「タイのギャングは私とお前を殺すと言ったんだ。もし私たちのどちらかでも警察に話したらと。奴らはどうやってお前のことを知ったんだろう?お前はまだ話してくれていないよ。私が与論島で解放されることをどうやって知ったのか」

源治との取引のことを話す時が来た。彼女は二度目に源治を訪ねたことについて説明したが、最初のときのことは言わなかった。「源佐総合商社について父さんが書いた記事の原稿を見つけて、源治のところに持って行ったわ」

彼女の父は口をアングリと開けた。「源治を脅迫したのか?」

「彼がお父さんを解放したら、彼のことを警察には通報しないと約束した」

彼女の父は船の手すりの向こうを呆然としたように見つめていた。何を考えているのか、彼女にはわからなかった。源治が罰を受けずに済むと思って怒っていたのか?彼女のことを怒っていたのか?

父は娘の方を向いた。「お前が私を助けてくれたんだね、絵末?お前が・・・」

彼女は父の腕をしっかり掴んで笑った。「もちろん」

「怖くはなかったかい?」

「もちろん、怖かったよ」

鹿児島から東京までの列車の中で父は、時折「もちろん」と呟いて、くすくす笑った。

絵未子の胸は安堵感で満ちていた。今回は一人ではなく、父がそばにいてくれて。郵便局の私書箱に入れてあった父の原稿や証拠の入った封筒を、マリコが投函する前に回収して、彼女は成増の家に向かった。玄関には家賃滞納の張り紙はつけられていなかったし、警察が来た様子もなかった。もう遅い時間だった。二人は疲れ果てていた。畳に布団を二組み並べて敷くと、二人はすぐに眠りについた。

第三部

三十二　捕虜

惜むは名のため惜まぬは。一命なれば。
I have no great ambition in battle, yet I like to keep my honorable name.

ー　世阿弥元清、屋島

ジープのボンネットの上でファンの分隊がポーカーゲームやっている前を、色付きの眼鏡をかけた記者が通りかかった。彼はファンが座っていた弾薬箱の横で止まった。ファンは彼が日本人であることがわかった。彼はファンの胸をじっと見つめた。「驚いた。あなたは日本のお守りをつけていますね。幸運を願って？」

「今までのところは効果があったよ」

「週刊ニッポンの記事を書いてるんですが。ちょっとお話を聞かせてもらってもいいですか？」

ファンはこれを口実に負けていたトランプゲームから抜けることにした。彼は記者を兵舎の裏の日陰に案内した。記者は「戦場の様々な兵士のレポートを書いています。個人的なプロフィールだけ。戦略や特定の場所については何も書きません」と説明した。

それは許容されるだろうと、ファンは思った。「いいよ」とファンは言った。

「日本にいたことは？」

「ある」ファンはどんなふうに絵未子と出会ったか記者に話した。「彼女がお守りをくれたんだ」

「その人は手紙をあなたによこしましたか？」

「ああ」ファンはポケットを軽く叩いた。そこに受け取った一通の手紙を入れていた。

「なぜ日本にいたのですか？」

ファンは、入院中の様子を簡単に説明した。記者のモリは、怪我をした経緯や、日本が好きかどうか、日本の何が好きかなどをメモしていた。「日本に戻れるようになったらまた行きたいですか？」

「もちろん」

「他にも聞きたいことがあります。先月、ベトナムから三万五千人の米兵の撤退命令が出ました。多くの兵士と話をしてきましたが、彼らは、アメリカは戦争に勝つことを諦めたと言っていた。あなたはどう思いますか？」

「将校はベトナム人に引き継がせると我々に言っている」

「あなたはそれがあきらめるのと同じことだと思います？」

「ぼく一緒に戦ったベトナム人はタフだから・・・たぶん彼らは対応できるだろう」

「あなたは『多分』と言いましたね」

ファンは肩をすくめた。「きっと？」

「別の話題ですが、私は、『理由もなく危険に晒されるような命令には従うことを拒否する』と言っている兵士たちと話したことがある。あなたはこのような話を聞いたことがありますか？」

「少しはね。でも、多くはない」

「同じようなことを考えたことは？」

もちろんファンの頭には自分が負傷した時のことが浮かんでいた。彼はそれについての情報は一切提供しなかった。彼は「命令が正当な理由で下されたかどうかを知るのは難しい。だからそれに従うのが一番いい」と言った。

「次に聞きたいのは・・・。部隊内での薬物使用を目撃したことがあるかどうかです。麻薬とか？アンフェタミンとか？

「たぶん基地の周りでは、巡回中はないと言っていいね」ジョス中尉は例外だが、ファンはそのことは口外しなかった。

「そして、あなた自身は・・・」

「いや、絶対にない」

モリはメモ帳のページをめくった。「最後に、あなたの小隊は、あなたが戻ってきてから西部の丘陵地帯で活動していたようですね。場所は明かさないが、どんな任務があったか説明していただけませんか」

「主に防衛的な任務です。『捜索と安全確認』と呼ばれている。ベトコンから村を守るための境界線を確立するということだ」

モリは公式な報告をすでに聞いていたかのように首を傾げた。「その任務の個人的な経験は？」

「地域を捜索して、何も見つからなければ、基地に戻ってくる。一度、銃撃を受けて、ヘリを呼んで、相手を一掃してから戻ってきたことがある」モリがもっと聞きたそうだったので、ファンは続けた。「そんなところだ。毎日、基地の周りをうろついているだけさ」ファンはポケットから本を取り出した。「それで、日本語を勉強しようとしているんだ」

モリはショルダーバッグからカメラを取り出して、「写真を撮ってもいいですか？」と聞いた。「その本を入れましょう。彼女の手紙を読んでいる写真はどうでしょう？」その後、モリはファンにライフルを持ってポーズをとるように言った。「日本で私の記事が出されたらコピーを届けます」

ファンは差し障りのある余計なことを言っていないことを願った。「アリガト、モリ・サン。ここで何より多くやっていることに戻るよ。ポーカーゲームさ」

一九六九年十月二九日

親愛なる絵末子へ

やっと手紙が届きました。手紙は、最初に王子の病院に行ったので、ここに届くのに二週間かかった。

君のくれたお守りが私を守ってくれています。戦争の和平推進、ベトナム化の段階と言われているので、良かった。

こちらはまだまだ暑いけど、東京は冷えてきたのかな。暖かくして暮らしてください。

またすぐに手紙を書いてください、お父さんのことで何か情報があったら教えてください。

愛を込めて。

ファンより

・

二週間ほど前にファンが記者に話したことは、部隊の士気の低下した状況の表現を最小限に抑えたものだった。しかし、兵舎では毎日『生きて脱出する』という話ばかりだった。ジョスの遺体の断片化は、分隊にとって無政府状態への最初の滑りやすい一歩であり、それは他の分隊にも影響を与えた。みんなの心のうちは、部隊撤退の命令への期待があった。噂では、より多くの撤退が行われることになっていた。ポーカーの賞金は、どの小隊や中隊が次に帰れるかに賭けられていた。

ファンは周りの薬物使用にも目をつぶっていた。ジョンソン軍曹はそれを鎮めるために最善を尽くしていたが、できなかった。マリファナの匂いが至る所に漂い、兵舎はヘロイン、コカイン、覚醒剤、鎮静剤の取引所だった。たまに派遣される任務ではマリファナは使わなかった兵士も、基地ではその埋め合わせをした。ファンは耐えた。彼は、薬物が人間に何をするかを見て知っていた。しかし、彼はいつか自分も屈服するかもしれないと恐れていた。

彼は購買部ＰＸの建物の影に寝そべって日本語の文法書を勉強していた。日が傾くと、彼は反対側の日陰に移動した。集中するのは難しかった。絵未子が一緒に手伝ってくれたら、どんなに違っただろう。彼は基地を守るフェンスに沿って歩き、足を止めて、人懐っこい番犬を撫でた。そしてポーカーをした。毎日、毎日。

単調さが彼に重くのしかかっていたので、逆に彼は任務に送られたいとすら思っていた。他の隊員の中にも同じように感じている者がいることを知っていた。基地の別の場所でヘリが離陸する音を聞いても、その興奮は彼の退屈さを強調するだけだった。

手帳のカレンダーで、従軍日を一日一日消していった。彼はここに来てまだ一か月。あと五か月。寝台に横になって、絵未子への手紙を書き始めた。ローマ字を使って日本語で何か書こうとしていたのかもしれない。しかし、彼は朝、05:00 朝五時から起きていて、書き終わる前に眠ってしまった。

警報機の音で彼は目を覚ました。兵舎全体が動き、軍靴が床を擦る音がした。まだ暗かった。

「緊急事態だ！みんな。救出作戦だ。フル装備だ。行くぞ」ジョンソン軍曹はドアのそばに立って小隊をヘリコプターに誘導した。ジョス中尉の交代が来ないので、彼が責任者だった。ファンは絵未子への手紙を折りたたんで枕の下に置いた。

「早く来い、ゴメス。パーティーに遅れたくないだろう」

ファンは地図とコンパスと赤外線ゴーグルを持っていた。ブレイクは無線とGPSを持っていた。ライリーはM60機関銃の三脚をセットしていた。座席に座る間もなく分隊のヘリが離陸した。

ファンは開いたドアから基地の灯りを見た。ヘリ右手に見える他の二機のヘリについて行った。

数分後には、眼下には黒いジャングルが広がった。着陸地点まではそう遠くない。ラオス国境まではヘリで一時間もかからない。

下から照明弾が発射され、それを目標にヘリは減速して一周した後、空き地に着陸した。ジョンソンは地面に着く前に飛び降りた。皆もヘリを降りて、頭を低くして続いた。襲われていたのはベトコンに待ち伏せされた南ベトナムのARVN（ベトナム共和国軍）の分隊だった。彼らはすでに負傷者の一人を森から運び出し、今は担架に乗せてヘリに積み込んでいた。

「前方にもう一人いる」とベトナム人中尉は言った。「弾は丘のふもとの林から来ていた」

「一人だけか？」ジョンソンは尋ねた。「他の全員は退避したのか？」彼は手を差し出した。「ゴメス、ゴーグルをくれ。展開。頭を下げて、ついて来い」

背の高い草のせいで、赤外線ゴーグルをつけたジョンソン以外は誰も行き先を見づらくなっていた。やがて、彼は手を上げた。皆、止まった。「ここにいるぞ」ジョンソンは屈んで男の首の脈を取った。「生きてるぞ。ライリー、ファンにM60を渡せ。お前とラットクリフはこの男をヘリに運べ。ゴメス、一緒に来い。誰がいるか見てみよう」

カラシニコフAK–47の数発が鳴り響いた。ジョンソンとファンは地面に伏せた。ファンは弾の来た大まかな方向に機関銃の砲火を浴びせた。彼は待った。物音がしないか聞いていた。ゴーグルを装着したジョンソンなら、何人いるのかを見分けるチャンスがあった。ファンは彼が頭を上げて相手を探すのを待った。「軍曹」彼は囁いた。「何か見えるか？軍曹？」ジョンソンはうめいた。

彼は撃たれていた。「脚をやられた」

ファンは這って行き、ジョンソンの野戦用のズボンの太ももの部分に裂け目があるのを見つけた。彼はパックから包帯を取り出し、大きいが浅い傷口を縛って出血を止めた。そして彼はじっとして耳を傾け、ジョンソンからゴーグルを取り、銃声が聞こえてきた森をスキャンした。何もなかった。「負傷者だ」と彼はできるだけ大きな声で呼びかけた。「衛生兵！担架を持って来てくれ」

衛生兵が二人やってきて、ジョンソンを担いで戻って行った。ファンは前方の木々の間をスキャンし続けた。彼はあまりにも目標から遠くにいたので、じりじりと前に出た。銃声が聞こえてきた森に近づくと、彼は腹ばいになり、丘のふもとまで蛇行しながら進んだ。

ファンから三十メートルほど離れた下草の中からベトコンの兵士が現れた。

「デイ・シューム・スウォン！」とファンは叫んだ。兵士は彼の武器を落とし、ファンは立ち上がった。「ユー・ティエ・レン」彼は命令した。兵士は両手を上げた。

ファンは兵士の方へ歩いて行き、怪我をしていることを確認した。カラシニコフＡＫ－４７が足元に落ちていた。ファンは何人が彼と一緒にいたかを尋ねる言葉を思い出そうとした。彼は「バオ・ニューイー？」とか言ってみた。それが何を意味するのかはともかく、ファンたちに発砲してきたライフルが一つだけだった。ファンは自分の銃を構えて、手を頭の後ろに回して男が前に出るように合図した。彼は敵のライフルを拾い上げ、南ベトナム兵の命令の「ディーディー」を使った。それは。『撤収』という意味だと言われていた。

彼らがヘリに戻ったとき、南ベトナム軍の中尉は捕虜を尋問したが、彼からは何も得られなかった。ファンは衛生兵が捕虜の肩の傷を治療するのを確認した。

ヘリが基地に戻って着陸すると、記者たちの小さなグループがカメラを持って待っていた。ジョンソンと負傷した南ベトナム兵は担架で病院に運ばれた。負傷したベトコンを見張っていたファンは、怪我をしていない方の腕を掴んで地面に降りるのを助けた。ちょうどその時、日本人記者のモリが、フラッシュを焚いて、ファンが捕虜を引き連れていくところの写真を撮った。

三十三　遮断されたメロディ

いかに罪人何とて遅きぞ
How now, sinner, why are you so late?
ー　作者不詳、松山鏡

目が覚めた時、絵未子の父が最初に気付いたのは、鉢だった。「これは・・・?」

「違うの。お母さんのに似ているでしょう?ファンがくれたんだ」

父は初めてこの小さな家を見回して、「いいね」と言って微笑んだ。「居心地がよさそうだ。庭の反対側にある大きな家は?この家と繫がってるの?」

「お茶でも飲もうよ、お父さん。まだまだ話すことがたくさんあるから」

彼女は鷹四のことから始めた。「あの母屋に住んでいる、いや、いた人のために働いていたんです。鷹四という人。わたしはその人をベ平連の支援者だと思っていた。私の仕事は翻訳だった。でも、そのうち、彼が超国家主義者だと分かったわ」

「翻訳?それはお前にぴったりの仕事だね。でも超国家主義者には?」彼の額に懸念の表情が浮かんだ。「拉致される前に、あの極端な民族主義者のグループの情報をたくさん調べたんだ。銃を密輸入している連中もいる。彼らは危険だ」

「知ってます」絵未子は父に、悟が銃を受け取って早稲田の事務所に配達した時の事を話した。「悟は鷹四には従順な配達員だったの。銃だけじゃなのよ。鷹四は彼に化学兵器爆弾を配ばせていたのよ。でも、それが原因で悟は死んでしまった。報道によると、素人が製造したのではないかと言われている。警察は鷹四を探している」

　彼女の父は厳しい目を娘に向けた。「絵未、北山にすぐ戻ったほうがいいんじゃないか」

「わかるわ。お父さん。でも、そうはできないの。警察はわたしが悟と関係がある事を知っていて、尋問され釈放された。でも、警察に知らせないでの移動は禁ずると言われたの。今になってから思えば、爆弾テロ事件の前から銃の事を知っていて、それを警察に通報しなかったとわかれば、その理由を知りたがるだろうし」

「本当は、なぜ通報しなかったんだい？」

「まずは悟を別の仕事に就かせて、悟をこうしたことから離れさせたかった」絵未子は視線を落とした。「それと、その頃、私はファンの脱走を手伝っている最中だったの。もうすぐ日本から出ることになっていた」

「そうだったのか」父は顔をしかめた。「でも、爆発があった後も警察には何も言わなかったんだね。悟は死んで、ファンはベトナムに戻ってしまったのに」

「怖かったの。わたしが鷹四の下で働いていて、鷹四と悟の隣に住んでいることを警察に知られてしまったわ。この事を話せば、わたしが関わっていると思われるに違いないと思ったの」彼女は父の腕にしがみついた。「お父さん、わたしってどうしようもないわね」

父は娘の頬から涙を拭った。「お前が逮捕されていたら、私はまだタイにいたんだよ。だから、今のことを心配しよう。警察に行って、すべてを話すべきだと思う。爆弾は社会党本部の近くで仕掛けられたと言ったね。こうしたグループの一つについて調べてみたが、たぶんそれはテスト・ランだったのだろうね。彼らはもっと大きなことを計画している」

「わかったわ、お父さん。覚悟はできています。でも一緒に行ってくれるでしょう?」

駅に向かって歩きながら、絵未子は、彼女が短くポニーテールで結んだ父の長い髪をちらりと見た。彼女はその姿が好きだった。サラリーマンとは違う。格好のことばかり考えているのでない男性の隣を歩けることを誇りに思った。しかし、薄手のナイロンジャケットでは、彼のシャツとパンツの色あせた黄ばみを隠すことはできなかった。

「お父さん。お母さんのお葬式の時の香典お金がまだ残っているんだ。警視庁に行くなら、それで背広を買いましょう。その方が賢明でしょう。もし・・・」

「私が麻薬キャンプからの脱走者に見えないようにね。いい考えだ」

二人は駅の近くにある紳士服店へ行った。そこでは、女性店員が父の周りに群がり、父の手伝いをした。父が一番安い既製品のグレーの背広を試着すると、女性店員たちが、「ええ、お似合いですわ」

と言いたてた。それがお世辞ではないことは、絵未子も同じように感じていたからわかった。

藤原警部の助手の角縁の眼鏡をかけた女性が、絵未子の父のために別の椅子を持ってきた。藤原警部が話を始めた。「我々はちょうどあなたのところへ尋ねに行こうとしていたところです。尾関さん。あなたの雇主が行方不明です。あなたが何か知っているのではないかと」

「居場所は知りませんが・・・お話したいことがあります」

記録担当がペンをクリックした。

横浜からの銃の輸送、早稲田の破壊活動的な雑誌事務所への配達、翻訳した過激な社説まで、鷹四に関することをほぼすべて話した。唯一、源治の麻薬ビジネスについて知っていることだけは隠した。父は何も言わなかった。

警察は悟の部屋にあった過激な雑誌と楯の会のもののような制服から、おそらく悟について独自の結論を導き出しているだろうが、彼女は、悟を従順な理想主義を夢見る若者で、威圧的な雇主に惑わされていただけですと言って、その印象を薄めようとした。

「非常に参考になります。尾関さん。なぜ最初にここへ来た時に言わなかったのかな?」

「警察に、わたしも共犯だと思われるのが怖くて。わたしは決して」

藤原はメモに目を通した。「あなたが東京のベ平連の事務所に連れてきたアメリカ人を調べました。彼は確かにベトナムの部隊に戻っていました。急進的な右派グループの関係者を調べたが、あなたの名前は出てきませんでした。彼らのために働いていないと断言できますか?」

「断言できます。わたしが望んでいるのは、日本が戦前の植民地帝国主義に逆戻りしないことだけです。だから私はベ平連を支持しています」彼女は詳しく説明しようとしたが、藤原は顎をひねっていたので、彼女はこの程度にしておいた方がいいと思った。

彼女の父は初めて口を開いた。「警部、数か月前にヤクザについて、特に密輸を調べました。中村鷹四の名前はまったく出てきませんでした。ある暴力団が国会開会中に国会を攻撃する計画を持ったグループに何かを供給している可能性があることを知りました」

「なぜ今頃になってそのことを話すんですか?」

「早稲田に銃が隠し保管されていると、娘が言うのを聞くまでは、そんなことはあり得ないと思っていたんです」

もちろん、言えなかった本当の理由は、父が八か月前からタイで拘束されていたからだった。そして、絵未子と同じように、麻薬ではなく銃のことしか言わなかった。源治のことを警察に知らせないという約束を忠実に守っていたのだった。

藤原警部は記録担当にうなずき、それから絵未子の父親の方に向いた。「銃の密輸業者について知っていることをすべて話してください」

父が調べた情報と、自分が知っている鷹四の情報があまりにも一致していることに、絵未子は驚いた。父は藤原に、アメリカでの武器の出所、横浜に運んできた船の名前、受け渡した場所を教えた。

「武器を購入したグループの計画は？」

「私が知っているのは国会議事堂への攻撃だけです。成人の日以前に計画されていると思われます」

その頃の通常国会は年末に招集されていた。

「警部はまっすぐ座り直して記録係と目を合わせた。「ありがとうございます、尾関さん、お嬢さん。指示があるまで、連絡が取れるよう、現在の住居にいていただきます」

通りで絵未子は地下鉄の地図を確認した。「友だちのマリコのアパートが近くにあるので、一緒に立ち寄って欲しい」三週間以内に帰らなかったら、父の文書の封筒を警察に出すことをマリコが約束してくれたことを説明した。「与論島に行くとは言ってないわ。家に帰るとね」

「結構やるね。絵未子」

「父さんが麻薬王のキャンプにいるんて、彼女には言いたくなかったもの」

「冗談だよ。さあ、友達に会いに行こう」

・

マリコはドアを開けると、廊下の明かりの下で目を細めた。彼女の口は大きく開いた。「エミコ。お入り。この人があんたが言ってた美男子ね」

「え?ちがうわ!っていうか、まぁ、そうなんだけれど。私の父です。当たりよ」絵未子の顔が火照ったような感じになった。マリコの顔は真っ赤になって「あんたのお父さん！エミコちゃん、見つけたのね」

父は頭を下げた。

マリコは布団を脇に寄せ、小さなテーブルを畳の上に出して、湯呑みを二つ出した。絵未子は二つしかないことに気づいた。

「ここは窮屈でごめんなさい。でも、私にもニュースがあります。婚約したの。前に話した男の人を覚えてる?もうすぐ彼のアパートに引っ越すことになってね。彼と彼の母親と一緒にね。大した結婚式はしないわ。区役所で結婚を届けるの。私はレストランの仕事を辞めることになりました。マサ、って彼の名前だけど、もう私をモデルにした衣服の広告の撮影が決まってるの」

「マリコ、おめでとうございます。嬉しそうね」

マリコはニヤリと笑った。「私たちの Hi Crass Bar の時代は、もう遠い昔のこと」

絵未子は横目で父を見た。これもまだ父には話していないことだった。父は眉をひそめたが、何も言わなかった。

お茶が入れられる前に、絵未子は「そろそろ帰らないと」と言った。「あ、それとあの封筒の郵送の件は、もう片付いたの。思ったより早く帰ってきたので。マリコ、本当におめでとう」

•

マリコの人生は、今では道が決まって、予測可能な未来のことが石碑に刻まれた感じだった。それは社会が認めてくれる人生だった。それは、他の人たちと同じような人生だから。ファンとの将来を考えたとき、それが社会に認められるかどうかは分からなかった。しかし、彼女は気にしていなかった。

自分はどうやって生きていくかは、今もわからない。警察は彼女と父に、今の場所に留まるようにと言っていた。それは悪くなかった。彼女は再び父と一緒にいることが嬉しかった。小さな家は狭かったが、何とかなるだろう。

彼女の父はいつでも北山に戻って警備員の仕事を取り戻せると彼女は確信していた。でも、父は長い間行方不明になっていたので、彼女は父から離れたくなかった。彼女は自分で自分を笑った。彼女は父を一緒に警視庁に連れて行ったし、彼女の友人の家にも一緒に行った。服を買いに行ったりもした。目をそらすとまた消えてしまうのではないかと心配しているようだった。

彼女はファンも失いたくなかった。彼女は卓袱台に座り、何枚かの便箋を取り出した。

一九六九年十一月七日

親愛なるファンへ

お手紙ありがとうございます。最初の手紙が王子病院に行ってしまって申し訳ありませんでした。これを送る前に。あなたからの手紙が届くのを待っていたので、宛先を確認することができました。念のため、こちらの封筒には「ベトナム」と書いています。

あなたがいなくてとても寂しい。あなたがいなくなって一ヶ月になる。あなたが、敵にやられるのと同じくらい、ジョス中尉に傷つけられるのではないかと心配しています。

どれだけ多くのことが起こっているか、あなたには信じられないでしょう。書こうとするたびに、何かが起こるの。

伝えたいことがたくさんあります。でも、今は良いニュースだけを伝えたい。父を見つけました。今は私と一緒にいます。

気をつけてください。また一緒になれるまで、あと五か月も待たなければならないなんて、信じられないわ。

愛しています。

絵未子より

•

何日もの間、彼女と父は彼女の小さな家で新聞を読んだり、ラジオを聞いたり、母やファンのことを話したりしていた。彼らの日課に落ち着き、藤原警部が質問のために彼らを呼び戻す可能性も、すべて忘れられていた。彼らの生活は、それぞれ恋しい人たちへの哀愁と憧れが低音部になってずっと続く幸せなメロディーとなった。

彼女の父は料理をした。「これはパッタイだ」とある日、父は言った。「少なくとも十種類は知っているよ。全部お前に食べてみて欲しいね」

彼女はそれが好きだったけれど、しばらくすると日本食が食べたくなった。ある日、父が「よし。パッタイのバリエーション十種類目を作るよ」と言うので、「えっ、カツ丼でもいいわ」と言わざるを得なかった。「タイ料理はお休みしてもいいんじゃない？十番目は来週のために取っておきましょうよ？」

父が料理を作っている間、彼女はもう一度ファンの手紙を読んだ。二通目の手紙にまだ返事がないのが不思議だった。

その時、鷹四の家から木の軋むような音が聞こえてきた。

「何だあれは？」父のフライパンがコンロの上でガチャと音を立てた。

「鷹四の家に誰かいる。見に行くべきですか？」

父はコンロの火を止めた。「私が行く」

絵未子は父の後を追いかけて庭を渡り、裏口から廊下に入った。鷹四の部屋の明かりが点いていた。

「誰か？」と父が声をかけた。「そこにいるのは誰ですか？」父は慎重に廊下を歩いてオフィスに向かい、絵未子もそれに続いた。オフィスのドアは半分ほど開いてい。た。父はドアを思いっきり押して開けた。

「鷹四！」と絵未子は叫んだ。

鷹四は机の横の床にしゃがんでいたが、鉄のバールを手にそこから立ち上がった。「俺の家から出て行け。今すぐ」

「それを下に置け」と父が命令した。しかし、鷹四は鉄のバールを振り上げ、父の方に向かって来た。

絵未子は何かが足に触れるのを感じた。それは犬のクロで、うなり声をあげて、鷹四に飛びかかっていき、彼を倒してしまった。父は、バールを蹴り飛ばし、鷹四を床に押さえ付けた。「手を縛るものが必要だ」と、父は絵未子に声をかけた。

彼女が思いついたのは、彼女のベルトだった。彼女はそれを引き抜いて、父に渡した。父は鷹四の手を後ろで縛り、絵未子はクロを呼び止めた。

「悟の部屋に閉じ込めておけばいいわ」と絵未子が言った。「窓はないし、鍵はここにある」

父はうなずいた。父は鷹四を立たせようとはせず、引っ張って、無理やり部屋の中に押し込んだ。絵未子はドアをバタンと閉めて鍵をかけた。

「成増の交番に行ってきなさい」と父は娘に言った。「私はここに残って彼が出られないように見張っている」

絵未子は息を切らして、交番に走った。机の前には太った警官が寝ていた。彼女は叫び声で彼を起こした。「家の中で襲われた。鉄のバールで、大男だ」

警官は救援を求めた。もう1人の若い元気そうな警官がバイクでやって来た。絵未子はその警官の後ろに乗って家に向かった。もう一人の警官も自分のバイクで後を追って来た。

オフィスに入った途端、鷹四が悟のドアを蹴る音が聞こえてきた。侵入者は絵未子の父親ではないと警察が確信するには、しばらく時間がかかった。「あの中にいる男がバールで襲ってきたんだ」と絵未子は主張した。警察に指名手配されている中村鷹四です。警視庁の藤原警部に連絡してください。この名刺の人です」

太った巡査が無線で連絡して、パトカーが来た。近所の家の明かりがつき、犬が吠えている。絵未子は気が遠くなり、床に腰を下ろして机にもたれかかった。残りの話は父がしていた。そして、たくさんのやりとりがあった。

「助けてくれ」と鷹四は叫んだ。ようやく二人の警官が悟の部屋のドアを開けた。鷹四は激怒していた。「あいつらが俺を縛ったんだよ。ここは俺の家なんだ」

三人目の警官はオフィスのドアのそばに立って、絵未子と父が帰れないようにしていた。ガーガーいう無線で警察の符牒で話していた。『中村鷹四』と『藤原警部』の名前が聞こえた。彼は絵未子に家の住所を聞き、それを無線で繰り返した。彼はそれを聞いてから、鷹四を指差した。「あの男を逮捕する。手錠をかけて署に連行しろ」

警官は絵未子の父の方を向いて「お二人にも来てもらって陳述をしてもらいたい」と言った。

立ち上がった絵未子は床から畳の一部が切り取られているのに気がついた。絵未子が身をかがめて見ると、警官が近づいて、厚い畳の部分をさらに上に引っ張り上げ、その下を懐中電灯で照らした。「これを見てください」と言って長い銃のようなものを出してきた。「機関銃だ」

署では、絵未子と父は何度も何度も尋問された。署長は机の上のフォルダーを閉じて電話をかけた。「あなた方は明日一番に藤原警部のところに出頭していただきます」

三十四　定着

倖せなものだけが充足へ・・・悲しんでいるものは絶望へ・・・
Only the happy ones return to contentment. Those who were sad return to despair.

ー　安部公房、砂の女（２１）

絵未子と父は、捜査官と記録係のために、もう一度鷹四の捕縛について説明した。藤原は父の兵役について詳しく知りたがっていた。鷹四を拘束した経緯を詳しく聞いて、感心した様子だった。父から聞いたヤクザの密輪の情報をもう一度確認した後、「このことを税関の私のカウンターパートに伝えてほしい。あなたに彼のところへ行っていただいてもいいですか？」と言って、電話でアポを取った。

絵未子も一緒に行った。東京税関本関は品川駅からタクシーで少し乗らなければならない。この街は二人にとって初めての場所だった。道には企業や学校、工業用の建物が立ち並び、おしゃれな店や上品なレストランはない。湿った空気の中に、東京港の匂いがかすかに漂っていた。絵未子は本館のロビーで待っていた。父に新しい背広を着せてよかったと思った。

ヤシのような植物が並んでいるロビーの脇の低い壁のそばが唯一の座る場所だった。職員たちは、ほとんどが制服を着て、書類を手に、彼女を一瞥もせずにオフィスを行ったり来たりしていた。そのうち、居心地が悪くなって外に出た。

十一月中旬の灰色の雲が通りに低く垂れ込めている。絵未子は襟元を上げ、黒いディーゼル排気ダストを噴出するトラックが行き交う広い通りを横切り、港に向かって歩いていった。水は艶のある茶色で油臭いが、縁には釣り竿をぶら下げた男女の集団が立っていて、『水があるところには釣りをする人がいる』という絵未子の自説を裏付けている。

彼女は税関のロビーに戻り、ドアに書かれた名前を読みながら端から端まで歩き回った。取締本部長、税関保安部、関税執行部、どれもこれも少し怖い感じがした。

「そこにいたのか」彼女の父の目は輝いていた。「ビッグニュースだ。外に出よう」

絵未子が歩いた方向とは違う方向に、池のある小さな公園を見つけた。灰色の工業地帯の喧騒の中にある、静かな緑のオアシスのような場所だった。「仕事が見つかったんだ」と父が言った。

「え?どういうこと?」

「税関調査官補」彼はくすくす笑った。「この肩書きはどう?局長は私と同い年でね。彼も満州にいたんだ。あの頃の話をした。『お前と私で、どうやって鷹四を捕まえたのか?』って。鷹四を捜していたんだって。私は源治のことには触れずに、銃の密輸について調べたことを話した。そうしたら、私には、警備員の経験しかないのに、新しい仕事を内定してくれたんだ」

絵未子は言葉がなかった。

「『補助』を強調していた。ただの協力者のようなものだ。でも政府のフルタイムの仕事だ」彼は笑った。「数週間後に書類で確認するんだ」

「タイでのことは話したの？」

「ああ、話したよ。局長は特に興味を持っていた。『あなたの知識が役に立つ』と言ったよ」

「ああ、お父さん」彼女は父の腕をとると、父は娘を引き寄せて抱きしめた。

最近はいつものように、二人が帰宅して最初に彼女がしたことは、ドアの横にある郵便受けをチェックすることだった。手紙が彼女を待っていた。彼女の心臓は飛び跳ねた。しかし、それはなぜか返送されてきたファンへの二通目の手紙だった。『配属先』についての何か読みにくいスタンプが押されていた。彼女は床に倒れ込んだ。ファンが行方不明だったから返されたのか？それとも、もっと悪いことが？

父は封筒を見て聞いた。「宛先に『ベトナム』と書いたのかい？」

「今回は送り先を間違えられないようにそう書いたの」

「そうだろうね。でも郵送先のコードだけで十分だよ。軍は任務の場所を明らかにしたくないのかもしれない」父は娘の肩に手を置いた。「おそらくそうだろう」

父の慰めにもかかわらず、その夜は、彼女は最悪の事態を恐れながらも、そのことを考えさせないようにしながら、眠りについた。

『二、三週間』それは雇われることが正式に決まるまでの期間と父が言っていた。絵未子は、この家を借りて暮らしていることを考えた。家主が誰であれ、家賃を要求してきたらどうしたらいいのだろう。彼女は仕事で貯めた貯金のほとんどを、父を連れ戻すために使っていた。鷹四との仕事は終わっていた。今は葬儀の香典の残金で生活している。彼女はその大部分がどこから来ているのかを口にしたことがなかったし、言いたくもなかった。

自分にも仕事が必要だし、本当に翻訳者になれるのだろうかと考えた。彼女は鷹四からもらった文書を父に見せた。

父は興味深そうに目を通していた。「ああ、これは私が書いたものだ」

「そう。私が保管していた数少ないものの一つよ。右翼の破壊活動的なものは、警察に尋問されたあと、鷹四のオフィスに戻した」

「お前が翻訳することになっていたの？」

「そう。前にも鷹四の指示で、いくつか翻訳したものもあるわ。英語の新聞社に送ることになっていたけれど、どうしたかは、わからない」

「ふむ、翻訳か。自分でオリジナルのストーリーを書いてみたらどうかな？鷹四の逮捕や、警察による国会議事堂攻撃計画の陰謀の粉砕などの描写ができるかもしれないよ。お前には現場の生の知識があるんだから」

時間に余裕があったので、絵未子はやってみようと思った。始めてみると、日本語で記事を書く方が翻訳よりも簡単だと感じた。自分の言葉で伝えることができる。最初に書いた文章を父に見せたところ、父はとても気に入ってくれた。「どこかの新聞社が興味を持っているかどうか探ってみよう」

彼女は気が変わる前に電車に乗った。東京日報はすでに彼女の翻訳を二つ取り上げていた。彼女はまずそこで試してみることにした。もしかしたらオリジナルの記事が載るかもしれない。

絵未子はガラス張りの高いビルの中を進んで、欲しいものを手に入れることに慣れていた。彼女はドアに映る自分の姿を確認し、髪を耳の後ろに寄せ、襟足をまっすぐにして、一息ついた。中には、彼女を歓迎するために、幼い女の子のような声で『いらっしゃいませ』と言う若い女性はいなかった。仕事をしている男女がいるだけだった。彼女は案内所に向かった。

「私は絵未・・・、いや、裏家長子です。最新の記事を直接持ってきました。編集者と相談したいんですが」

「あなたの投稿を担当しているのは、誰なんですか？」

もちろん彼女は知らなかった。「私は・・・、いや、困りました。私は誰だれとは・・・」

「それでは、サエキでしょう」

「ええ、そうです」

「二階の二〇三号室です」

二〇三号室には少なくとも五十人の黒い頭が記事の原稿と格闘していた絵未子が開いたドアから

入ってきたとき、誰も顔を上げなかった。電話の音とテレックスの唸り音が、部屋が活動している感じを与えていた。絵未子は一番近くの机まで歩いて行き、サエキさんを呼んだ。

「サエキさん！」と若い職員が声をかけた。歯が曲がっていて化粧気にない太った女性が立ち上がった。絵未子に机の方に来るよう手を振っている。何人かが机から顔を上げたが、すぐに仕事に戻った。佐伯の机のそばには椅子がない。二人は立ったまま話した。

「裏家長子は私のペンネームと言った方がよさそうです」絵未子は本名と、新聞社が発行していた裏家訳のタイトルを伝えた。「今度は自分で書いた記事を持ってきました」

絵未子が、鷹四のことと、その国会攻撃の計画の話をした時の編集者の目は、拡大したように見えた。二人が立っている間にサエキは最初の数ページを読んでいた。「わかりました。はい。一緒に来てくれませんか。人事部長を紹介しますから」

そして、うまく行った。絵未子は、東京日報の記者として採用された。給料は、記事の出来高ベースしかないが、仕事はある」

佐伯がドアの前まで、送ってくれた。「あなたの原稿には、銃の密輸の話が出ていますが、あなたの知っていることを詳しく、取材してもらえますか?」

「もちろんです」

絵未子が東京日報に投稿するようになった記事の主要な情報源は、彼女の父だった。鷹四が称賛していた『楯の会』をはじめとする過激な右翼団体の記述。すでに公表されている贈収賄事件についても、より詳細な情報を提供していた。源治の麻薬密輸に関することについては、彼女は黙っていた。源治とその繋がりのヤクザ組織に絵未子と父を狙わせる口実を与えてはならないからだ。

ついに絵未子の父の仕事が正式に決まった。初日の出勤には駅まで一緒に行った。駅で、一緒に北山工場の工場長に電話をした。工場長は大きな声で話していたが、その声からも、父が大変なことになっているのではないかと心配しているのが伝わってきた。父が工場には戻らないと言うと、「あんたが大丈夫ならいい。でも帰って、顔を見せてくれ。みんな、お前のことを心配している。必要なら、いつでも仕事を探してあげるから」と言っていた。

絵未子は工場長に叔母の順を電話に出してくれるように頼んだ。「あの若くてハンサムな同僚を連れて来てね」と、叔母の順はしつこく言った。

「そうします。でも、他にもニュースがあるのよ。わたし父を見つけました！」

「本当に？信じられない。よかったわね。でも、えーと、絵未子が住んでいた家は、今は別の家族が借りています。あなたの物は全部私の空き部屋に移したわ」

それを聞いた彼女の父は、電話を取った。「順さん、本当に私だよ。娘と帰ったら、話すことがたくさんある。でも、今は東京で仕事をしているので、いつになるかわからないんだ。家財を預かってくれてありがとう」

父が税関で働きだしたので、絵未子が料理をするようになった。卓袱台の上の電気コンロに置いたフライパンで、母のようにスキヤキを作ろうとした。肉は固くなるし、野菜は汁気を吸わないしでうまくいかなかった。

でも父は「おいしい」と言ってくれた。

「お母さんのスキヤキに似てる?」

「ははは」

絵未子は父に叔母の順が来た時の話をした。父は笑ったが、母のことや故郷のことを考えているのが伝わってきた。父は、朝早い電車で出勤しなくてはならないので、いつものように早く寝た。

絵未子は卓袱台の前に座り、母のことを考えていた。母の葬儀の後の七回の法要を全くできずに、四十九日の法要もしなかった。それは父がタイから日本への船に乗っていた時のことだった。彼女はそのことをいまさらとやかく言う必要はないと思った。

今は、父も絵未子も仕事に就けたこともあって、父と一緒に秋葉原の電気街に行って、北山にあったような白黒の小さなテレビを買った。それと携帯ラジオを聞いて、新聞を読むことで、北山と同じような生活が始まった。『ニュースの話はもういいよ。桜を見に行く人はいないのかい』という母の声が聞こえるのを想像した。父も聞いたはずだ。

「お父さん、この近くに公園があるの」ある日、彼女は言った。「散歩して紅葉を見に行かない」

父は絵未子の目を見て、何も言わずにテレビを消した。真っ赤なモミジと黄色のイチョウの木々に囲まれた日当たりの良い道を、二人は黙々と歩いた。父の目が曇っているのに気付いた絵未子は、父と腕を組んだ。

時折、父と一緒に自然の美しさを眺めながら散歩することは、母への敬意を表すことになっていた。母が一緒に歩いている姿を想像したのだった。

「紅櫨の葉」と父親は言った。「お母さんはいつもそれが好きだった」

「お母さんは、わたしには『触ってはだめよ』と言っていたわ」

「ピンクのコスモスも。母さんのお気に入りの一つだったね」

「家の前に植えていたのを覚えています」

「成増の小さな家の前にも植えよう」父の顔が明るくなった。「種を巻くのは来春かな」

その小さな家が、今では二人の新しい家になっているようだった。二人とも好きな仕事を持っていた。二人はここでの幸せな日常に落ち着いた。彼女はファンがいなくて寂しかったし、二人とも母がいなくて寂しかったが、彼女と父にはお互いがいた。彼女は庭のフェンス沿いにチューリップの球根を植えた。彼女の父親は料理のためにビーツとエンダイブを植えていた。

雑草の生い茂った庭は、彼女をいつも落ち込ませていた。父が税関に行って、家にいない間に東京日報の記事を書き終えた彼女は、庭に立って計画を立てた。来年の春先から始めれば、母の好きな花をいっぱい咲かせることができるのではないか。彼女は家に戻り、庭のスケッチを描き始めた。

ドアをノックする音がして、彼女は驚いた。

「誰かいませんか?」と男の太い深い声がした。

絵未子はドアを開けた。擦り切れたテカテカの背広に身を包んだ、背の低い、ずんぐりとしたハゲの男が、お辞儀もせずに立っていた。「女中さんですか？」

「何ですか？」

「中村鷹四という名前の人にこの家を貸しています。でも、音信不通でね。それで、女中さんの家をチェックしているんですが」汚れた名刺をだした。「大和田です。不動産屋です」コートのポケットから契約書を取り出して、この家は一人に貸しています。ここには他には誰も住んではいけないと、家主がはっきり言っています。女中や家族でないのなら、出て行ってもらわねばなりません」

出て行く？彼女には出来なかった。最初の手紙以来、ファンから連絡がなかったけど、彼が戻ってくることを諦めてはいなかった。もし彼女が引っ越したら、彼はどうやってわたしを見つけられるの？彼女は大和田の目を見て聞いた。「大家さんは、自分が犯罪者に貸していたことを知っているのですか？」

「何を言ってるんですか？」

「借り主の中村鷹四が警察に拘束されていると言っているんです。新聞に載っています」

「あなたは誰ですか？」

「私はあの男のために働いていた。テロリストだと知るまではね。それで、この小さな家を事務所にしていた」

「テロリストだって！警察に確認します。それはともかく、あなたはすぐにこの家から出て行かなければならない。ドアに鍵をかける前に、私物をまとめてください」

「大和田さん。お聞きしたいのですが。犯罪者がさっきまで住んでいた場所を新しい人に貸すことは難しくないんですか?」

彼は答えずに彼女を見つめていた。家主が損をしないようにすることが賃貸仲介業者の給料にかかっていることを絵未子は知っていた。

「そんな時に、この家を私が借りてあげようと言うんですよ」

大和田のしかめ面が和らいだ。しかしすぐに目を細めた。「年はおいくつですか?」

「二十歳です。契約書にサインできる年齢です。あなたの仕事には当然のことながら敷金礼金がかかることは承知しています」

大和田の顔に苦笑がこぼれた。「この契約は、女中の家だけでなく、家全体の契約なんですよ」

絵未子の心臓はバクバクした。「もちろんわかっています」と嘘をついた。

大和田が家賃の金額を教えてくれた。絵未子は平静を装おうとしたが、想像以上の金額だった。鷹四は『安い』と言っていた。都心に比べて安いという意味だったのだろう。しかし、彼女には仕方がなかった。ファンが戻ってきた時には、彼女と父はここにいなければならない。

「今すぐ敷金礼金を渡してくれればいい」と大和田は言った。「中村さんがもうここを必要としていないことを確認しないといけないが」

大和田が帰った後、絵未子は座り込んで、自分のしたことを考えていた。敷金・礼金で貯金を全部使ってしまった。家賃を払うのは父も彼女も大変なことになっていた。それだけでなく、父が働いていた税関も、彼女が記事を書いていた新聞社も、東京の反対側にあった。合理的なのは、そちらで物件を探すことだったろう。

「たぶん、なんとかなるさ」と、仕事から帰ってきた父が言った。「必要ならお金を借りよう。でもなぜここで?」彼女が答える前に、父は頭を叩いた。「ああ、そうか。お前はファンと連絡が取れていないんだ。もちろん彼の従軍が終わった時には、ここにいる必要があるわね」

彼女は唇を噛んだ。「言って。彼は本当に戻ってくると思う?」

「絵末子。お前こそ彼が戻ってくると思わなければ」

「だって、兵士は休職中に女の子と浮気しても、絶対その子のところに帰らないと皆が言っている。叔母の順ならそう言うだろう。だからファンは仕事のただの同僚だと言ったの。わたしは彼が軍隊にいるとも言わなかった」彼女は下を向いて呟いた。「それから彼に恋をしていたことも」

父の手が娘の手に重なり絵末子を励ました。「お父さん。お父さんも軍隊にいたでしょう。多くの兵士のことを知っていたとおもう。本当なの?女の子を好きな振りをして、帰ってくると言っても、帰って来ないというのは?」

「絵末、違うよ。兵隊も普通の男の人と何ら変わらない。少数の人はそんなことをするかも知れないが、大部分の人はしないよ。ファンについては、お前は人として彼を知っているんだ。そのことがお前に答えをくれるよ」

父の言うことが正しいことを知っていた彼女は、恐怖心を鎮めるために努力し、執筆活動に没頭し、父の税関調査の話を聞いた。彼女は、源治の麻薬密輸について知っているのに、税関に言えないことが父の心を痛めているのを見ていた。「とにかく」父はため息をついた。「我々は、それ以外の違法な密輸を停止させるつもりだ」

十二月中旬のある夜、二人が炒飯を食べながらテレビを見ていると、特報がニュースを遮った。アメリカ大統領がベトナムから五万人の追加撤退を発表していたのだ。

絵未子は父の手をとった。二人は顔を見合わせたが、どちらもあえて希望を口にしなかった。

三十五　宙に舞う枕と靴

夏草や　　Summer grasses—
強者たちの　All that remains
夢のあと　　Of soldiers' dreams.

ー　松尾芭蕉

ファンは連行してきたベトコンの捕虜から明確な答えを得られていなかった。あの場所の近くにはもっと多くの敵が隠れていたのか、そしてそれはどれくらいの人数だったのか。捕虜は尋問されていたが、何かがわかっていたとしても、巡回担当には伝わってこなかった。その代わりに、周囲には長い沈黙が続き、まるであの事件が起きなかったかのようになった。

ファンは兵舎で、周りの男たちにこのことを尋ねたが、皆の総意は『寝ている犬は寝かせておく』ということだった。「忘れろ」とライリーは言った。「今、重要なことに集中しろ。それは昼めしだろう」

兵士の食堂では、金属製の皿のカタカタいう音と戦争反対の歌が鳴り響いた。ライリーはサーロインステーキ、ポテトサラダ、豆を食べた。ファンは鱈を見つけられなかったが、メバルのフライとカニのキャセロールを選んだ。基地に配属されている人たちがどうやって体重を増やしているのかを見るのは簡単だった。

彼らは、食べるのに夢中な別の小隊の男たちの隣に、トレイを置くスペースのあるテーブルを見つけた。彼らは、チーズケーキかバナナスプリットかアップルシュトゥルーデルか、どのデザートが一番おいしいかを話し合っていた。

南ベトナム軍の制服を着た軍曹がファンの向かいに座った。ジョス事件の通訳をしたヴェーだった。ファンはうなずいた。彼はヴェーがアメリカ式のパラパラのライスを食べるためにスプーンを選んだのを見た。

「これはグック（土民）のためのテーブルじゃないぜ」とヴェーの横の二等兵は口を食べ物でいっぱいにしながらモゴモゴと言った。

ヴェーはスプーンを下ろし、トレイを持って誰もいないテーブルに移った。ライリーはデザートの会話に加わり、ティラミスを勧めた。その兵士と口論を始めるよりもむしろ、ファンは立ち上がって、ヴェーの向かい側に行った。「今のことについてはすまない」と彼は謝った。

「大丈夫です、慣れていますから」ヴェーは首を傾けた。「ベトコンの捕虜を連れて来たのはあなたでしたよね？」

「ああ、君はあいつの尋問の時に通訳したのか？おかしいと思ったんだ。あいつだけが森の中に一人でいたというのはどうも腑に落ちない」

ヴェーは顔をしかめた。「尋問では決定的なものは何も出なかったのです」

「あいつは話そうとしなかったのか?」

ヴェーはファンの目を見た。「彼は話した。隊長は報告書を受け取った」

ファンは、ヴェーがそれについて話すことを躊躇しているのを理解した。しかし、彼はその情報が秘密にされている必要がある理由がわからなかった。ファンは迫った。「で、あいつはより大きな部隊に所属していたのか、そうでないのか?」

ヴェーは大きなスプーン一杯のご飯を飲み込んだ。「捕虜が言っていたことがある。ラオスの国境近くにベトコンのキャンプがあった。今でもある。彼が捕まった場所からそう遠くないところだ。彼は偵察のために派遣された。南ベトナム人の兵士の一人が彼を驚かせたが、撃ち損ねた。彼は撃ち返して森の中に退却した。二人のアメリカ兵が追いかけてきた。あなたとジョンソン軍曹です。あなた方の一人が木に向かって発砲し、彼の肩に当たった」

「隊長はそのことを知っているのか?国境付近のベトコンを一掃するために、我々は派遣されたようだった」

「彼は報告書を受け取った。それしか言えない」ヴェーはお茶を口にした。「捕虜の話では、ベトコンはそこにキャンプして、米軍が撤退するのを待っている。そうなれば北ベトナム軍の南への進軍は容易になるだろう、と言うことだ」

ファンはよく考えてみた。ベトナム人が言うところのデタント・緊張緩和だった。ベトナム軍の司令官もアメリカ軍の隊長も、無意味な血みどろの戦いを望んではいなかったのだ。初めて、ファンは戦争が終わったことを確信した。そして、他の人たちと同じように、彼も初めて、最後に殺された人にはなりたくない強い思いを感じた。

「捕虜の肩は治ったのか？」とファンは尋ねた。

「はい、彼は捕虜交換のリストに載っています。ジョンソン軍曹についての情報は得られませんでした」

「彼の足は骨折していたんだ。今は横浜で休暇を楽しんでるよ」

「幸運児ですね」ヴェーはクリーム・キャラメルを食べながら、ファンを見た。「あの村の事件。私はあなたに感謝したいのです。ジョス中尉が・・・あなたが、あの少女の父親を連行しなかったことを・・・」

「そのことは起こらなかったんだ。ヴェー。ジョスは仕掛け爆弾で死んだんだ」

ヴェーはうなずいた。まるで礼をするように。

・

ファンの巡回の捜索・排除任務は中断されたようだった、少なくともその時点では。もしかしたら、西の丘陵地帯にある『平和化された』村々の周辺から、ベトコンの最後の居残りを一掃をしていたのかもしれない。あるいは、米国はその地域を支配するという希望を捨てていたのかもしれない。いずれにしても、数週間は座りっぱなしで、アメリカからの最新ニュースを探したり、ポーカーをしたり、世間話をして油を売ること以外には何もない日々が続いた。

ファンは星条旗新聞を読んで、九月中旬に三万五千人の兵士がベトナムから撤退したことを知っていた。十二月中旬にはさらに多くの部隊が帰還するとの情報が出ていた。それはわずか数週間後のことだった。ファンの部隊は缶の中のミミズのようにもがき苦しんだ。ほとんどの兵士たちは、自分たちの部隊が次に撤収されるのは当然だと思った。懐疑的な兵士たちは、『当然』とは何の関係もないと主張した。先に撤退された部隊は、単に撤退するのに最も容易だったからだろう。

兵舎では、日本でR＆R・休養と回復に行って、そこで女の子に会ったウィリアムズのことをからかっていた男たちの話に、ファンは耳を傾けていた。

「その子がお前を待ってると本当に思ってるのか? 馬鹿じゃない?」

「今頃、別の兵士と一緒にいるのは、間違いない」

「そうだ。お前がいなくなってから、もう三、四人はとっかえただろう」

「彼女は戦死者報告書を読んでるさ。彼女はその確率を知っている。君を待って時間を無駄にしたりはしないよ」

「お前は手紙を一通受け取ったのかい。それ以来何もない。それがどう言う意味かわかるだろう」

ファンが割って入った。「黙るんだ。みんな。ウィリアムズ、そんな話を聞く必要はない。お前たちは女の子について何も知らないくせに」

「女はみんな同じだよ」ライリーは嘲笑った。周りも同意した。

その夜、ファンは寝台の上で、絵未子から受け取った一通の短い手紙をもう一度読んだ。彼が去った後すぐに彼女が書いたものだった。そこには彼を愛していると書いてあった。でも彼が手紙を出しても、彼女はまったくその返事をくれなかった。

•

翌日、ファンへの手紙があったが、それは絵未子からではなく、友人のウォルターからだった。

一九六九年十一月

ファンへ

ウォルターです。母の料理を楽しみながら、家族でクーソー島の昔話を長々としています。この手紙は、君がどこにいようと、我々の素晴らしいAPO（軍事郵便局）システムを介して、最終的に君のところへ届くと思います。君が元気でいることを願っています。

撤退する部隊が増えると聞いていますが、君もそうなることを願っています。もしアメリカに戻ったら私に会いに来てください。エビのクレオール料理を作ってあげるからね。それを食べたら、もう、ここから離れられないよ。

君の友人

ウォルター

803-555-7232

ウォルターからの連絡は嬉しいサプライズだった。彼らは東京で一緒に幸せな時間を過ごした。ファンは機会があれば絶対に彼に会いに行くつもりだ。

彼は消印を確認した。サウスカロライナ州のボーフォートからウォルターの手紙が届くのに十日しかかかっていない。絵未子からは二か月近く音沙汰がなかった。一通だけ来た短い手紙には、話したいことがたくさんあると書いてあった。彼はその手紙にすぐに返事をした。それからは何も来なかった。彼女は何を伝えなければならなかったのだろう?何かが変だった。

ファンが兵舎に戻ると、中に入る前に、彼は叫び声を聞いた。中では枕と靴が宙に舞っていた。ブレイクは走ってきて、彼に抱きついた。

「どうしたんだ?」

「聞いてないのか?家に帰るんだ」

・

アメリカに戻る飛行機の中で、ファンは皆と興奮を分かち合おうとした。ビールを何本か飲み、Give Peace a Chance のコーラスに合わせて歌った。しかし、なぜ絵未子は手紙を一通だけしか書かないのか、不思議でたまらなかった。『兵隊が帰ってくるのを待たない女の子たち』の兵舎の戯言が頭の中でよみがえった。

この飛行機には座席があったし、窓もあった。飛行機が機体を傾け、フェイエットビル空港に向かって急降下して、ついに広大な陸軍基地が見えてくるまで、彼は何度も眠たり目を覚ましていたりしていた。「地面にキスしてやるぞ」とライリーは歓声と足の踏み鳴る音の中で叫んだ。「やっと帰れた」とブレイクは叫んだ。ノースカロライナ州フォートブラッグ行きのバスが待っていた。

ファンは戦争から解放されたことは喜んでいたが、ここはどの軍の基地よりも彼にとっての故郷のようには感じられなかった。故郷って?臭う兵舎、食堂、座りっぱなしの不要不急の雑用。基地にチェックインするとすぐに四日間の休暇が与えられることになっていた。家族を訪問するのに十分な時間だったが、ファンにとってはそうではなかった。プエルトリコは遠すぎた。日本は言うまでもなく。

彼は寝台に座って絵未子の短い手紙をもう一度読もうと思ったが、あることを思いついた。ウォルターを訪ねることにしたのだ。兵舎に電話があった。ウォルターは手紙に電話番号を書いていた。

・

「怪我なんてしなかったみたいじゃないか」

「ウォルター!久しぶりだね。少し太ったようだね」

「ハハハ、そうだね」

ウォルターが教えてくれたのは『クーソー島、サウスカロライナ州、フレンドシップ・バプテスト教会のすぐ近く』だけだった。そこは古かったが、苔むした木陰のバンガローだった。白髪の両親、白髪の叔父と叔母、はだしの姪と甥がポーチに立って待っていて、彼を出迎えた。その一人一人とファンは握手した。

いつの間にか、ファンはきしむロッキングチェアに座って、ジントニックを飲みながら、ウォルターの日本での四年間の話にみんなと一緒に笑っていた。「茶色い海苔がチョコレートだと思った時の話をして」と甥っ子に促された。それを聞いて、みんな初めて聞いたように笑った。

ボーフォートからの船旅では船酔いをしたが、ジンと楽しい話で胃は落ち着いた。この小さな島には、ガラ族の家族が住んでいて、彼は故郷にいるような気分になり始めていた。

ウォルターの母親がファンに、退役したらクーソー島に定住したらどうかと勧めた。「最近は、エビとカニ漁がいい商売だよ。家を建てるのに十分な土地を買えるようになる」

「この頃は土地がとても高価になっている」ウォルターの父親は不満を言った。「不動産投資家が本土から金持ちをここに呼び寄せているからだ」

「そうそう。でも、私たちはここを絶対に売らないわ」と叔母さんが言った。「私たち家族はアメリカができるずっと前からここにいたんだ。誰もゴルフ場を作るために墓地を掘りかえさせたりしないわ」

「そのとおりだ」とウォルターの父親は言った。「安息中の魂を呼び戻したくない。彼らは農園で死ぬほど働いた。今は安らかに眠らせてあげなくては」

ウォルターは日本でのファンの療養中のことについて聞きたがった。

「女の子に会ったんだ。絵未子っていうんだ。ぼくはもう彼女のことしか考えられない」

ウォルターの母親は椅子を揺らした。「うー、それはいいね」彼女の妹は「そうねそうね」と繰り返した。

「あと四か月でぼくの兵役は終わる」とファンは皆に言った。「そして、ぼくは戻る。そんなに待ちたくはないけれど」

ウォルターはグラスを置いた。「もしかしたら、日本で、任期を終えることができるかもしれない。王子病院が閉院した時、東京のAPO・軍事郵便局のメールセンターに配属された友人がいる。彼は人手が足りないと言っていた」

「ウォルター。できると思うの・・・」

「聞いてみても損はないと思うよ。今夜、その友人に電話してみる」

三十六　徹底清掃と資金洗浄

いにしへの人も、まことに犯しあるにてしも、かかることに当たらざりけり。
It used to be that even people who were guilty of serious crimes escaped this sort of punishment ...
ー　紫式部、源氏物語

絵未子は新聞を読んだが、米軍のどの部隊が本国に送られているかはどこにも書かれていなかった。唯一の朗報は、鷹四が銃の密輸と国会議事堂襲撃の共謀罪で起訴され、有罪判決を受け、懲役十年の実刑が与えられたことだった。マスコミは彼を日本のガイ・フォークスと呼んでいた。彼の信奉者は、主に騙されやすい学生や悟のような迷える魂を持った者たちで、刑は思ったよりずっと軽いものだった。源治の麻薬組織が解体されるのを見たいと思っていたが、父はそうは言わなかった。もし、父が情報を提供して、源治が警察に逮捕されれば、源治のタイまで広がっている大規模な密輸団も崩壊しただろう。が、そうはならなかった。

不動産屋の大和田も、テレビで鷹四のニュースを見たはずだ。彼は契約書を持って二人の家のドアをノックした。「あ、二人ですか?家族ですか?別の人に転貸はダメですからね」

絵未子の父は、北山を出る前まで郵便局に貯めていた貯金を引き落とした。それと葬儀の香典で最後に残ったお金で一月分の家賃を払った。翌月の分は父の給料から支払うことができるだろう。そうなると、生活費はあまり残らない。でもそれでかまわなかった。ファンがまだ彼女と一緒にいたいと思っているかどうか、そして彼がまだ生きているかどうかがわかるまで、絵未子はここにいなければならなかった。

父は娘が台所の小さな台の上に広げたメモや書類に目を走らせた。「ここは、お金を払って全部を借りているんだから、文章を書いたり翻訳したりする時は、鷹四が使っていたオフィスと机を使ってもいいだろう」

実際には一人で部屋に入って仕事をしたくはなかったが、彼女は同意してうなずいた。

父はもうひとつの提案をした。「あそこの二階の部屋に私は移ろう。その方が、お前のスペースが広くとれるだろう」

「スペースはそんなに必要ないわ。お父さん、わたしたちはここでいいのよ」

父は微笑んだ。「広い母屋に引っ越さないか？二階それぞれ自分の部屋を持てるし、オフィスもあるし、大きな台所もあるし、お風呂もある。フルサイズの家だね」

「わかったわ。お父さんがそうしたいなら。でも、食事も一緒、テレビも一緒に見て、ニュースやいろんなことも話ができるならね」

「もちろんだよ。北山の時みたいに。母さんがいない以外は・・・」

「ああ、わかっています。聞いて、お父さん。ずっと考えていたの。もうすぐ正月休みです。一月の最初の二週間は何もかもが、かなり休みになるだろうから、北山に帰ってお母さんの追悼式をするのはどうでしょう? 友達にも会えるし、久しぶりだし」

父は絵末子から返してもらった青と白のスカーフに指をかけた。「この家で使うものもいくつか持って来られるしね」

「お父さんが作った神棚とか?」先祖への毎日の供物を入れるために壁に掛けられた小さな神棚のことを、娘はいつも父をからかっていた。彼女はそれを、霊魂がまだ生きている振りをしていると言った。父の答えはいつも「そう、ただの振りだよ。でも私とお前の母さんは、それで気が楽になるんだ」だった。不思議なことに、今では東京の家の壁に飾ることで、彼女も気分が楽になっていた。

鷹四の家に引っ越す前に、徹底的に掃除をすることにした。次の予定より早くにトイレの業者を呼んでタンクを空にしてもらったり、風呂場を漂白剤で洗ったり、廊下の床を磨いたり、広い台所とそこに残っていた道具を消毒したりした。絵末子は、元の雇い主の痕跡と記憶を洗い流そうとしていた。

彼女は、台所の隣に大きな畳の部屋があることは、前には知らなかった。それで、引っ越してからは、そこにテレビを置いて、親子で一緒に座って、話したり、本を読んだりすることにした。畳に座る以外は、雑誌に載っている洋風の居間のようだった。

それでも二人は、台所の大きなテーブルの椅子に座るよりも、『居間』の低い卓袱台で食事をすることを好んでいた。食事をしながらテレビのニュースに耳を傾けていた。絵末子はビジネスニュースには興味がなかった。米作の補助金。グレープフルーツの関税。繊維製品輸出自主規制。つまらなかった。

「待って」ある夜、父が言った。「聞いてくれ」

「資金洗浄の捜査が行われ、逮捕されたのは佐藤源治と源佐商社の別の従業員、ドイツの銀行での違法取引の利益を、隠していた容疑がある」

「お父さん、信じられない。源治が逮捕されたの？」

「資金洗浄でね。会社は潰れるだろう」

「それに私たちは何の関係もないわね」

絵末子は、しばらく座り込んで考えた。源治は、自己の欲のために犯した罪で、税法違反で罰せらる。源治が外国車を持ち込んで販売する際に、輸入税を迂回して売ったことを自慢していたのを覚えている。確かに欲が張っている。しかし、それは彼の最悪の犯罪ではなかった。ヤクザの手下に父を拉致させたことが一番悪いんだ。金のためにやったんじゃない。彼をそうさせたのは、彼女の母に対する。狂人のようなサイコパスの欲望だ。

「なんとなく、罰は彼の犯した本当の犯罪にはそぐわないな」と彼女の父はつぶやいた。

「わたし、知っている。あの人は資金洗浄よりもっと悪いことをいくつもしていた」絵末子はすぐに『いくつも』と言ってしまったことを後悔した。源治と母のことをどれだけ自分が知ったかを父に知られたくなかった。そして、源治と自分の間に何があったかも知られたくなかった。

「それでも」父は言った。「麻薬の密輸と、刑期は同じくらいだろう」

「拉致も？」

彼女の父は目を閉じた。タイでの長い間拘束されていたことを考えていたのかもしれない。しかし、もしかしたら源治と自分の妻のことも考えていたのかもしれない。「お前の言うとおりだ」と父親は言った。「彼は、拉致でも終身刑にはならないだろう」額を擦りながらそう言った。「それは問題じゃないだろう？重要なのは、彼がもう私たちにとって危険ではないということだ。最終的に彼が刑務所から出て来たとしても、仕事は無くなってしまい、無力になるから」

絵未子は一息ついて、畳の上に横になった。あとは源治のヤクザ一味のことだけが心配だと思った。しかし、その場の静けさを乱すようなことは何も言わなかった。

広い家に移ってきてからの数日間、二人は時々『居間』の畳の上で眠りにつくまで話し込んだ。絵未子は数時間後に目を覚まし、父をなだめて、二人はそれぞれの部屋に上がっていた。

源治の逮捕が発表された後、絵未子は布団の中に潜り込んだが、なかなか眠りにつくことができなかった。考えが、論理的な脈絡もなく次から次へと飛び交った。

源治が逮捕されても、源治のヤクザ組織は塀の外側にいた。

ファン・・・なぜ彼は手紙をくれないの？怪我をしたのか、行方不明なのか、それとも・・・？

それでも、北山の多くの人が、父のことを、社会の圧力から逃れてわざと迷子になった『蒸発した人』

の一人だと思い込んでいる時に、父を見つけ出して、正月に北山に凱旋することを考えると、彼女は微笑んでしまった。

正月休みに北山に帰ることを考えていた彼女は、とうとう眠りについてしまった。目が覚めたのはもう昼間で、クロが短く吠えて、それから興奮したような鳴き声が聞こえた。男の声がしたが、言葉は聞き取れなかった。窓の外の庭を見た。

そこには米軍の軍服を着た男が立っていて、クロを撫でながら『裏の家』の鍵のかかったドアをノックしていた。ファンだった。

彼女は鍵をつかむと、浴衣姿で庭を横切り、彼の腕の中に飛び込んだ。まるで彼が今にも凍てつく空気の中に消えてしまいそうな幽霊のように、彼女は彼を強く抱きしめた。「信じられない。本当にここにいるの?」

二人は小さな家の畳の上でお互いを近くに引き寄せた。「怪我はしてないよね?」

「大丈夫ぼくの戦争は終わったんだ」

他には何も大事なことはなかった。話すことも、もうなかった。二人は、世界から隔絶された夢のような雲の中で、愛し合った。

三十七　メリークリスマス

今の女は善人、商人は悪人、すは、善悪の二道ここに極まりたり
... those merchants are bad men. No distinction between right and wrong could be clearer than this.

ー　観阿弥清次、自然居士

絵未子の父は、ファンを母屋に案内するときに、少しお辞儀をした。そして、外国人がするように手を差し出してファンと握手をした。「Very nice to meet you.」と英語で言った。「尾関博治です」

「ゴメス。ファン・ゴメスです。ハジメマシテ」

絵未子は二人がそれぞれ相手の国の知っている言葉を使い切るのを待った。彼女の父はファンの肩の記章に二本の縞模様があるのに気づいた。「『伍長』ですね」

「はい」ファンは絵未子の方を向いた。「私は今、伍長です」

絵未子は顔をあからめた。彼女は彼の階級を知らなかったし、聞こうと思ったこともなかった。「昇進したの？」彼はうなずいた。

父はファンの肩章を見ながら「第四歩兵師団。多くの戦いがあったんだね」と言った。

した。

「まあ、そうです。ハイ」

彼女の父はファンの軍服についている二つのリボンを指差し、感心しているようだった。ファンは絵未子の方を向いた。「これは誰にでももらえるんだって言ってあげて。これは陸軍での業績と善行に対して、と言うだけのものです」

絵未子は父の称賛の気持ちを、削ぐつもりはなかった。「勇敢さと勲功のためのもの」と彼女は訳した。

信じがたい光景だった。彼女の父は、かつて自分が戦った相手の軍の人間とのつながりを作り始めた。ファンがスイスかどこかで民間人として父に会った場合には、それは決して出来なかったであろう『つながり』だった。

「アナタ・ハ？」ファンは彼女の父に尋ねた。

父の部隊や階級、勲章などを翻訳しながら、絵未子の頬は再び熱くなった。こうしたことについて、これまで父には何もあえて聞いたことがなかった。彼女が知る限り、母だって父に聞いたことがないだろう。

それに、ファンがこの派手な軍服を着て来たことが不思議だった。それについて彼に尋ねることは、それまでは、彼女の最優先事項ではなかったが、今尋ねた。

「非番の時は一般服を着ることになっていますが、今日の午後は、仕事の説明会に行きます。「私は郵便配達員になるんです」

「何になるって?」

「ぼくは、残りの兵役期間、東京の軍事郵便局に配属されたんです」

絵未子は驚いた。「手紙が届くのを見届ける仕事を担当するの?」

「絵未、何度か手紙を書こうとした。君からの二通目の手紙を期待していたんだ」

「わたしは書いて、そして出したけれど、返ってきたの」

「そうだったのか。心配したよ」

「わたしもよ」絵未子は父がその話についてこようとしているのに気づいていた。父はわかっているようだった。「とにかく」父は日本語で話に割って入った。「ファンが引っ越して来るのを手伝おう。私は私の荷物を『小さい家』に戻すから、彼とお前は一緒に『大きい家』に住みなさい」

ファンはそれ理解したが、戸惑っていた。「『大きい家』って、タカシの家じゃないの?」

「今は私たちの家よ。鷹四の銃の密輸を止めるために、警察に情報を提供したの。国会議事堂への襲撃計画の情報もね。鷹四は既に逮捕されているわ」

「ついに銃のことで警察に行ったんだね?」

「お父さんとわたし、一緒に行きました」彼女は悟の死の話はしたくなかった。後でファンに話さなければならない事が山ほどあったからだ。

彼女の父はこの話を全く理解していなかった。「ファンにタイ料理が好きかどうか聞いてみて」

絵未子は目を丸くして「日本食が好きなのは知っているけど」

彼女の父が持っていた荷物を『小さな家』に移すのは、全く時間がかからなかった。そして、ファンと父は一緒に、出勤するために駅に向かった。絵未子は鷹四のオフィスに入って、机の前に座った。今は彼女の机。彼女のオフィスだった。彼女はヤクザによる政治家への資金提供の記事を書き始めた。鷹四から預かった文書から、彼女は多くのことを学んでいた。東京日報は、電話取材が必要な時には出社してもいいと言っていた。本当に記者になった気がしてきた。

その日の午後、彼女はカレーライスを作り、父とファンが仕事から帰ってくると、居間で三人で食事をした。彼女は、夕食中に野球の話を聞いたのは初めてのことだった。彼女はあまり通訳する必要がなかった。野球の用語の多くは日本語でも英語でも同じで、選手の名前も同じで、発音が少し違うだけだった。父親は息子がいないことを寂しく思っていたのだろうか。

「明日はクリスマスだ」ファンは言った。「たった一日だけ働いたけれど、休みをもらった。そして、郵便室からの電話して両親を驚かせたんだ」

「クリスマス。そうだクリスマス」と彼女の父は繰り返した。父は赤と緑のリボンで結ばれた白い箱を持ってきて、何も言わずに食卓の上に置いていたが、目が輝いていた。絵未子はそれがクリスマスイブに食べる日本の伝統になっているクリスマスケーキだと確信した。

「おいしい」と、ファンは食べながら言った。「クリスマスケーキなんて聞いたことないよ。クリスマスには七面鳥を食べるんだ」

「そうなの、ケーキの方がいいわ」と絵未子は笑った。英語が簡単なときは、彼女の父は大体わかっているように見えた。「Me, too.」と父は同意した。

ファンには、父の仕事のことで聞きたいと思ったことがたくさんあった。こういう場合には、絵未子の通訳が必要になった。彼女は『税関調査官補』を『税関の人』に単純化して通訳した。

「七面鳥といえば」と父が言った。「ファンに通訳してあげて。カナダの誰かが、生きた七面鳥を百羽も横浜に輸出しようとしたんだ。これはちょっとした指示事項があった。一つは、『七面鳥は生きていくために空気を必要とする』二つめ、『死んで二週間もたつと臭いがきつくなる』それなのに、百羽みんなが一つの密閉コンテナーで到着した」

「笑わないでね、ファン。父が調子に乗るから」

「中国で偽物のシャネルの5番とスコッチのジョニーウォーカーを生産しているならボトルは混ぜない方がいい」

彼女の父は楽しんでいた。「日本人はクリスマスイブに飲みに行く人が多いんだ。アメリカでもそうなのかファンに聞いてみて」

ファンは「ノー」と答えた。クリスマスイブは家族の時間だった。

「そうなのか・・・」

「それに、ファンと私は疲れているから今夜は外出できないわ」

彼女の父はその言葉にヒントを得たようだ。父は窓越しに月を見て、わざと欠伸をした。そして立ち上がり、ファンと握手をして、「もう眠ります」といって『小さな家』に行った。

・ファンは襖を開けた。「ここに二つの部屋があるなんて知らなかった。ぼくたちはこちらで寝て、お父さんはあちらで寝られるだろう？」

「いいえ」

彼女の強い返答に彼は目を見開いた。

「この襖がどれだけ薄いか見た？」彼女は襖の表面を指で叩いた。

「うん」

「わたしたちにはプライバシーが必要よ」彼女は彼が入浴した後に着た寝巻きの下に手を滑り込ませて彼の胸を撫でた。「新しい怪我はないわね？ベトコンに殺されるんじゃないかと本当に心配したわ。それともジョス中尉に殺されるかと」

「ジョスは戦死した」

彼女は浴衣の帯を下に落とした。「ファン、あなたがいなくて本当に寂しかった。あなたにはわからないでしょうけれど・・・」

彼は彼女を引き寄せた。「ぼくだって。君のことをずっと思い続けてきたよ」

二人は布団の上で抱き合った。絵未子の心臓の鼓動は彼の青緑色の目の映る愛の強さに反応した。

・満月が高く昇っていた。二人はお互いの腕の中で疲れ果てて横たわっていた。絵未子が眠っていると、ファンがやさしく抱いた。「もう夜十二時を過ぎたよ。絵未、メリー・クリスマス」

「ああ、メリークリスマス」この言葉を絵未子は今まで言ったことがなかった。

ファンはダッフルバッグを開いて、「君にプレゼントを持ってきた」それは茶色の紙に包まれて紐で結ばれていた。「サイゴンで買ったんだ。アメリカへの飛行機が離陸する前に」

彼女は白いシルクのドレスを広げた。ラベンダー色の縁飾りが施されたハイネックで長袖のドレスだった。「ファン、すごくきれい」

「アオザイと言うんだ。長いクワンが付いているよ」

彼女は嬉しくて、何も着ていないことを忘れて、ドレスを持って立ち上がった。

ファンの笑みが顔じゅうに広がった。「クワンを先にはかなくては」

彼女は彼の肩につかまって、白いシルクのゆったりしたクワンをはいた。それからまっすぐに立って微笑んだ。

「オーケー。ドレスの部分は首から腰にかけてボタンをしっかりと留めるんだね。その下はゆるく垂れ下がる。どうやって着るのか知らなかった。手伝おうか?」

「え、くすぐったいわ」

「そこに立って」彼は後ろに立った。「オー・マイ・ゴッド!きれいだよ」

「見せて」彼女は納戸のドアの鏡の前に立った。「ファン。ありがとう」

「カメラはどこ?」

「その前に、まず髪を直すわ」

・クリスマスの朝、絵未子はベトナムのドレスを着て階下に降りた。父は、味噌汁をかき混ぜながら、娘を見上げた。「おー、この映画スターは誰？絵未子、素敵だよ」

「ファンからのプレゼント！」

「そうだと思った」ファンに礼をして、「ありがとう。Very nice.」と言った。

「お父さん、ファンと私の写真を撮って」そして、次に彼女はファンに自分と父の写真を撮ってもらった。

「ぼくの父さんは日本のカメラを送って欲しいって、言っていた」

「それなら、秋葉原に行こう」と絵未子は提案した。「みんな秋葉原の方が安いって言ってる」それに、ベトナムのドレスを着ているところを皆に見せびらかしたかった。

ファンが選んだカメラは彼女のものとは違っていた。紐で首にかけるような大きなカメラだった。絵未子はその値段にショックを受けた。ファンは価格のことは気にしていな様子だった。「これまで、父には何も頼まれたことがないから」

「お母さんには何も頼まれなかったの？」

「実は頼まれたんだ。炊飯器」

「いいじゃない！ファン、向かいのお店で買えるわよ。サンタクロースがご飯を炊いている大きな絵が描かれているお店でね」ファンが両親に手紙を書くように促したことが、和解の始まりになったのではないかと思うと、彼女の顔は嬉しさで一杯になった。ファンが両親と和解するための努力を続けるように、彼女は励ますつもりだった。

ファンは炊飯器を店からアメリカの母親に直送してもらったが、カメラはまずは自分で使いたいと言っていた。絵未子と父さんの写真を撮ろうとしたが、道が混んでいて、立ち止まるたびに人がぶつかってくる。そこで三人は電車で東京駅まで行き、皇居前広場を歩いた。そのうちに、カメラの中は皇居の前でポーズをとる絵未子の写真でいっぱいになった。

その晩の夕食の時、絵未子は「まだ話してないことがあるの、ファン。父はヤクザの麻薬密輸組織に拉致されたの。タイで監禁されていたわ」

「本当に！まさか、冗談でしょう」

彼女は彼に短い説明をした。彼女は父を取り戻すために与論島にどうやって行ったかについても。

「信じられない。二人とも殺されるのが怖くなかったの？」

「怖かった。でも、彼らも怖がっていたのがわかった」彼女は警察に送ると脅した文書についてファンに話した。「わたしは父を自由にできたけれど、二人とも麻薬密輸業者のことは警察に伝えないと、ヤクザに約束せざるをえなかった」

「約束？意味がわからない。君のお父さんは税関捜査官だ。このまま麻薬の密輸を続けさせていいのだろうか？」

絵未子の父は、部分的には理解していた。「『警察に通報すると私たち二人がどうなるか』と源治が言っていたことを話してあげなさい」

「ゲンジ？」ってファンは尋ねた。それと『ヤクザ』という言葉だけは理解できたのだろう。

「源治は逮捕されたから、もう怖くはない」絵未子は父のいるところで、源治の話はしたくなかった。

「お父さんが何か知っているなら・・・」

「父はもうすぐ来る積荷のことを知っている。でも、父が税関に話せば、密輸業者は父からの情報だと気付くだろう。その時には、彼らはわたしたち二人を殺すと言ったわ」

ファンの青緑の目には『信じられない』と言う思いが浮かんでいた。「絵未子、まさか本当だとは。オー・マイ・ゴッド。このことが起こったのは・・・？」

「あなたがいない間に・・・」

ファンは頭を左右に振って聞いた事を振り払おうとしているかのようだった。「君が今までずっと危険に晒されていたのに、ぼくはちっとも知らなかった」

「麻薬密輸業者のことを通報しない限り、わたしたちは安全なの。わたしはそれでいいとは思っていない。でも、それを回避する方法を見つけられない」絵未子はそうファンに話しかけ、父の話はとりあえず置いておいた。

ファンは両手を頭に当て、壁を見つめていた。彼は一瞬目を閉じてから、絵未子を見た。「もしかしたら、何か方法があるかもしれない。密輸業者を逮捕するのが米軍だったら？それなら、君やお父さんを巻き込まずに日本の警察に引き渡すことができるのではないか？」

「そんなことが可能なの？」

「米軍は日本と同じように麻薬の密輸を阻止したいと思っている。米軍には独自の捜査官がいるんだ」

絵未子は彼が何を考えているかが見えた。「アメリカの人たちが捕まえるなら、ヤクザは疑わないわね。背後にお父さんとわたしがいることも」

ファンは重々しくうなずいた。「入荷はいつだって？」

「三日後だと父さんは言っていた。港の税関が閉まっている日曜日に、と」

「わかった。もしお父さんが情報をくれたら、明日にはＣＩＤ（犯罪捜査課）に情報を届けられる。そうすればＣＩＤが行動を起こす時間を作れる」

「ＣＩＤ？」と彼女の父は言った。どういうわけか、父はＣＩＤが何かを知っていた。それだけでもファンと同じ考えを持てるように思えた。「ファンはＣＩＤに麻薬のことを話すことができるのか。そうファンは言っているのかい？それなら私には理解できる。奴らを逮捕するために何かできることがあれば、やってみるべきだ」

その計画は十分安全なように思えた。ファンが戻って来て、たった一日で、自分たちのジレンマから抜け出す方法を思いついたとは信じられなかった。ファンにキスをしたいと思ったが、父の前では我慢した。

彼女の父は赤レンガ倉庫と桟橋のスケッチを描いた。「ここだ。この建物の後ろだ」父は鉛筆の先で示した。「ここが船が停泊する場所だ。『ロイヤル・タイ号』という小型貨物船だ」

彼女の父は、また別のスケッチを示した。「この倉庫は、おそらくヘロインを運ぶ場所だ。ヘロインはタイの葬式の赤と金の骨壷に入っていて、その骨壷はプラスチックの箱に詰められているだろう」と絵末子はファンに説明した。父はファンにスケッチを渡した。

三十八　カーチェイス

おごれる人も久しからず、只春の夜の夢のごとし。たけき者も遂にはほろびぬ、偏に風の前の塵に同じ。
The proud do not endure, like a passing dream on a night in spring; the mighty fall at last, to be no more than dust before the wind.

―　平家物語

冷たいすきま風が窓をガタガタと鳴らした。灰色の雲が浮かんで、雪が降ってきそうだ。絵未子はファンからもらっていたフード付きのパーカーを着た。日曜日の朝。出かける時間だ。

ファンはCIDの捜査員と一緒にすべての準備をしていた。ロイヤルタイ号が正午頃に停泊する赤レンガ埠頭の近くでCIDの捜査員は待機することになっていた。成増駅では、絵未子の父は税関の事務所に電話をかけて、捜査をしていると言った。渋谷から横浜までの長い道のりの中で、ファンはこっそり絵未子の手を握っていた。誰も何も言葉を発しなかった。

駅から歩いたが、赤レンガ倉庫への橋は渡らなかった。その代わりに、窓から桟橋全体を見渡せる喫茶店を見つけた。ファンは、テーブルの下で、絵未子の手を再び握った。その手は、緊張のせいか汗ばんでいた。

サテンのドレスを着た中年のウェイトレスが注文を取りに来た。彼女は中国語のアクセントで話していた。彼女がコーヒーを取りに帰ると、絵未子は「お父さんのことを見ていたよ」とからかった。

彼女の父は、そんな娘のからかいは聞いていないようだった。父は赤レンガ埠頭の向かいの旅客ターミナルにいた男を指さした。「変だな。あそこに座っているだけだ」

「倉庫の向こう側を見ている」と絵未子は観察した。

「あの男は変装したCIDのメンバーに違いない」とファンは言った。「CIDの人間でも、日本人のような格好をしているから、バレないと言われた。船が来たら憲兵に無線で連絡するはずだ」

彼らが二杯目のコーヒーにクリームを入れてかき混ぜていた時、船の警笛の低い音が窓から聞こえてきた。彼女の父が小声で言った。「来たぞ」

桟橋の男は立ち上がって、ポケットからオリーブグリーンのトランシーバーを取り出し、耳にかざした。

ロイヤルタイ号は黒煙を上げながら減速して、ドックに入ってきた。絵未子の父が与論島に来た時、着ていたような円錐形の帽子とチュニックの乗組員たちが飛び出してきて、まず船尾を、次に船首を、太い麻縄で係船柱に繋ぎ止めた。

「見て！港の外を」とファンは言った。「米軍のパトロールボートだ」絵未子はロイヤルタイ号に向かって近づく五隻の灰色のボートを確認した。「これでいい」彼女の父親は言った。

絵未子は椅子を立って、レジのそばの公衆電話に駆け寄った。ポケットからメモを取り出し、朝日新聞横浜支局のホットラインにダイヤルした。彼女は低い声で話した。「アメリカによる麻薬組織の緊急捜査を知らせたいんですが、今やっています。赤レンガ埠頭。米軍のボートがタイの貨物船に向かっています」彼女は電話を切った。

絵未子がテーブルに戻ると、ＣＩＤの見張りは桟橋の端にいて、パトロールボートに合図を送っていた。ボートはスピードを落とし、慎重に近づいているようだった。

父はタイの船を指差した。「これは手遅れになるかもしれない。見なさい」

桟橋にはすでにタラップが下りていて、プラスチックの大きな箱を積んだ台車を、一人の男が桟橋の上に運んでいた。「あの箱は知っている」と絵未子の父は言った。「薬物が入っているんだよ」

男は急いで、桟橋の端にある白いトラックに向かって台車を走らせた。

「あの男を知っている」と絵未子の父は言った。「あいつはブローカーだ」

ファンはあわてて公衆電話に駆け寄り、スロットに一握りのコインを落とし、誰かを呼んで、待った。ようやく煽られたような声で話した。絵未子は『白いトラック』と『逃走中』という声を聞いた。

「さあ、行こう」と彼は絵未子と父に言った。「追いかけてくれと、言われた」彼はテーブルの上にお金を置いてドアを開けた。「タクシー！」と叫ぶとオレンジと白のタクシーが急停車した。「絵未子、あの交差点に停車している白いトラックを追えと言って」

タクシーは海岸通りを走り、窓の外に目をやると、米軍のボートがロイヤルタイ号を包囲しているのが見えた。兵士たちが乗り込んで行った。そして、すでにカメラを持った記者の群れが、テレビのバンのクルーと一緒に船に向かって押し寄せているのがわかった。

タクシーはクラクション音を鳴らして車を一台追い越したが、通りは両方向ともに渋滞していた。彼らは前方の白いトラックが交差点に停車しているのを見て、その前を車、タクシー、小型トラックが横切っているのを見た。ファンは座席に腰を下ろし、前に出る方法を探すかのように両側の窓の外を見ていた。しかし、そうはいかなかった。脇道からさらに多くの車やタクシーが彼らの前を横切っていき、白いトラックがタクシーの前に割り込んできた。

「あの車は万国通りを右折しようとしている」運転手は弱音を吐いた。「追いつけません」

対向車が止まるのを待っている間にトラックは、通りの先に消えていった。「ともかくその道を行ってくれ」と絵未子の父は言った。「人通りも少ないから、脇道も全部見てみよう」と言った。そうこうしているうちに、またトラックが見えてきた。赤信号で止まっていた。

信号が青になり、トラックは曲がった。そして、タクシーがようやく交差点に着いたときには、また見えなくなっていた。曲がってから、タクシーの運転手は縁石に車を停めた。「すみません」と運転手は短く謝った。「どこか別のところに行きましょうか」

絵未子の父は、「別のことをやってみよう」と言った。「運転手さん、もしかして源佐商社の倉庫がどこにあるか知っていますか?」

「この近くに倉庫がある。名前は知らないけど」タクシーは数回曲がるだけで、そこに着いた。正面の看板には「源佐総合商社」と書いてあった。源治の会社だった。父が住所を書いた。「裏に回ってください」

タクシーが曲がると、白いトラックが積み込み口に停まっていた。「ここで止めて」と父は言った。「戻って、あの新聞販売所の横に行って」父は娘に住所を書いたメモを渡した。ファンが電話をするのを手伝ってくれ」

米軍のオフィスは、今回は彼を待たせなかった。「ファン・ゴメスです。そうだ。The delivery was made to ・・・」彼は絵末子が読み上げた住所を繰り返した。「何だって? 隣に誰がいるって? 誰もいないよ。通りすがりの誰かが住所を読むのを手伝ってくれただけさ。ここで待っているわけにはいかないいんだ。何か質問があれば、明日、軍事郵便局に連絡してください」

「今度はどこへ?」タクシーの運転手が聞いた。

「横浜駅へお願いします」

大通りに戻る前に、米軍車両の低音のサイレンが聞こえた。

•

成増に着くと、絵末子の父は店によってビールとイカの干物を買った。「ファンは鱈が好きなんだ」と絵末子は言った。

ファンは顔を赤くした。「いや、なんでもいいんだよ」

「ファン、わたしたち手に入れなきゃいけないわ。それで出会ったんだから。覚えてる?」

父が目を大きく開いた。「鱈、本当かい？よし、買って料理してあげよう。もうすぐお正月だし、お餅も買おう」

家に帰り居間で三人はビールで乾杯した。ファンと絵未子の父が飲んでいる間、二人はそれぞれ知っている言葉を口にし始めた。「スバラシイ」とファンは言った。何が素晴らしいのかはよくわからなかったが、彼女の父は明らかにその日一日を意味する言葉だと思った。「たくさんの船」と父は付け加えた。「ヤクザは営倉へ」

絵未子も少しほろ酔い気分になった。「ファン、ちょっと文句があるの。桟橋にいた男？『日本人のような服装をしなさい』って言われたんでしょ？薄いグレーのシャツに濃いグレーのパンツ、中くらいのグレーのジャケット、それがあなたの考える日本人の服装？違うわ。あの人はどちらかというと、『黄昏の忍者』のように見えたわ」

「そうか、ちょっとやりすぎだったかもしれないね。でも、ぼくにも文句があるよ。横浜の喫茶店？サンタクロースの花瓶の頭から花が生えていたのは何だったんだ？どのテーブルにも一つずつあった。サンタクロースにそんなことしちゃダメだよ」

「サンタクロース」と絵未子の父は繰り返した。自分の頭から花を咲かせる真似をして「ははは」

「でも、そういうのはカワイイ、cute だと思うわ」と父のために付け加えた。

ファンは微笑んで首を振った。

「カーチェイスは？」ファンは声を出さずに笑って、首を振った。「タクシーの運転手がスティーブ・

マックイーンではなかったのは残念だね」と彼女の父は繰り返した。「ははは」

「Taxi driver—no Steve McQueen!」ファンは調子に乗ってきた。「犯罪者でも赤信号で止まる国には、『マックイーン』は必要ないと思うよ」

これは父には理解できなかったが、絵未子が通訳した時には大笑いしていた。

やがて、みんなお腹が空いてきた。絵未子とファンは鱈のフリッターを作り、父親は庭に出て小さな穴を掘って火をおこした。

「お父さん、バカライトスはどう？」

「とてもおいしい」

嘘だと分かっていた。「私も大好きよ。週に二、三回は食べたいな。タイ料理の代わりに？どう思う？」

「真剣に検討します」父は役人の答弁のような返事をしたが、それはしばしば絶対にノーという意味だった。

食後、三人は餅を取り出し、トングで火にかけた。「お正月にはお餅を食べるんです」と絵未子が説明した。「火で焼いて柔らかくなったら、砂糖と醤油をかけて食べるのが好きなの」彼女は一つを皿に取ってファンにあげた。「どんな味？」

「砂糖と醤油の味がする」

「さすがね」彼女は彼の肩を軽く叩いた。

「さて、明日は仕事だから、もう寝るよ」と父が言った。

絵未子とファンは二人きりでプラスチック製の箱の上に座り、火で温まった。ファンは、「お父さんは、『もう寝る』と言ったとき、少し悲しそうだったね」と言った。

「正月休み。わたしたちにとって一年で一番大切な時期です。家族の元に帰って、特別な料理をたくさん食べて、おしゃべりするんだ」

「いいね」

「いつもと違うのは、今年は母がいないこと」

彼は彼女に腕を回した。「わかるよ。絵未、いつ帰るの？」

「二日後には。一週間はそこにいることになるでしょう。一緒に来てくれたらいいんだけど。でも、仕事始めたばかりでしょう？」

「行けるよ。働き始めてすぐに一週間も休むのは変なのは分かっているけれど、軍隊だからね。筋が通っている必要はないんだ。それに、私はアメリカでの休暇を短くして、できるだけ早くここに戻ってきたいと思っていたんだ。だから実際には早くから仕事を始めたことになっている」

「来てくれるということ?すごいことになりそうね」

夜の空気は冷たく、二人は火の近くに席を移動した。ファンは言った。「ぼくはまだ自分の仕事について君に話していない。それは馬鹿みたいに簡単な仕事です。郵便物を仕分けしたり、袋詰めの配達をしたり。でも住宅手当があるんだ。家賃の支払いに使おうと思う」と言った。

彼女は彼の腕に腕をからめた。「でも本当に『馬鹿みたい』な仕事が好きなの？」

「こういうことなんだ。全部の軍人がそうと言うわけではないが、ぼくの場合、四月に兵役が終われば、民間人のままでいられる。給料も上がるし、退役軍人給付金は大学の後半の二年間の支払いになる」

「大学？〝どこに？」彼女はパニックになり始めていた。

「上司の話では東京の上智大学のプログラムがあるそうだ。英語で教えてくれるんだ。アジア研究を考えている。それを調べてみようと」

絵未子はほっとした。「それは完璧ね。あなたが勉強をフルタイムでするなら、わたし手伝える。今は、東京日報に記事を書く仕事があるし」彼女は首を捻った。「あれ！今日の麻薬捜査の記事は見送らなくてはならなかったわ。朝日新聞に記事を書かせたのが残念。わたしが書けたのに・・・」

「今回の逮捕に君の名前を絡めようなんて、絶対にだめだよ、絵未。他にも書ける記事はいくらでもあるさ」

「わかってる。新聞社はすでにわたしに新しい仕事を与えてくれました。今は記事ごとの報酬なんだけど、早く普通の給料にしてくれることを期待しているの」彼女は興奮していた。「そしたら。わたしも大学に行けるかもしれないって」

「そうしたいなら、絵未が先に行ってもいいんだよ。卒業するまでは、ときどき記事を書くぐらいにして。学費はぼくが出すから」ファンは咳払いをした。「というか、いくらかかるの？」

彼女はにっこり笑った。「たくさん。でも、その一部を支払うために、わたしは絶対に奨学金をもらえると思う。わたし、学校ではかなり優秀だったの」

二人は自分たちの将来を計画していた。彼女はそれを現実と信じることができなかった。「どちらにしても」彼女は言った。「お互いに支え合うことに決めましょう」彼女は小指を差し出すと、彼は小指を絡めた。

絵未子は目をつぶって彼を強く抱きしめていた。心臓の鼓動が速くなっていた。

「だから、絵未、ぼくたちは好きなだけ一緒にいられる」

「永遠に。そのくらいずっと、一緒にいたい」

「お父さんはぼくのこと好きだと思う？」

「冗談いわないで。お父さんはあなたを大好きよ」

「だから考えてみたんだけど、たぶんぼくたちは結婚できるね」

「ファン！わたしもそう思っていたの。出会ってからずっと」

燃える火がファンの見開いた目に輝いていた。「で、どうすればいいのかな？」

「すぐにするの？そうね、マリコがするって言っていたように、区役所に行けばいいわ。そこで、いくつかの書類に署名して、それだけです」

「ふーん」

「どうしたの？」

「お父さんとお母さんが結婚したときも、そうしたの？」

「北山市役所でした。でもね、その後に結婚式を挙げたわ」

「あー、書類手続きだけじゃなくて？」

「そう、神前結婚だったと聞いているわ」

「書類以外に二人を結びつける何かがあったの？」

「えーと、実際にはない。宗教的な儀式では結婚は法律的には認められない。二人を結びつけるのは書類です。何が知りたいのか教えて、ファン」

「日本に帰る前に、クーソー島の友人ウォルターを訪ねた。彼の一族は三百年もそこに住んでいる。そして彼らは、先祖の霊魂がまだ墓地に住んでいて、彼らを守っていると信じている。それがウォルターと家族の生活を維持している。彼らは繋がってると感じているんだ。おかしいかもしれないけれど。でも君たちの神社の神様のようなものじゃない？」

　絵未子はうなずいた・

「ぼくたちの魂がつながって欲しい」

「神社で、ということ？」絵未子は涙が出そうになりました。「いいわよ。あなたが望むなら、神社で結婚しましょう」

「そうしたい」

　彼女は彼の膝の上に乗り彼の頭を胸に抱きしめた。「私もそう」

二人が大きな家に戻るとき、絵未子は言わずにはいられなかった。「注意しておかないといけないことがあるんだけど、神主さんは笑っちゃうような変な帽子をかぶっているの」

「え？」

「あなたは真剣な顔でいることを期待されています」

「ああ、神様。それは言わないでいて欲しかった」

三十九　旧友や関係者

国境の長いトンネルを抜けると雪国であった。夜の底が白くなった。
The train came out of the long tunnel into the snow country.
The earth lay white under the night sky.

ー　川端康成。雪国

一つの国で、全員が同時に休暇を取ると問題が発生する。年末・正月休みに列車で席を確保しようとするのは馬鹿げている。絵末子や父やファンの状況を一層悪くしたのは、この時期はスキーシーズンで、北山に観光客が押し寄せていたことだった。それに加えて、絵末子はどうしてもローカル線に乗りたいと言った。

列車の通路には人間の身体やバックパック、風呂敷の包み、スキーなどが詰め込まれていた。絵末子は真っ直ぐに立っていることが出来なかった。座っている女性の前に押し出され、椅子の後ろの手すりにつかまり、なんとか膝の上に落ちないようにしていた。列車が発車すると、人間の塊が後ろに揺れたが、誰も転ぶ者はいなかった。倒れる場所はどこにもなかった。彼らはただ、瞬間的に圧迫されただけだった。

「絵未子」とファンは囁いた。六人の人々が今ぼくの体に触れている」

「少なくとも、あなたの肋骨にバックパックを詰め込んだりしていないね」

「実はそうなんだ」

那珂国駅で列車が止まった時、絵未子は必死で体をまっすぐに立てて、ファンの手を取り、無理やり降りた。二十人ほどの乗客が押し寄せてくる前に、父も抜け出した。

「なんで、ここで、降りるのか私にはまだ理解できんよ」彼女の父は、ファスナーが横になるほどねじれていた上着をまっすぐにした。

「わたしたちは次の列車に乗ります。さっき言ったように、東京で知り合った人のお墓に花を飾りたいの」

ファンは「一緒に行こうか、絵未？」と言ってくれた。

「大丈夫。父さんと一緒に食堂で食事をして。一時間後にまたここのホームで会いましょう」

絵未子は駅の横の売店で薄い金属製の花瓶と菊の花を買って、お寺への道を登っていった。以前ここに来たときには墓地を見た記憶がなかったが、きっとあるはずだ。

墓地は風化した寺の壁の裏にあった。百個の平たい石がぎっしりと並んでいて、中には帽子を被ったりや胸当てをつけたりした地蔵菩薩の小さな石像もあった。悟の両親がここに安置していたのかどうかはわからないが、おそらくそうだろうと思い、彼女は新しい石を探した。

そして、そこには彼の名前が彫られた新しい石があった。彼女はしゃがんでハンカチで石の埃を払い、花瓶を前に置いた。そして、彼女の目には涙が溢れた。「悟」と彼女はささやいた。「君は誰にも危害を加えるつもりはなかったんだ。わたしは、あの仕事を辞めさせるべきだった。君が求めていた『悟り』を得られる事を願っています」

彼女は立ち上がって振り返った。寺の壁に背を向けて、透心は彼女を見て立っていた。彼女は彼に向かって歩いた。彼は頭を下げて何も言わなかった。

「わたしを覚えていますか？透心さん。悟があなたのお友達だったのを知っています」

「サチコさん。はい。悟は東京に親友がいるって、手紙に書いてあったんだけど。でも名前はエミコって書いてあった」坊主の頭に、彼は手を当てた。

思い出した。彼女は透心に偽名を使ったのだった。どうしてか、理由も覚えていなかった。「絵未子が本名です。彼のために、あなたにお経をあげてほしいと思っていたの」

「はい」帽子を被ったりや胸当てをつけたりした地蔵菩薩の小さな石像も一緒に拝んでくれただろう。

「そう。ありがとう。さようなら」

彼は彼女の方を向いた。「お父さんは見つかったのですか？あなたのために祈っていました」

「そう、見つかりました。ありがとう」彼女は彼の手を取ろうとしたが、それは正しいことのようには思えなかった。代わりに、彼女はお辞儀をして、ゆっくりと駅に向かった。

ファンと彼女の父はまだ食堂から帰ってき来なかった。ベンチには誰もいなかった。彼女は座ったままバックパックからおみくじの紙を取り出した。それはあのお寺に初めて行ったときに引いたおみくじだった。「末吉」よくない予言だったことが、今ではあまり気にならなくなっていた。その言葉は、「運をあてにするな、自分の力でやりなさい」という意味のように思えた。

何人かの乗客がホームに入ってきたが、遅い時間の列車は明らかに先ほどの列車ほどの混雑はなさそうだった。彼女が二人を見る前に、ファンと父が二か国語で初歩的会話をしているのが聞こえた。すでにビールを数杯飲んでいるようだった。

「二人で君にこれを買ってきたんだ」ファンは彼女に駅弁を渡しました。

「それから・・・」彼女の父は、どうかなという表情で上着のポケットから缶ビールを見せた。

「はい、ありがとう、お父さん。今すぐ飲むわ」

悟が自分を親友と呼んでくれたことを聞いたせいか、ビールを飲んだせいか、絵未子の気持ちは高揚していた。幸せな凱旋気分で北山に帰ろうという気持ちになっていた。

•

列車が北上するにつれ、駅で停車するとドアから吹き込む空気はますます冷たくなってきた。パーカーの襟元を締めて、窓から青黒く澄んだ星空を眺めた。列車がトンネルに入ると、北山を離れる前に感じた、工場での退屈な仕事や、自分の人生を既成のパターンに合わせなければならないというプレッシャーを思い出して、寒気がした。そして今、彼女は戻ってきた。しかし、以前とは違っていた。彼女は一人で、自分に合った人生を歩んでいるのだ。叔母の順をはじめとする町の人々は、彼女をありのままの姿で受け入れなければならないだろう。彼女は伝統的な権力者的な父親でなく、今は親しい友人である父と、今までに皆が知っているどんな人とも違う婚約者と一緒に戻ってきたのだった。

列車がトンネルから出ると、ファンは月明かりに照らされてキラキラと輝く雪に目を奪われた。「It's beautiful. あの山を見てごらん、絵未子。写真撮って」

彼女は笑い出した。

「あー、そうか。ぼくと違って、皆にとってはこの景色は初めてじゃないんだね」

「いや、でも、あなたのために撮ってあげるわ」

北山駅では、スキーを肩に担いだ観光客が車内からバタバタと飛び出してきた。駅の前の歩道の雪は除雪されていたが、自転車の列は真っ白い雪に覆われている。絵未子は灯りの下、雪の間から若紫色の自転車が見えるのに気がついた。「私の自転車！東京に帰るときには持って帰りたい。成増駅まで自転車で行って、カゴに入れた食料品を持って帰れるから」

彼女はその自転車をそのままにして進んだ。ファンは驚いていた。「君は、あれをそのままにして置くつもりなの？誰かに持って行かれないの？」

絵未子には、何を言っているのかわからなかった？「どうして誰かに盗られないかって？」

ファンは頭を掻いた。「ここの人たちはしないだろうね。他の国では盗られるのが普通だ」

駅から出てきた若い女性が足を止めた。「絵未子ちゃん？」

「直美ちゃん。久しぶり。去年の正月以来ね」絵未子は高校時代の友人に何も言わずに東京へ行ったのだけれど、そうした友人の中で一番、会えなくて寂しかったのは直美だった。

「私は休みの日しか帰ってこないの。大学が忙しくて」直美は絵未子の父に頭を下げた。

「わたしたちは今は東京に住んでいます」そしてファンを紹介した。「私の婚約者です」

「わあ。初めまして」

ファンは自信のある「ハジメマシテ」の挨拶をした。そして、友人の口がパッと開いたまま、言葉が出てこないのを見て、絵未子は少しドキドキした。

「私たちは日曜日に神社で結婚式を挙げるの。そのあと、マウンテンホテルでちょっとした披露宴をするの。十時に。どうぞ来てください。出会った友人には誰にでも言ってね」

「ふぁー・・・。おめでとうございます。必ず行くから」

三人は直美もいっしょにタクシーに乗り、絵未子の父が予約した旅館まで行った。直美は引き続き実家に向かった。

ハッピータイムスと言う旅館では、スキーヤーたちがブーツを履いて廊下を闊歩していた。

「明日はスキーに行こう」絵未子はファンの袖を引っ張った。

「うーん。プエルトリコではあまりスキーをしないから」

「できないって言うの?それじゃあ、結婚式は中止だわ」

「でも」どういうわけかファンは彼女のように興奮してなかった。父もそうだった。

「どうかしたの？」彼女は父にも聞いた。

ファンは謝った。「自分の両親にも来てもらいたかったんだ」

絵未子は首をかしげて「それは考えていたんだけど。お金が貯まったらすぐにプエルトリコに新婚旅行に行くのはどう？」

ファンは目を輝かせた。「本当に？ 軍隊で生活していた時から給料のほとんどを貯金してきたんだ。来月にでも行けるよ」

彼女は小指を差し出して彼の指を引っ掛けた。「取引成立」

彼女の父は大体の話を理解しているようだった。「Puerto Rico? Honeymoon? Wonderful.」と言った。

「お父さんが暗い気分なのもわかります。お母さんのいない正月だから。それは考えないようにしているんだ」

「明日の朝、母の骨壷を寺から引き取り、家族の墓所に納めよう」

・

叔母の順と工場で一緒に働いていた絵未子の母の親友二人が墓地に同行した。父が母の両親の遺灰を納めている骨壷が置かれている墓所の上の重い石を持ち上げ石棺を開けた。父の手は震えながら骨壷をその中に置いた。

「伸子さんは素敵な人でしたよ」と女性の一人が言った。

母の名前を言われた時、絵未子の腕に鳥肌が立った。完全にあの世に行ってしまうまでは、仏教の霊名だけを使うことになっていた。そうしないと霊が呼び戻されてしまう。源治は一度この過ちを犯したことがある。彼女の父もそうだった。

しかし、亡霊は出てこなかった。絵未子はひざまずいて石棺を見つめ、片方の肩には父の手が、もう片方の肩にはファンの手が置かれた。耳が聞こえなくなったような静寂が彼女の耳に響いた。母はあの世で安らかに眠っていた。

墓地を出ようとした時、父は彼女を脇に引き寄せ、ポケットから何かを取り出した。「順叔母が私たちのために保管していたものを整理していた時に見つけた警笛だ。これを持っていて欲しい・・・何かあったらいつでも私を呼べるように」

絵未子はそれを手にしっかり握ると、涙を隠そうと背を向けた。

・

三人が旅館に戻ると、絵未子の父が「今日が今月の最終業務日だよ。大晦日は役所が休みだし、新年は最低でも一週間は休みになる。二人が正式に結婚したいなら・・・」

市の出張所は歩いて行ける距離にあった。三人は木の床の薄暗い部屋に足を踏み入れた。カウンターの後ろでは、灰色の頭がファイルの山にもたれかかっていた。事務員は寝ていた。

絵未子の父が咳き込むと、事務員は座り直した。「ようこそ・・・」

絵未子は、ファンとの結婚を登録するために来たと言った。

小さな男は、胸から上だけカウンターの上に出ていた。「おめでとうございます。なんて素晴らしいことでしょう」

絵未子は健康保険証を取り出した。ファンは彼女に続いてパスポートと軍人証を取り出した。職員は戸籍上の名前を尋ねた。「尾関さんですか」彼はオーク材の書類棚の引き出しを引っ張り出してフォルダの中を探して一枚を取り出した。「これです」カウンターの上に尾関の戸籍簿を開いた。職員は記帳に指を走らせた。「おやおや。尾関夫人は最近、亡くなられたようですね。お悔やみ申し上げます」

指は記録に沿って動いた。尾関絵未子、一九四九年、尾関博治と尾関伸子の間に生まれた。これがあなたですね、お嬢さん」指がファンとの結婚を記載する場所を見つけて、彼はファンに本人お情報を紙に書かせ、それを戸籍簿に書き写した。

帳票を畳むと、職員は「ちょっと待ってください」と言って、一枚の紙を手に取った。印象的な書道で「ファン&エミコ・ゴメス。一九六九年十二月三十日結婚」と書いた紙を絵未子に渡した。「私からのプレゼントです」と彼は言った。「ずっと持っていてください」

出張所を出ると、先刻より通りには多くの人がいて、正月用の食べ物やご馳走を買い求める人たちが大勢いた。絵未子の高校時代の友人二人が絵未子を見て足を止めた。それは英語の授業で彼女が勉強の手助けをしていた男たちだった。

「絵未子!久しぶり」

「お母さん、お気の毒でした」

「お正月で帰ってきたの？」

「そうよ」と彼女は言った。「結婚式をしに。This is Juan, my husband.」

「わあ、おめでとう」

彼らはファンを喫茶店に連れて行きたいと言った。英語の練習をさせるのだと、絵未子は確信した。ファンはその誘いを受け入れて、彼らと一緒に喫茶店に行った。「しばらくしたら旅館にもどるよ」

父と一緒に歩きながら、絵未子はきちんと詳しく記載された戸籍のことを考えていた。それを見て、ずっと考えたくなかったことを思い出した。旅館に戻ったとき、今こそ話してみないといけないと思った。

「お父さん」と彼女は話し始めた。「戸籍簿には、お父さんとお母さんがわたしの両親であることが明確に記載されていますね？」

「それは家族の記録を残すためのものだからね。知っていると思っていた」

「それは知ってる。お父さん、これはすごく言いにくいことだけれど、言ってもいいですか？言います。誰かが・・・誰とは言えないが、佐藤源治が私の実の父親だと言っていた」

「叔母の順だろう・・・」

絵未子の顔が火照った。「もちろん、誰が言ったかはどうでもいいんです。お父さんはわたしのお父さんです。でも誰か他の人がわたしの実の・・・」

「あの人は違う」父は何か辛いことを思い出したように目を閉じていた。「私が戦争から帰ってきた時、確かに、お前のお母さんは源治と寝たと言っていた。そして、私が帰ってきて四十週後にお前が生まれた時、主に順叔母が広めた噂で、『その子は彼の子かもしれない』という噂を聞いた。私は気にしなかった。お前を愛していたからだ」

彼女は父に抱きついた。「お父さん、わたし、こんなこと聞くんじゃなかった」

「でも、お前は源治の子ではない。お前は私の子だ」父は自信満々にそう言った。「教えてあげる。源治の父親はその噂を聞きつけて、源治を東京に送り出した。彼も真実を知りたがっていた。私は源治の父親に話をしに行った。源治が生まれた時に病院でもらった奥さんの母子健康手帳を見せてくれた」

「血液型が書いてあるもの？」

「そうだよ。お前の母さんの血液型はO型で、お前の血液型はA型だ。ということは、お前の父親の血液型はA型かAB型でないといけない。源治の血液型はO型で、お前の父親ではない。私のはA型だ。私がお前の父親だ」と父は言った。

「周りの人には言ったの？」

「気にしているように見えたのは順叔母だけだったよ。それで、話した」父は笑った。「血液型の話は、あの人には理解できなかったようだ。あの人は、その話はでっち上げだと思っていたからね。今でもそう思っているかもしれない」

絵未子は叔母の順が今でもそう思っていることを知っていた。

「他の人はみんな忘れていたようだった。だが、お前が大人になると、私とお前が似ているって言われて。逆におかしいだろう、親子なんだから」

四十　鐘と指輪

鳴りつづくうちに聞き耳を立てなくなると、さすがに古い名鐘だけあって、遠い世の底力が湧きひびくやうだった。

...he heard a sound that only a magnificent old bell could produce, a sound that seemed to roar forth with all the latent power of a distant world

ー　川端康成、美しさと哀しみと

次の日は大晦日だった。花火や大酒飲み、無礼講なパーティーがないと聞いて、ファンは逆に驚いていた。「それで、皆んなはただ神社やお寺に行き、お祈りをして、鈴や鐘を鳴らす。それでおしまいなの」

絵未子は家族が大晦日にお参りに行った記憶はなかったが、父は今夜行きたいのではないかと思った。

父はやはりそうだった。絵未子は一緒に行こうと申し出て、ファンも一緒に行きたいと言った。

夜は冷たく、月は重い雲に隠れていた。朝までには雪が降るだろう。お寺は大通りから外れた小高い丘の上にあった。凍った石段で滑らないように気をつけなければならなかった。絵美子の父は、こんな夜は人が少ないだろうと言っていたが、そのとおりだった。そこには絵美子たち三人だけだった。

三人は山門をくぐった。手水場の水が凍っていたので、絵美子の父が線香に火をつけて、その煙を三人に振りかけてくれた。三人は本堂の前で一礼し拝んだ。父は、あの世での絵未子の母の世話を頼んでいるに違いない。それから鐘つき堂に行って、父が太い縄を引いて鐘を突くと、青銅の鐘が低く長く響いて、絵未子を驚かせた。

母のいなくなった父が先に進む道を見つけてくれますように、そしてファンが彼女を愛し続けてくれるようにと願いながら、彼女は両手で綱を引いて突くと、鐘の音が夜の中に響き渡った。

「いつも一緒にいよう」とファンはささやいて、鐘を力強く突いた。

翌朝、三人は叔母の順の家に新年のお祝いに行った。彼女の家のテーブルには、彼女と友人たちが何日もかけて作った料理が無数に並べられていた。絵未子は母がいないことを寂しく思っていたが、お正月を初めてファンと一緒に過ごせることに興奮していた。英語で何て言うのか分からない料理が多くて、「something from fish」や「some kind of root」などと言ってみたが、ファンは絵未子が辞書で調べるまで食べようとしないこともあった。彼女が調べたとしても、ファンがいつもその英語の単語に精通しているわけではなかった。それで、彼はわかりやすい魚やご飯をたくさん食べ、ビールをたくさん飲んだ。

直美は、絵未子の他の友人たちと一緒に順叔母の家にやってきて、新年の挨拶をした。ファンを喫茶店に連れて行った若い男たちは、彼に英語を試してみた。

「You are congratulate the New Year.」

「Please to come my house drink the saké.」こう言ったのは、直美の兄だった。直美は、その誘いをしているのが本人かと思うほど、熱心にうなずいた。

絵末子は、父を叔母の順に預けるのは嫌だったが、友達にファンを見せびらかすチャンスだと思って一緒に行った。その日のうちに四軒の家に立ち寄った。日曜日の結婚式のあとの披露宴に、絵末子は皆を招待した。

•

結婚式の日になった。ファンは部屋の隅に座って、結婚式で読まなければならない日本語の『誓い』を何度も何度も暗唱していた。絵末子がローマ字で書き起こしてあげていた。「watashitachi, Juan and Emiko, ha tomoni chikai wo nobemasu. kono yokihi ni Kitayama Jinja no kamisama no maede otto to tsuma ni narimashita・・・」

「どの神さま?」ファンは知りたがっていた。

「北山神社には特別な神さまはいません。だからよろずの神さまかな」

ファンは嬉しそうだった。「『よろず』って、全員ね。それはいい」

直美は、絵末子のレンタルした白無垢の花嫁衣装を着るのを手伝いに来た。絵末子は白化粧をして、白の角隠しの頭巾を被った。ファンと絵末子の父は、フォーマルなタキシードをレンタルしていた。

直美はタクシーに三人を乗せて神社に向かわせた。絵未子は直美に仲人になってほしかったが、父は叔母の順にしてもらったほうがいいと言った。

流れるような白の衣に薄い黒の帽子を被った神主が、赤い袴に白い小袖の上衣を着た二人の巫女に続いて神前に現れた。絵未子はファンの横に立った。彼は青緑色の目を大きく見開いていた。

神主は笏を前に持って拝み、笏を懐に収めて、二人のためにお祓いをしてから、今日、二人が結婚することを神に告げ、二人のために祝福と守護をお願いする祝詞を読み上げた。ファンはこの祝詞のすばらしさがわかるだろう。彼女は後で彼に説明するつもりだった。

次に、巫女の一人がファンに盆を持ってきて、三つの赤い木の酒器が乗っていた。巫女は一番小さな盃に御神酒を注ぎ、それをファンに差し出した。

「三口で飲むといいと思う」と絵未子はささやいた。テレビや映画で式典の一部を見たことがあった。

ファンが最初の盃の御神酒を三口で飲み干すと、巫女は二番目に大きい盃に注いだ。ファンは日本酒が得意ではないことは絵未子も知っていた。しかし、ファンは緊張を和らげるための方法として、これを歓迎しているように見えた。次はどうなるかのか、絵美子には見えていた。ファンは目をつぶって三口で飲み干した。目が赤くなり、絵未子は笑いをこらえた。

しかし、今度は巫女が三つの盃を持って彼女に向かってきた。神さまは彼女の不遜さに腹を立てたに違いありません。絵未子はこれまでの人生で、ほんの少ししかお酒を飲んだことがなかった。彼女はその味が嫌いだった。ファンはそれを知っていた。彼は顔を紅潮させ、お茶目な半笑みを浮かべて彼女を見つめた。

三口だ。やった。彼女は喉から熱が上がるのを感じることができた。巫女さんはもっと大きな盃に注いだ。絵未子は小さく二口飲んで、一時停止してから、それを飲み干した。顔が火照っていて、今度は一番大きな盃の時間だった。彼女はお茶でも三口でこれだけの量を飲んだことがなかった。彼女は目を閉じて、一口飲んで、飲み込んで、息をした。

「最後まで飲まなくてもいいんですよ」と叔母の順がささやいてくれた。「振りをするだけで」絵未子は、この老婦人の助言をこれほどありがたく思ったことはなかった。

一方、ファンは『飲むふり』はしなかった。彼は暖かくなり、結婚の誓いを読み上げる準備ができていた。彼はいくつかの言葉に躓いて、何を言っているのかわからないように聞こえたが、お酒のせいで明らかに気にしなくなっていた。

結婚の儀が終わった後、絵未子の父が神主さんにお礼を渡した。お金だったのだろう。絵未子は重い着物と頭巾を脱いで、顔についた厚化粧を拭きとることしか頭になかった。三人は旅館へと移動し、絵未子は顔を洗って、下着姿で布団に顔を埋めた。

「絵未、大丈夫?ほっぺが赤いよ」

部屋が回っていた。「私はちょっと・・・」彼女はトイレに走った。

「ふむ、私たちの結婚にこんな出来事があるとは思わなかった」と、廊下でファンは笑いながら彼女を待っていた。

彼女は出てきときには、ずっと気分が良くなっていた。「私はただの『恋やつれ』に違いないわ」

彼女は彼の首に腕を回した。「きっとそうよ」

ファンは知りたがってた。「ぼくの読んだ誓いの言葉は、あれでよかったかな？」

「完璧よ、ファン。誰よりも上手にできたと思う」

絵未子は披露宴のためにベトナムのドレスに着替えた。タクシーがマウンテンホテルに到着する頃には雪が降っていた。すでに、招待した客は集まっていた。タクシーのドアが開くと、コートも着ないで直美と、もう一人のクラスメートがホテルの入り口に駆けつけてきた。二人は雑誌のコピーを持っていた。絵未子は雪の上をドレスを持ち上げながら挨拶に行ったが、二人はそのままファンの方へ向かった。「It's you.」と直美はまるでロックスターでも見つけたかのように英語で叫んだ。

「Sign, please.」晴子は雑誌のコピーとペンを差し出した。

絵未子が気づかないうちに、高校時代の友人たちが次々とタクシーに向かって走ってきた。美智子も雑誌のコピーとペンを持っていた。文子さん、明子さん、麗子さん、千恵子さん、清子さんも持っていた。

ファンは、自分が誰だと思われているのかわからないと言いながら、春子の雑誌にサインをした。

他の人たちも並んで待っていた。

一人が言った。「絵未子さん、ご主人は有名ですよ」

また一人が言った。「どうして教えてくれなかったの？」

方一人が言った。「ヒーローと結婚したんのに」

絵未子の父が声をかけた。「雪が降っていますよ、お嬢さんたち。ロビーに入りましょう」

直美は絵未子に、政治家や俳優、最近話題の人物などの記事が掲載されている人気雑誌「週刊ニッポン」のコピーを見せた。「ほら、ファンの写真が3枚。あなたとファンのこと書いてあるの読んだことないの?」

絵未子は週刊ニッポンは読んだことがない。彼女はコレは何のことなのか聞かなければならなかった。しかし、今度、ロビーでファンを囲んでいたのはあの記事を見た元同級生の男たちだった。

レセプションルームの入り口に小林さんが来た。絵未子の父の工場時代の友人で、今回の披露宴の司会を引き受けてくれた人だ。「皆さん、皆さん」と声をかけてくれた。「どうぞお入りになって、席におかけください」

雑誌の記事の話題が何なのか、まだよくわからないまま、絵未子はメインテーブルのファンの隣に座った。父は娘の隣に、叔母の順は仲人としてファンの隣に座った。順叔母の話しぶりを見ていると、自分が本当に縁結びの仲人だと確信しているかようだった。

披露宴といえども、あまりにもフォーマルでありきたりなものになってしまいそうで、絵未子の好みには合わなかった。小林さんは、招待客を歓迎し、新婚夫婦を紹介するために立っていた。小林さんは、絵未子の実家によく来ていたこともあり、彼女のことをよく知っていた。そして、「優秀な成績で高校を卒業し、卒業後は工場で誠実に働き、今では東京日報の記者になっている」と紹介した。

小林さんはファンのことはほとんど何も知らなかった。しかし、小林さんの手には週刊ニッポンがあった。記事のタイトルを読み上げた。「日本人女性と恋に落ちた米兵、日本への帰国を希望」

絵未子は「えっ？」と口にしながら、ファンに首を振った。

ファンは肩をすくめた。「どこかの記者にインタビューされたんだ。後で教えてあげる」と言った。

「この写真を見たことがある方も多いと思いますが」と小林さんが言った。「この写真では、彼は日本語を勉強している。そして、この写真では、絵未子さんからの手紙を読んでいます」

絵未子は喉が詰まりそうだった。このままファンの方を向いていたら、涙をこらえるのは難しいだろうと思った。

「・・・他にもあります」小林さんはファンがベトコンの捕虜を腕をとって護衛している写真を掲げた。

順叔母はハンドバッグを開けて何かを取り出し、それをファンに渡した。茶道の教室に行った時の写真だった。「サインをお願いします」と彼女は言った。

次に立ったのは、絵未子の高校の英語の女性の先生で、『an exceptional student』と言った。彼女はその言葉をどうにも取れるような発音をした。クスクス笑いが起こった。そして、彼女は部屋を見回して「たまたま今日、私は、彼女が私の授業で多くの同級生を助けていたことがわかりました」といって笑いを誘った。

次に工場長が話した。「絵未子さんは2年間、文句を言うことなく組立ラインで優秀な仕事をしていました。会社のルールを無視したことで、経営陣から苦情があったかもしれないが」またもや笑い声。絵未子は立ち上がって、自分が組み立てていた不便は何だったのかと聞きたい衝動に駆られた。けれど、それはもうやめた。

洋画で出てくるようなウェディングケーキがあり、洋画に見られるように彼女とファンが一緒にケーキカットをした。洋画に見られるようなシャンパン・トーストもあった。ファンも自分と同じくらい嫌いな味だろうと、絵未子は笑った。実際、誰も一口以上飲まずにテーブルの上にグラスを置いた。テーブルには和食があって、皆はこの方が好きだった。

一日中人の目にさらされて、絵未子は疲れた。ほっとしてタクシーに乗り込み、旅館に戻る。タクシーが披露宴があったホテルから出て数分後、彼女の横で軽い寝息が聞こえた。ファンは寝ていた。彼女は反対側を見た。父も寝ていた。

「着きましたよ」と運転手が声をかけた。そして絵未子は、自分も寝てしまったことに気がついた。

ゆっくりお風呂に浸かった後、彼女とファンは厚手の布団の上で一緒に横になった。「わたしたち結婚したんだね。信じられる?」彼女は彼の肩に頭を乗せた。「披露宴は堅苦しくて退屈だったと思わない?プエルトリコではどんな感じなの?」

「音楽とダンスがいっぱい」

「楽しそうね。早く行ってご両親に会いたいわ。そこでまた披露宴ができるかもしれない」

「そういう計画にしよう」

「結婚式の感想は？」

「何も分からなかったけれど」ニヤと笑った。「本当に感動したよ。ぼくたちの人生が一つになったような気がする。ぼくたちの魂はずっと一緒に生きていくんだと」

絵未子はファンを強く抱きしめた。

「でも一つだけ」と彼は言った。「式に欠けていたものがあった」彼は掛け布団の下から腕を伸ばし、財布から何かを取り出した。彼は彼女の手を取り、彼女の指に金の指輪をはめた。

エピローグ

東京に戻って間もなく、絵未子とファンは新婚旅行のためにプエルトリコに飛んだ。ファンの両親は、絵未子に「欲しかった娘のようだ」と話し、結婚はファンと両親の距離を縮めることになったようだった。

帰国した二月上旬、絵未子は東京日報の専任記者として採用された。友人の真理子とその夫は、ちょくちょく家に来てくれるようになった。

二月下旬、絵未子の父は、源治とは関係のない複数の密輸計画の摘発に協力したとして、税関から表彰を受けた。仕事が忙しくて平和運動に参加できなくなったが、父の目的は達成されていた。一九七〇年を通じてアメリカはベトナムからの撤退を続け、二月にはヘンリー・キッシンジャーがパリで極秘の和平交渉を開始していた。

三月、源治は懲役七年の実刑判決を受けた。彼の商社は倒産に追い込まれた。絵未子が秘密裏に調べた結果、源治の妻が会社のお金の一部を管理して、ドイツ・デュッセルドルフの療養所で暮らしていることがわかった。

四月、ファンは陸軍から名誉除隊を受け、民間人として軍事郵便局のメールセンターで引き続き勤務することになった。

一九七〇年九月三十日、絵未子は可愛い男児を出産した。二人はケン・賢と名付けた。彼らはファンの母親を日本に招待した。彼女は一月間一緒に過ごし、赤ちゃんの世話をしてくれた。

秋学期が始まると、絵未子の友人の直美が訪ねてくるようになり、大学の寮には帰らずに泊まることもあった。彼女はベビーシッターとしてたびたび手伝ってくれた。絵未子も一年後くらいには、直美と同じ大学を受験するつもりだった。

十月、絵未子が赤ちゃんの世話をしながら一時的に自宅で仕事をしている間に、ファンは上智大学でアジア研究と日本語の講座を受講し始めた。

十一月初旬、絵未子は鷹四が減刑を否定されたことを新聞で読んだ。彼の計画はいずれも成功していなかった。鷹四が反対していた日米安保条約は、絵未子や父が望んでいた通り、そのまま効力を持ち、現在に至っている。

一九七〇年十一月二十五日、テレビを見ていた絵未子は、鷹四が崇敬していた作家で政治的急進派の三島由紀夫が、自衛隊の兵士を説得して反乱を起こし、政府を倒し、帝政を復古するという計画に失敗して自殺したことを知り、衝撃を受けた。絵未子は三島の小説や戯曲が好きだったが、その中にはサドマゾ的な要素があると認識していた。鷹四がいかに悟を、三島がヒーローだとして洗脳していたかを思い出すと、悲しくなった。

一九七〇年の終わり頃、叔母の順は絵未子に「茶道の修行を本格的にしていて、免状を得ようと思っている」との手紙を送った。

絵未子、ファン、父の三人は、一九七二年のお正月休みに生後十五か月のケンを連れて北山に行った。

そして一九七二年の春、沖縄がついに日本に返還された。この頃、絵未子は父が税関本部で出会った女性の話をしはじめたことに気がついた。

パリ講和会議が行われているにもかかわらず、ベトナム戦争は長引いた。パリ協定が調印されたのは一九七三年一月二十七日で、これにより、アメリカ軍の戦争への参加は終わった。

この頃には、小さな賢は三歳を超え、日本語と英語の両方を話すようになっていた。

終

List of epigraph translators

Chap. 1. Murasaki Shikibu, *Genji Monogatari* (*The Tale of Genji*). Trans. Edward G. Seidensticker.

Chap. 2. Kanze Kojiro Nobumitsu, *Dōjōji* (Noh play). Based on Donald Keene translation.

Chap. 3. Osaragi Jirō, *Kikyō* (*Homecoming*). Trans. Brewster Horwitz.

Chap. 4. Masaoka Shiki, *haiku*. Trans. Harold G. Henderson.

Chap. 5. Kōbō Abe, *Suna no Onna* (*The Woman in the Dunes*). Trans. E. Dale Saunders.

Chap. 6. Ōe Kenzaburo, *Man'en Gannen no Futtoboru* (*The Silent Cry*). Trans. John Bester.

Chap. 7. Dazai Osamu, *Ningen Shikaku* (*No Longer Human*). Trans. Donald Keene.

Chap. 8. Sōseki Natsume, *Botchan*. Trans. Umeji Sasaki.

Chap. 9. Tanizaki Junichiro, *Tade Kū Mushi* (*Some Prefer Nettles*). Trans. Edward G. Seidensticker.

Chap. 10. Zeami Motokiyo, *Atsumori* (Noh play). Trans. Arthur Waley.

Chap. 11. Kawabata Yasunari, *Senbazuru* (*Thousand Cranes*). Trans. Edward G. Seidensticker.

Chap. 12. Sōseki Natsume, *Kokoro*. Trans. Edwin McClellan.

Chap. 13. Ki no Tsurayuki, *Kokinshū* No. 471. Trans. Helen Craig McCullough.

Chap. 14. Ono no Komachi, *Kokinshū* No. 636 Trans. Helen Craig McCullough.

Chap. 15. Sei Shōnagon, *Makura no Sōshi* (*The Pillow Book*). Trans. Ivan Morris.

Chap. 16. Kawabata Yasunari, *Yukiguni* (*Snow Country*). Trans. Edward G. Seidensticker.

Chap. 17. Anonymous, *Heike Monogatari* (*The Tale of the Heike*). Trans. Helen Craig McCullough.

Chap. 18. Jōsō, *haiku*. Trans. Harold G. Henderson, adapted.

Chap. 19. Kakinomoto Hitomaro, *Man'yōshū*. Trans. Hideo Levy.

Chap. 20. Bashō Matsuo, *haiku* from *Oku no Hosomichi* (*The Narrow Road to the Deep North*). Trans. Nobuyuki Yuasa.

Chap. 21. Mishima Yukio, *Yūkoku* (*Patriotism*). Trans. Geoffrey W. Sargent.

Chap. 22. Mishima Yukio, *Gogo no Eikō* (*The Sailor Who Fell from Grace with the Sea*). Trans. John Nathan.

Chap. 23. Ihara Saikaku, "Gengobei, the Mountain of Love," *Kōshoku Gonin Onna* (*Five Women Who Loved Love*). Trans. William Theodore de Bary.

Chap. 24. Ōgai Mori, *Gan* (*The Wild Goose*). Trans. Burton Watson.

Chap. 25. Ihara Saikaku, "What the Seasons Brought," *Kōshoku Gonin Onna* (*Five Women Who Loved Love*). Trans. William Theodore de Bary.

Chap. 26. Bashō Matsuo, *haiku*. Trans. the author.

Chap. 27. Mishima Yukio, *Kinkakuji* (*The Temple of the Golden Pavilion*). Trans. Ivan Morris.

Chap. 28. Ihara Saikaku, "The Barrellmaker Brimful of Love," *Kōshoku Gonin Onna* (*Five Women Who Loved Love*). Trans. William Theodore de Bary.

Chap. 29. Anonymous, "The Death of Kiyomori," *Heike Monogatari* (*The Tale of the Heike*). Trans. Helen Craig McCullough.

Chap. 30. Murasaki Shikibu, *Genji Monogatari* (*The Tale of Genji*). Trans. Edward G. Seidensticker.

Chap. 31. Ono no Komachi, *Kokinshū* No. 552. Trans. Helen Craig McCullough.

Chap. 32. Zeami Motokiyo, *Yashima* (*The Battle at Yashima*). (Noh play). Trans. Makoto Ueda.

Chap. 33. Anonymous, *Matsuyama Kagami* (*The Mirror of Pine Forest*). (Noh play). Trans. Makoto Ueda.

Chap. 34. Kōbō Abe, *Suna no Onna* (*The Woman in the Dunes*). Trans. E. Dale Saunders.

Chap. 35. Bashō Matsuo, *haiku*. Trans. the author.

Chap. 36. Murasaki Shikibu, *Genji Monogatari* (*The Tale of Genji*). Trans. Edward G. Seidensticker.

Chap. 37. Kannami Kiyotsugu, *Jinen Koji* (*Jinen the Preacher*). (Noh play). Trans. Makoto Ueda.

Chap. 38. Anonymous. *Heike Monogatari* (*The Tale of the Heike*). Trans. Helen Craig McCullough.

Chap. 39. Kawabata Yasunari, *Yukiguni* (*Snow Country*). Trans. Edward G. Seidensticker.

Chap. 40. Yasunari Kawabata, *Utsukushisa To Kanashimi To* (*Beauty and Sadness*). Trans. Howard S. Hibbett.

著者について

著者のレーイ・キーチは米国、メリーランド州セベルナに、一九八〇年からずっと住んでいる。一九六七年から六九年までイランで、一九六九年から七一年まで日本で英語を教えた。「アンサーテン・ラック」はアメリカ以外を舞台にした二作目の作品である。作品名は、神社や寺で手に入れることができる「おみくじ」すなわち「吉凶占い」のうち、「一番頼りないお告げ（末吉）」によっている。

訳者　あとがき

訳者あとがき

二〇二〇年十月十四日、藤田伊織はフェイスブックでレーイ・キーチ氏からのメッセージにたまたま出会った。キーチ氏はこの小説の著者で、「日本語のネイティブスピーカーを探している」と書き込んでいた。藤田は早速メールを出した。それが、始まりである。この小説の最初のエピグラムは源氏物語だった。主人公は、まだ二十才の少女だった。そしてエピグラムは、三島由紀夫、夏目漱石、川端康成、安部公房、松尾芭蕉・・・と続く。藤田は、アメリカに、これほど多くの日本文学を英語で読んでいる人がいることに驚いた。主人公、絵未子の冒険はとても小さな世界から始まり、アメリカ兵の恋人ができ、日本だけでなく世界にも平和をもたらすことに関わっていく。藤田は読み出すと、早く次のページに行きたくなるほどだった。シドニーシェルダンの小説が、ページターナーと呼ばれていたことを思い出した。この小説はアメリカの作家が書いた日本の小説である。多くの日本の読者に読まれることを期待する。

藤田伊織

（この訳者には、ドイツの音楽ミステリー「バッハ　死のカンタータ」の訳書がある）